멸망급 데스나이트가 회귀함

DECA MEDIA

멸망급 데스나이트가 회귀함 2

초판 1쇄 2025년 12월 24일

지은이 오렌지망고 · **발행인** 김정수 · **고문** 이종주
발행처 데카미디어 · **출판등록** 2025년 4월 17일
주소 서울시 영등포구 당산로 214 · **E-mail** tradejjang0@gmail.com
유통 · 판매 관리 (주)행운사 · **Tel** (031)901-1137 · **FAX** (031)901-4140
E-mail luckybogo222@naver.com · luckybogo222@daum.net

ISBN 979-11-7513-100-2 (2권)
ISBN 979-11-7513-098-2 04810 (세트)

멸망급 데스나이트가
회귀함
오렌지망고 판타지 장편소설 2

차 례

가짜

방금 무슨 일이 벌어졌는가.

가신들은 당혹스럽다는 얼굴로 두 사람을 쳐다봤다.

서로 손을 맞잡는가 싶더니 기욤 블랙윙이 땅에 고개를 처박았다.

다들 결과만 봤을 뿐, 중간 과정을 본 사람은 한 명도 없었다.

'……훌륭하다.'

딱 한 명, 가올 하임리히는 달랐다. 데미안 학센이 어떤 묘기를 부렸는지 똑똑히 목격했다.

'상대방의 힘을 역이용해서 제압할 줄이야.'

기욤 블랙윙은 데미안 학센의 손을 잡자마자 꺾어서 부러트리려 했다.

데미안 학센은 그 힘을 교묘하게 이용하여 도리어 기욤

블랙윙을 땅바닥으로 내동댕이쳤다.

기술적으로 데미안 학센이 기욤 블랙윙보다 한참 앞서 있다는 뜻이었다.

'기술만 뛰어난 게 아니다. 신체능력도 훨씬 뛰어나다.'

단순히 근력만 따지자면 기욤 블랙윙이 더 강할 것이다.

하지만 순발력, 민첩성 같은 다른 부분들은 데미안 학센이 더 뛰어났다.

그렇기에 기욤 블랙윙은 데미안 학센이 기술을 걸자마자 당해 버린 것이다.

'그 잠깐 사이에 육체적으로 엄청난 성장을 이루었다.'

가올 하임리히는 데미안 학센을 처음 봤던 날을 떠올렸다.

메마르고, 연약한 몸이었다. 아무리 봐도 기사의 육신이 아니었다.

하지만 지금은 달랐다. 전신에 보기 좋게 근육이 붙어 있었다. 체격도 훨씬 커졌다.

'균형환을 완전히 흡수한 모양이군.'

데미안 학센은 굉장히 기묘한 기사였다.

실력은 대단히 뛰어났으나 체력과 마력이 너무 부족했다.

그 때문에 부족한 체력과 마력을 기술로 보완해 왔다.

하지만 이제는 다르다. 부족했던 체력까지 어느 정도 보완했다.

그것만으로도 데미안 학센에서 느껴지는 위압감이 완전

히 달라졌다.

'마력이 부족하다는 단점까지 해결된다면 얼마나 더 강해질지 예상이 되지 않는군.'

가울 하임리히는 살면서 미하엘 라이언블룸 같은 괴물은 두 번 다시 보지 못할 줄 알았다.

그런데 얼마 지나지 않아서 그에 비견되는 괴물을 또 보게 되었다.

가울 하임리히는 하이클래스임에도 등골이 오싹해지는 것을 느꼈다.

"어깨뼈를 뽑아 버리려고 했는데 멀쩡하게 잘 붙어 있네? 내 생가보다 튼튼한 모양이야."

별안간 데미안 학센이 기욤 블랙윙을 내려다보며 말했다.

"근데 왜 이렇게 조용하실까? 아까는 내 팔을 뽑아 버리겠다고 잘난 듯이 떠들어대더니 말이야."

데미안 학센의 조롱에 가울 하임리히는 쓴웃음을 지을 수밖에 없었다.

'실력은 뛰어난데. 뒤끝이 좀 심하군.'

에른스트 호위츠 때도 그랬지만 데미안 학센이라는 남자는 당하면 반드시 되갚아줘야 직성이 풀리는 듯했다.

'겸손함까지 갖추고 있으면 더 좋았으련만.'

가울 하임리히가 아쉬움을 느끼고 있을 때였다.

"이…… 새끼가……."

기욤 블랙윙이 나지막이 중얼거렸다. 분노와 증오가 단단히 응어리진 목소리였다.

"감히…… 내게…… 이딴…… 망신을…… 줘?"

기욤 블랙윙의 전신에서 수증기 같은 것이 일어나기 시작했다.

마력을 일으킬 때 생기는 특유의 현상이었다.

"이…… 비틀어 죽일 새끼가!"

기욤 블랙윙이 고함을 내질렀다. 동시에 마력이 폭발했다. 거친 파동이 사방으로 퍼져 나갔다.

"당장 그 골통을 쪼개 주마!"

기욤 블랙윙이 등에 달아놓은 도끼를 거칠게 뽑아 들더니, 그대로 데미안 학센을 향해 도끼를 내리찍었다.

아니, 내려찍으려 했다.

회의장 한쪽에서 거대한 마력이 퍼져 나갔다. 방대한 마력에 의해 회의장의 공기가 밀려 나가며 강풍이 불었다.

그 거대한 기운에 기욤 블랙윙의 몸이 덜컥 굳어 버렸다.

"각하의 앞에서 함부로 무기를 휘두르다니."

작은 목소리가 들려왔다. 기욤 블랙윙의 고개가 녹슨 경첩처럼 천천히 돌아갔다.

공작의 오른편.

갑옷을 차려입은 노기사가 싸늘한 눈빛으로 기욤 블랙윙을 노려보고 있었다.

"죽고 싶은 것이냐?"

가올 하임리히의 두 눈동자가 섬뜩하게 빛났다.

'과연 대단하군.'

가올 하임리히의 기세에 데미안은 속으로 감탄했다.

'어째서 공작이 있는 곳에 무기를 들고 와도 되는지 궁금했는데.'

가올 하임리히가 있는 이상 어느 누구도 공작을 해할 수 없다는 자신감 때문이었다.

"끄, 끄으으윽……."

기욤 블랙윙은 곧 죽을 사람 같은 얼굴로 식은땀을 쉴 새 없이 흘리고 있었다.

아무리 유명한 기사라지만 겨우 로우클래스다. 하이클래스의 압박을 견뎌 낼 수 있을 리가 없었다.

"첼시 대공녀님의 체면을 생각해서 한 번은 넘어가 주겠다. 하지만 두 번의 기회는 없다는 사실을 명심하도록 해라."

가올 하임리히가 기세를 거둬들였다. 그제야 기욤 블랙윙은 숨을 가쁘게 내쉬었다.

"사사로운 소동이 좀 있었군."

짝.

공작은 손뼉을 치는 것으로 사람들을 주목시켰다.

"보아하니 대표자 자리는 계속 유지하는 게 좋겠어. 본인은 기욤 블랙윙 경보다 데미안 경이 훨씬 믿음직스럽거든."

그리 말하며 공작이 자리를 파하려던 찰나였다.

"각하! 이는 공정하지 못한 승부입니다!"

누군가 공작을 향해 소리쳤다. 다름 아닌 에른스트 호위츠였다.

"기욤 블랙윙 경은 여행으로 인한 피로를 모두 해소하지 못했습니다. 이는 데미안 학센에게 훨씬 유리한 승부였습니다!"

에른스트 호위츠가 기욤 블랙윙을 변호했다. 하지만 그 말에 귀 기울이는 가신은 한 명도 없었다.

"어찌 됐건 기욤 블랙윙의 동의하에 이루어진 대결이 아닙니까?"

"여행의 피로 때문에 졌다고 하기에는 너무 속수무책으로 당했습니다."

곳곳에서 들려오는 소리에 에른스트 호위츠의 얼굴이 새빨갛게 달아올랐다.

"무엇보다 기욤 블랙윙 경은 무기를 사용하는 기사입니다! 맨손으로는 제대로 된 실력을 확인할 수 없습니다!"

하지만 굴하지 않고 꿋꿋하게 소리쳤다.

"에른스트 경의 말이 맞습니다."

그러자 기다렸다는 듯이 첼시 골드픽시가 입을 열었다.

“이런 어린애 장난이 아니라 정식 결투를 통해서 두 기사의 실력을 비교하는 것이 옳다고 생각합니다.”

“본인은 그런다고 해서 결과가 달라질 것 같지 않군.”

공작의 반응은 영 시큰둥했다. 첼시 골드픽시는 입술을 물었다.

“각하! 그건 너무 성급한 결정입니다! 기욤 블랙윙 경은 외국에서 이미 명성이 자자한 기사로…….”

“첼시, 억지는 그만 부리도록 해라.”

공작이 딱 잘라 말했다.

“각하!”

“내게 너의 무능함을 그만 자랑하라는 소리다.”

그 싸늘한 말투에 첼시 골드픽시는 물론이고 다른 가신들 역시 놀랄 수밖에 없었다.

“……결례를 저질렀습니다.”

첼시 골드픽시는 급히 사죄하며 물러났다.

“각하, 한 마디만 드려도 되겠습니까.”

그때, 누군가 손을 들어 올렸다.

“첼시 대공녀의 제안을 받아들이도록 하겠습니다.”

데미안 학센의 말에 모두의 눈동자가 휘둥그레졌다.

사실 데미안 학센이 결투를 받아 준 데에는 다른 이유가 있었다.

'분명히 기욤 블랙윙에게서 흑마력이 느껴졌다.'

기욤 블랙윙이 마력을 일으켰을 때, 데미안 학센은 똑똑히 느낄 수 있었다.

그의 체내에서 작동하고 있는 흑마법을 말이다.

철저하게 감춰져 있었기에 데미안 학센조차 자세 살펴봐야 했을 정도였다.

'설마 가짜기사를 이렇게 빨리 보게 될 줄이야.'

가짜기사.

흑마법사들에게 시술을 받음으로써 강해진 기사들을 부르는 별명이었다.

'흑마법 따위에 기대서 강해진 버러지들이지만 그래도 동급에서 적수를 찾아보기 힘들었다지?'

가짜기사들은 흑마법을 통해서 높은 신체능력과 방대한 마력을 손에 넣었다.

그래서 같은 경지에서는 최강이라고 불릴 정도로 강했다.

그만큼 단점도 컸다.

우선 흑마법의 대가로 본인들의 수명을 지불해야 했다. 데미안이 아는 한 시술을 받고 5년을 넘긴 기사가 한 명도 없을 정도였다.

그뿐만이 아니었다. 흑마법사들은 시술 도중, 기사들에게 몰래 복종의 흑마법을 걸어놓았다.

그 때문에 가짜기사들은 보잘것없는 강함을 손에 넣는 대가로 평생 흑마법사들의 노예가 되어야 했다.

'가짜기사들은 폭탄과 같다. 조만간 터지게 되어 있어.'

가짜기사들은 머지않아서 탄로가 난다.

교단은 대대적인 수색 작전을 벌여서 가짜기사들을 모조리 잡아들이고 사형에 처한다.

공작가의 경우, 대공녀가 연관되어 있으니 교단의 수색에서 자유로울 수 없다.

'교단의 수색은 집요하고 잔인하다. 분명히 큰 피해를 입게 될 거야.'

공작가를 이용해서 후작가를 견제하려는 데미안의 입장에서는 그리 달갑지 않은 상황이었다.

'어쩔 수 없지. 내가 힘을 좀 쓸 수밖에.'

사실 꼭 이런 실리적인 이유 때문에 개입하려는 것은 아니었다.

'그 더러운 바퀴벌레 새끼들이 내 앞에서 기어 다니는 꼴을 가만히 지켜볼 수야 없지.'

데미안 학센은 흑마법사가 증오스러웠다. 할 수만 있다면 이 세상에서 멸종시키고 싶을 정도였다.

'그냥 이 자리에서 폭로해 버릴까? 아니야, 그러기에는 너무 일러.'

데미안 학센의 목적은 공작가를 유지시키는데 있다.

그렇기에 첼시 대공녀가 이 사건에 얼마나 깊이 개입하고 있는지 알아내야 했다.

"기욤 블랙윙 경과 결투를 하겠다는 소리인가?"

공작이 도무지 이해할 수 없다는 얼굴로 되물었다.

"저쪽에서 납득을 못한 것 같으니 받아 주는 것도 나쁘지 않을 것 같습니다."

"다른 사람도 아니고 데미안 경의 부탁이니 거절할 수 없군. 결투를 허락하도록 하겠네."

공작은 흔쾌히 데미안의 소원을 들어줬다.

"가신들은 들으시오. 내일 결투에서 승리하는 기사를 대표자로 선정하도록 하겠소."

그 선언에 첼시 대공녀의 얼굴에 안도감이 떠올랐다.

"그런데 생각해 보니 데미안 학센 경은 이겨 봤자 별다른 이득이 없군. 자리를 지키는 것뿐이니까."

공작이 반지를 매만졌다. 아공간을 열고 안에서 무언가를 꺼냈다.

새파란 액체가 담겨 있는 작은 유리병이었다.

"이게 무엇인지 아는가?"

공작이 유리병을 찰랑거리며 말했다. 데미안 학센도, 다른 가신들도 전혀 알아차리지 못했다.

"마력 결정의 비약이라는 물건일세."

하지만 공작이 그 이름을 말하는 순간, 모두가 기겁할 수밖에 없었다.

연단학파의 수장 아조트 아르켈수스가 독자적으로 만들어 낸 전설적인 비약 중 하나였기 때문이다.

마력을 품고 있는 영초들에게서 추출한 마력을 한 번 더 정제하는 과정을 거쳐서 만들어 낸 비약.

사실 마력 결정의 비약으로 얻을 수 있는 마력량은 그리 많지 않았다. 대략 10년 치에 불과했다.

하지만 저 비약의 진짜 효능은 따로 있었다. 바로 마력 감응력을 높여 준다는 것이었다.

감응력이 높아지면 마력의 운용 능력뿐만 아니라 자연적인 회복 속도 역시 증가했다.

이 전무후무한 효능 때문에 제국제일검이 작성한 반드시 섭취해야 할 12대 영약 중 하나에 당당히 이름이 새겨진 물건이었다.

"내일 결투에서 승리하는 자에게 이 비약을 선사하도록 하지."

공작의 선언에 가신들이 술렁거렸다.

공작은 그대로 자리를 파했다.

가장 먼저 첼시 골드픽시가 일행들을 데리고 회의장을 나갔다. 그중에는 에른스트 호위츠도 있었다.

다음으로 가신들이 움직였다. 데미안 학센도 가신들 사이에 섞여서 회의장을 떠나려 했다.

"데미안 경, 잠깐만 기다리게."

그런 데미안을 공작이 붙잡았다. 데미안은 의아한 얼굴로 공작을 돌아봤다.

"방금 떠올랐네만 자네가 사용하던 롱소드는 저번에 에른스트 경 때문에 망가지지 않았던가?"

"예, 그렇습니다."

"그럼 내일 결투 때 사용할 무기가 없지 않은가?"

"대충 훈련용 검을 쓸 생각입니다."

데미안은 대수롭지 않게 말했다. 그의 실력이라면 맨손으로도 얼마든지 기욤 블랙윙을 때려눕힐 수 있었다.

"그건 안 될 말일세."

하지만 공작은 고개를 저었다.

"모름지기 기사에게 무장이란 얼굴과 같은 법. 결투 같이 공적인 자리에 훈련용 무기를 들고 다니는 것은 자신의 얼굴에 똥칠을 하는 짓이야."

공작의 말도 일리가 있었다.

기사들이 기를 쓰고 명검을 찾아다니는 데에는 그만한 이유가 있는 법이었다.

"게다가 후작가와 결투를 할 때도 훈련용 무기를 쓸 수는 없지 않은가? 외성에 공작가에서 관리하는 공방이 있다네. 그곳에서 검을 맞추도록 하게나."

그 말에 데미안은 놀라서 공작에게 되물었다.

"그게 정말입니까?"

"정말이고 말고. 내 미리 말해 둘 터이니 언제든지 들리도록 하게."

데미안은 가슴이 벅차오르는 것을 느꼈다.

공작가에서 관리하는 공방이니 분명 수준이 굉장히 높을 것이다.

그런 곳에서 무기를 맞출 수 있다니. 기사라면 누구나 기뻐할 수밖에 없었다.

"감사합니다, 각하."

데미안은 공작에게 감사를 표했다. 공작은 아무것도 아니라는 듯 손을 내저었다.

공작은 시종을 불러서 데미안 학센을 안내시켰다.

시종을 따라서 공방에 도착한 데미안은 감탄을 흘릴 수 밖에 없었다.

"정말 굉장한데."

담벼락은 높고 길었다. 다섯 개나 되는 굴뚝에서 모두 검은 연기가 피어오르고 있었다.

살면서 이렇게 커다란 공방은 몇 번 보지 못했다.

"선선대 공작께서 공들여서 만든 공방입니다. 당대에 이름난 장인들을 여럿 영입하셔서 기반을 닦으셨죠. 공작가 소속 기사들만 이용할 수 있는 곳입니다."

시종이 자랑스러운 얼굴로 공방을 소개했다.

더 이상 기다리기 힘들었다. 데미안은 먼저 공방의 문을 열고 안으로 들어갔다.

안에는 많은 장인이 화로 앞에서 쇳덩어리들과 씨름하고 있었다.

"으응? 누가 찾아온 거야?"

"공작가의 사람이잖아?"

몇몇 야장들이 데미안과 시종을 쳐다봤다.

"각하의 명령으로 왔습니다. 이분께서 사용하실 검을 맞추려고 왔습니다."

시종의 설명에 장인들이 웅성거렸다.

"공작 각하의 손님이면 함부로 할 수 없지."

"대장! 어디에 있어! 이런 일은 대장이 나서야지!"

장인들 속에서 키가 땅딸막한 남자가 걸어 나왔다.

"브로디라고 합니다. 공방의 장을 맡고 있습다."

브로디는 앞서 걸으며 말했다.

"이쪽으로 오시기 바람다. 무기창고로 안내해 드리겠습니다."

데미안과 시종은 브로디를 따라서 공방 안쪽으로 향했다.

창고로 들어온 데미안은 한 번 더 놀랄 수밖에 없었다.

'멋지군.'

곳곳에 완벽하게 단련된 무구들이 걸려 있었다. 어느 것 하나 부족함이 없었다.

데미안은 신이 나서 창고의 내부를 둘러봤다. 모든 무기를 하나하나 살폈다.

'음?'

무구들을 구경하던 중에 묘한 물건이 눈에 띄었다.

겉보기에는 롱소드와 비슷했다.

하지만 그보다 검신이 조금 더 길었다. 또한 칼날의 중앙이 비어 있었다.

두 개의 검신이 칼자루에서 뻗어 나가서 끝에서 하나로 모여 있는 모양새였다.

누가 봐도 검의 내구성과 성능을 의심할 법한 생김새였다.

'이것 봐라?'

하지만 데미안의 반응은 달랐다.

'검악가(劍樂家)의 독문병기가 왜 여기에 있는 거지?'

과거에 데미안이 싸웠던 마스터 중에 검악가(劍樂家)라는 인물이 있었다.

다른 마스터들과 비교했을 때, 그리 대단한 실력자는 아니었다.

순위를 매기면 마스터 중에서 하위권에 불과했다.

그럼에도 검악가는 데미안에게 깊은 인상을 남겼다.

'대규모 전투에서 빛을 발하는 마스터였지.'

검신이 진동하면서 내는 소리를 검명(劍鳴)이라고 한다.

검악가는 이 검명에 오러를 담아 퍼트리는 특이한 기술을 가지고 있었다.

검명이 울려 퍼질 때마다 사람의 몸이 터지고, 사물은 파괴되었다.

'그 기술 때문에 언데드 군단의 발을 일주일이나 묶어 놓을 수 있었고.'

도르고가 진격시킨 수만 명의 언데드 군단이 검악가의 검명을 뚫지 못하고 멈춰 섰다.

이는 어떤 마스터도 해내지 못한 전공이었다.

결국 도르고는 데미안을 보낼 수밖에 없었다. 데미안은

한 시간 동안 검악가와 겨룬 끝에 승리를 거두었다.
"특이한 검이지 않습니까?"
어느새 브로디가 다가와서 말을 건넸다.
"예전에 공작가에 고용되었던 기사가 주문했던 물건입니다. 검이 완성되기 전에 급한 사정이 생겼다면서 떠나는 바람에 주인의 손에 쥐어지지 못했습니다."
"혹시 그 기사가 향공철(響共鐵)을 주고 제작을 부탁하지 않았나?"
"엇? 어떻게 알아보셨습니까?"
특수한 성질을 가진 금속을 레어메탈이라고 한다.
마력을 증폭시키는 성질을 가진 아다만트, 스스로 냉기를 발산한다는 빙백철 등등.
이 세상에서 신병이라 불리는 무기들은 모두 레어메탈로 제작되었다.
'역시 검악가의 독문병기가 맞았군.'
향공철은 레어메탈로서 마력을 주입하면 파동을 일으키는 성질을 가지고 있었다.
이 특수한 성질이 오러의 형성을 방해하기 때문에 기사들은 향공철로 무기를 만들지 않았다.
딱 한 명, 검악가를 빼고 말이다.
'근데 나랑 싸웠을 때, 검악가가 썼던 무기는 이게 아니었던 것 같은데.'

당시 검악가가 사용했던 애병은 드워프가 만든 것이었다.

눈앞에 있는 검보다 향공철의 함유량이 훨씬 높은데다 다른 레어메탈도 많이 섞여 있었다.

'끝끝내 찾아가지 못하고, 다른 무기를 만들었나 보군.'

검악가는 평범한 검을 가지고도 기술을 사용할 수 있었다.

하지만 향공철로 제작된 무기를 사용했을 때, 기술의 위력이 배가 되었다.

'검악가가 공작가를 거쳐 갔던 것인가?'

데미안은 검악가에 대해서 잘 몰랐다.

그나마 알고 있는 것이라고는 평생을 방랑기사로 살아갔다는 것뿐이었다.

"이 검을 가져가겠다."

데미안은 망설임 없이 검을 집어 들었다.

브로디가 깜짝 놀라서 데미안을 말렸다.

"향공철이 어떤 금속인지 아시면서도 그 검을 고르시는 겁니까?"

"그래, 이 검을 고르겠다."

데미안은 검악가의 기술과 경지 역시 사용할 수 있었다. 그렇기에 잘 알고 있었다.

검악가는 마스터 중에서 약체였으나 그의 기술은 달랐다.

다수의 적을 상대하기 용이할 뿐만 아니라 공방을 동시에 해결할 수도 있었다.

다방면으로 활용도가 높기에 꼭 한번 연구해 보고 싶었다.

"혹시 이 검에 이름이 있나?"

"제작을 맡기셨던 기사님은 천리검(千里劍)이라고 부르겠다 하셨습니다."

데미안은 이름을 기억하며 천리검을 챙겼다.

데미안 학센은 천리검 외에도 은닉하기 편한 단검과 비도 몇 자루를 챙겼다.

무장을 고른 뒤, 공방을 나올 때였다. 한 여성이 데미안의 앞을 가로막았다.

여성은 한 명이 아니었다. 전사로 보이는 남성 두 명을 대동하고 있었다.

"마음에 드는 무기를 찾으셨나요?"

여성이 산뜻한 미소를 머금은 채 말했다. 데미안 학센은 고개를 삐딱하게 기울인 채 여성을 쳐다봤다.

눈 밑에 검은 그늘이 짙게 껴 있어서 어딘가 음울해 보이는 여성이었다.

"누구지?"

"처음 뵙겠습니다. 첼시 골드픽시 대공녀님을 모시고 있는 레베카라고 합니다."

여성은 가슴에 손을 얹고 다소곳이 고개를 숙였다.

"대공녀님께서 데미안 학센 경께 만남을 청하셨습니다. 괜찮으시다면 시간을 내어 주시겠습니까?"

안 그래도 첼시 골드픽시가 흑마법과 연관이 있는지 알아보기 위해서 한 번쯤 직접 만나보려고 했다.

설마 그 기회가 이렇게 빨리 찾아올 줄은 몰랐다.

"내가 그쪽과 할 이야기는 없는 거 같은데."

하지만 데미안은 곧바로 제안을 받아들이지 않았다. 저쪽의 속내를 떠보기 위해서 한 번 거절했다.

"그건 또 모를 일이죠."

레베카는 여전히 미소를 띤 채로 말을 이어 나갔다.

"첼시 대공녀님께서는 많은 것을 가지고 계십니다. 진득하게 대화를 나누다 보면 데미안 학센 경께 필요한 것을 얻으실 수 있을지도 모릅니다."

돌려서 말하기는 했지만 결국 데미안을 회유하려는 것이었다.

공작의 편에 선 기사에게 이렇게 당당하게 회유를 종용할 줄이야.

데미안은 강한 호기심을 안은 채 말했다.

"좋아. 안내하도록 해."

레베카가 데미안 학센을 안내한 곳은 한적한 곳에 있는 식당이었다.

그렇게 큰 식당은 아니었다. 층수는 겨우 1층밖에 되지 않았다.

“첼시 아가씨께서 직접 운영하시는 식당입니다. 예약제로 운영되며 귀족들만 이용할 수 있습니다.”

식당의 복도를 걸으며 레베카가 설명했다.

“오늘은 데미안 학센 경과의 자리를 마련하기 위해서 식당 전체를 비워 놨습니다.”

레베카의 걸음이 멈춰 섰다.

대형 홀에 식탁이 딱 하나 놓여 있었다. 그곳에 익숙한 얼굴의 여인이 앉아 있었다.

첼시 골드픽시.

그녀가 와인잔을 들어 올리며 말했다.

“조금 늦었네? 어서 와서 앉도록 해.”

레베카는 더 이상 안으로 들어가지 않았다. 데미안 혼자서 들어가서 홀 안으로 걸음을 내딛었다.

그리고 안으로 들어간 순간, 데미안은 느낄 수 있었다.

대형 홀 내부를 가득 채우고 있는 흑마법을 말이다.

‘이거야 원, 첼시 골드픽시를 조사하려고 왔는데.’

조사할 필요도 없이 벌써 증거를 잡았다.

데미안은 식탁까지 걸어가면서 흑마법을 분석했다.

'숨을 쉴 때마다 흑마력이 유입된다. 호흡을 통해서 영향을 끼치고 있어.'

데스나이트였던 시절의 기억과 경험 덕분에 데미안은 흑마법에도 굉장히 정통해 있었다.

'매혹향이었군.'

흑마법을 통해서 거짓된 호감을 불러오고, 그것을 이용해서 사람을 마음대로 조종하는 흑마법이었다.

'이 정도 농도라면 1시간 이내에 노예가 되어 버리겠는걸.'

숨쉴 때마다 흑마법이 체내로 유입되었다. 그 농도가 굉장히 진했다.

'매혹향처럼 고난이도의 흑마법을 사용하고도, 따로 은폐까지 시켜놨다. 엄청나게 수준 높은 흑마법사가 있어.'

이만한 흑마법을 도시 한 가운데에서 펼치고도 들키지 않은 이유는 식당 전체를 뒤덮고 있는 은폐용 흑마법 덕분이었다.

아무래도 첼시 골드픽시 뒤에 있는 흑마법사는 보통 인물이 아닌 듯했다.

어지간한 기사들은 모두 이 매혹향이 굴복했으리라.

하지만 데미안은 예외였다. 그에게는 전생에 도르고가 새겨 놓은 일곱 개의 권능이 있었다.

그렇기에 대부분의 마법과 흑마법은 데미안에게 통하지 않았다.

'탐욕의 권능이라면 문제없이 분해하겠군.'

데미안은 호흡으로 흡입한 흑마법을 탐욕의 권능으로 분해했다.

흑마법을 분해함으로써 얻은 흑마력은 체내 어딘가에 차곡차곡 저장해 놓았다.

"날 왜 불렀지?"

데미안은 첼시의 맞은편에 앉으며 말했다. 첼시는 와인을 내려놓으며 말했다.

"성질 한번 급하네. 요리가 나오면 식사하면서 이야기를 나누는 게 어때?"

이미 흑마법을 감지한 데미안으로서는 저 말이 배려가 아니라 같잖은 수작으로밖에 보이지 않았다.

"쓸데없이 시간을 낭비하고 싶지 않다. 그냥 지금 말해라."

데미안의 거절에 첼시의 눈썹이 살짝 꿈틀거렸다.

"정 그렇다면 어쩔 수 없지. 내 요구사항은 딱 하나야. 대표자 자리에서 사퇴하도록 해."

첼시의 요구에 데미안은 별 감흥을 느끼지 못했다. 어차피 그녀가 요구할 내용이야 뻔했던 것이다.

"기욤 블랙윙을 믿지 못하는 모양이지?"

"착각하지 마. 기욤 블랙윙이 도끼를 들면 너 같은 건 아무것도 아니니까.”

첼시 골드픽시가 딱 잘라 말했다. 목소리에 강한 확신이 담겨 있었다.

“다만, 후작가와의 결투를 대비해서 힘을 온전히 비축해 두고 싶어서 이런 요구를 하는 거야. 괜히 결투 같은 걸 했다가 상처라도 입으면 곤란하잖아?”

나름 일리가 있는 판단이었다.

한쪽의 실력이 압도적으로 뛰어나지 않고서야 결투 도중에 반드시 피를 보게 되어 있다.

“내가 왜 그쪽의 부탁을 들어줘야 하는 거지? 나한테 무슨 이득이 있다고?”

“대표자에서 사퇴하기만 한다면 네가 바라는 모든 것을 이뤄 주겠어.”

그 대답에 데미안은 헛웃음을 터트렸다.

“내가 바라는 게 뭔 줄 알고 그런 소리를 하는 거지?”

“너 같은 시골 기사가 원하는 거야 뻔하지. 돈, 명예, 그런 거 아니야?”

첼시가 가소롭다는 듯 한쪽 입꼬리를 올렸다.

이 대화를 통해서 데미안은 첼시 골드픽시가 어떤 인물인지 얼추 파악할 수 있었다.

‘재수 없을 만큼 오만한 년이로군.’

남을 멋대로 판단하고, 함부로 결론을 내린다.

오만하지 않고서야 할 수 없는 행동이었다.

'어찌 보면 자기 아버지를 쏙 빼닮았군.'

공작은 남을 시험하기를 즐겨하는 고약한 취미를 가지고 있다.

자신이 남을 판단해도 될 만큼 우월한 인물이라는 사고방식을 가지지 않고서야 할 수 없는 행동이었다.

다만, 공작은 첼시 골드픽시처럼 자신의 오만함을 직접적으로 표출하지는 않았다.

'오만한데다 무능력한 년이로군.'

데미안은 첼시 골드픽시에 대해서 그렇게 결론을 내렸다.

"돈이랑 명예라고 했나? 그런 건 공작이 더 잘 챙겨줄 것 같은데."

"당장은 그렇게 보이겠지. 하지만 잘 생각해 봐. 공작가는 조만간 내가 물려받게 될 거야. 미래의 공작한테 잘 보이는 게 훨씬 이득이 크지 않겠어?"

"헛물을 들이키는군. 공작이 저렇게 정정한데 말이야."

"앞날은 어떻게 될지 아무도 모르니까. 아버지보다 더 유능한 사람이 나타나서 그 자리를 대체하게 될지 누가 알아?"

굉장히 위험한 발언이었다.

데미안은 미간을 좁힌 체 첼시 골드픽시를 응시했다.

문득, 데미안은 첼시 골드픽시의 앞에 작은 모래시계가 놓여 있다는 사실을 깨달았다.

'매혹향이 영향력을 발휘하는 시간을 계산하려고 놔둔 건가?'

이제 남은 모래는 얼마 되지 않았다. 첼시는 모래시계를 힐끔 쳐다본 뒤, 데미안에게 말했다.

"알아들었으면 가서 아버지께 말씀드려. 대표자에게 물러나겠다고 말이야."

첼시가 명령조로 말했다.

데미안 학센이 자신의 말에 당연히 따르리라는 강한 확신이 담겨 있었다.

이에 데미안은 즉시 대답했다.

"싫다면?"

첼시 골드픽시의 표정이 무너져 내렸다.

"뭐, 뭐? 이, 이럴 리가 없는데."

첼시가 당황해서 소리쳤다. 데미안은 의자에 몸을 기대 물었다.

"뭐가 이럴 리가 없다는 거지?"

"아, 아니 그게 아니라…… 대, 대체 왜 거절하겠다는 건데? 내가 말했잖아. 네가 바라는 건 모두 이뤄 주겠다고!"

"네 도움 따위는 필요 없다."

"서, 설마 아버지한테 충성맹세라도 한 거야? 너 실수한 거야. 아버지가 얼마나 잔인한 인간인지 알아? 그 인간은 나랑 내 어머니를……."

데미안은 손을 들어서 첼시 골드픽시의 말을 끊었다.

"너희 두 사람의 가정사 따위에는 조금도 관심 없으니 그만 말해라."

데미안은 그저 공작가를 이용해서 후작가를 견제할 수 만 있으면 그만이었다.

공작이 어떤 인물인지는 조금도 관심이 없었다.

"일단 한번 들어봐! 들으면 너도 알 거야. 아버지가 얼마나 못 믿을 인간인지……."

"애초에 내가 원하는 건 네가 이뤄 줄 수 없다."

"뭔데? 네가 바라는 게 뭔데 그래!"

"가족의 행복."

데미안의 대답에 첼시 골드픽시는 멍한 표정을 지었다.

"……뭐, 뭐?"

"가족의 행복, 평화, 안녕, 전부 네가 이뤄 줄 수 없는 것들이지."

가족을 지키기 위해서는 후작가를 견제해야 했다.

그리고 그걸 위해서는 데미안 학센이 결투에 참전해서 미하엘 라이언블룸을 쓰러트려야 했다.

아니, 그런 이유가 아니었더라도 데미안은 첼시 골드픽

시의 요구를 들어줄 생각이 전혀 없었다.

빌어먹을 만큼 가증스러운 흑마법사와 결탁했으니 말이다.

"나는 이만 가 보도록 하지. 기욤 블랙윙에게 전해라. 결투 준비 잘하라고 말이야."

데미안은 의자에서 일어났다. 몸을 돌려 홀을 나가려 했다.

"……가족들이 무척 소중한 모양이네?"

첼시 골드픽시의 말에 데미안이 멈칫했다.

"그럼 다른 식으로 말해 볼까? 대표자에서 사퇴해. 그렇지 않으면 사람을 보내서 학센 자작가를 모조리 짓밟아 버릴……."

첼시 골드픽시는 말을 다 마칠 수 없었다.

느닷없이 튀어나온 데미안의 손이 그녀의 목을 움켜잡은 것이다.

"가, 감히 내 몸에…… 커흑!"

데미안이 손아귀에 힘을 주었다. 사람 손이 아니라 철근에 죄이는 듯한 압력이 그녀의 목을 옭아맸다.

"컥! 커윽! 커어억!"

첼시 골드픽시는 숨을 쉬지 못하고 괴로워했다.

데미안은 그런 첼시 골드픽시를 무감정하게 바라봤다.

마치 죽어 가는 모습을 관찰하려는 듯이.

그때였다.

"첼시 대공녀님!"

"감히 어디서 공녀님께 손을 대는 것이냐!"

입구를 지키고 있던 기사 두 명이 이변을 알아차리고 데미안을 향해 달려들었다.

기사 둘이 들이닥치고 있음에도 데미안 학센의 시선은 오로지 첼시 골드픽시에게 고정되어 있었다.

"그 손 놓지 못할까!"

두 기사가 칼자루를 움켜잡았다. 칼을 뽑아서 데미안을 베려고 했다.

데미안이 첼시의 목을 놓았다. 동시에 식탁에 놓여 있던 식기를 집어 들었다.

기사들을 향해 식기를 휘둘렀다. 고기를 자를 때 사용하는 무딘 나이프가 두 기사의 목을 스치듯 지나갔다.

두 기사의 목에서 피가 터져 나왔다. 두 기사는 목을 붙잡은 채 몸을 비틀거렸다.

"얇게 베었으니 지금 당장 포션을 바르면 죽지는 않을 거다."

그리 말한 뒤, 데미안은 다시 첼시 골드픽시를 돌아봤다.

첼시 골드픽시는 바닥에 주저앉은 채 가쁘게 숨을 내쉬고 있었다.

"첼시 골드픽시."

첼시 골드픽시는 깜짝 놀라서 데미안을 올려다봤다. 데

미안의 싸늘한 시선에 서서히 몸을 떨기 시작했다.

"내가 이 자리에서 널 죽이지 않은 이유는 공작가의 보복이 무서워서가 아니다."

방금 전, 데미안은 속으로 무수한 갈등을 했다.

생각 같아서는 이 자리에서 첼시 골드픽시의 목을 베고 싶었다.

하지만 그건 너무 자비로운 처벌이라는 생각이 들었다.

"기대하도록 해라. 내일 너한테 어떤 끔찍한 일이 벌어질지 말이야."

데미안은 그 말을 남긴 채 식당을 걸어 나갔다.

폭로

"첼시 대공녀님!"

데미안 학센이 나가자마자 레베카가 달려와서 첼시 골드픽시를 부축했다.

"레, 레베카…… 봤어? 저, 저 자식이 나한테 무슨 짓을 했는지?"

"예, 봤어요. 아주 끔찍한 남자였어요."

"바, 반드시 죽여 버릴 거야. 그, 그래서 나한테 한 짓을 후회하게 만들 거라고……."

첼시는 몸을 덜덜 떨며 작게 중얼거렸다. 별안간 그녀의 두 눈동자에 분노가 차올랐다.

"머스탱 퓨리!"

첼시 골드픽시가 벌떡 일어나며 소리쳤다. 그러자 옆방으로 통하는 문에서 한 남성이 헐레벌떡 뛰어왔다.

"예, 예! 머스탱 퓨리, 부름을 듣고 달려왔습니다!"

나이는 대략 중년 정도일까. 뱃살이 무척 두툼한 남성이었다.

"이게 어떻게 된 거야! 어째서 매혹향이 통하질 않는 건데!"

"저, 저도 잘 모르겠습니다. 가, 가끔 흑마법에 강한 면역을 가진 사람이 있는데. 그런 경우가 아닐까 추측……."

"이런 무능력한 머저리가!"

첼시가 탁자 위에 놓여 있던 찻잔을 집어던졌다. 찻잔은 머스탱 퓨리의 이마를 정통으로 가격했다.

"그 자식…… 절대로 살려 둘 수 없어. 반드시 죽여 버릴 거야. 그래서 오늘 나한테 그딴 개소리를 한 걸 후회하게 만들어 줄 거야!"

첼시 골드픽시의 두 눈동자가 표독스럽게 빛났다.

"기욤 블랙윙은? 걔는 어디에 있어?"

"기, 기욤이라면 지금 술집에 있습니다. 오늘 있었던 일 때문에 화를 풀어야겠다면서……."

"내일이 결투인데 술집에서 술이나 퍼마시고 있다고?"

첼시 골드픽시의 눈빛이 살기로 번들거렸다.

머스탱 퓨리는 연신 식은땀을 흘리며 첼시의 눈치를 살폈다.

"당장 내 눈앞에 데려와! 가만 놔두지 않겠어!"

"고, 공녀님. 진정하십시오! 제, 제가 잘 말해 놓겠습니다!"

그 말에 첼시는 억지로 화를 억눌렀다.

"……정발로 기욤 블랙윙이 데미안 학센을 이길 수 있는 거 맞아?"

"다, 당연합니다! 기욤 블랙윙이 누굽니까. 저희 유란의 걸작입니다! 그 녀석보다 더 흑마법 적성이 뛰어난 기사는 보지 못했습니다."

"그런 놈이 낮에 데미안 학센한테 그 망신을 당해?"

"그건 예상치 못한 상황이라…… 무기가 있으면 결과가 완전히 달라질 겁니다."

머스탱 퓨리가 자신 있는 목소리로 말했다.

"공녀님, 조금만 참아 주십시오! 저희 유란이 공녀님의 손에 공작가를 쥐어 드리겠습니다!"

머스탱 퓨리의 호언장담에 첼시가 표독스러운 얼굴로 말했다.

"그 말…… 꼭 지키는 게 좋을 거야. 아니면 너희들부터 죽을 테니까."

머스탱 퓨리의 얼굴이 창백하게 질렸다.

'역시 흑마법사가 숨어 있었군.'

식당의 지붕.

데미안 학센은 몸을 최대한 낮춘 채 첼시와 흑마법사들의 대화를 엿듣고 있었다.

식당을 나간 데미안 학센은 곧바로 지붕 위로 뛰어올랐다.

그리고 마력으로 청각을 증폭시킨 뒤, 식당 내부에 귀를 기울였다.

'단순한 협력관계가 아니군. 첼시 골드픽시가 흑마법사들을 종처럼 부리고 있어.'

대화만 들으면 그랬다. 하지만 데미안 학센은 어딘가 석연치 않았다.

'흑마법사 같은 인간말종들이 저렇게 쉽게 복종할 리 없다.'

데미안이 알고 있는 흑마법사들은 피 대신 독이 흐르는 독종들이었다. 저렇게 쉽게 굴복할 리 없었다.

무엇보다 흑마법사들이 속한 단체가 문제였다.

'머스탱 퓨리라고 했나. 저놈이 방금 똑똑히 말했지. 유란이라고 말이야.'

유란.

이전에 검은뱀의 사주를 받고 학센 영지에 저주를 내렸

던 흑마법사가 속해 있던 집단이었다.

유란은 교단에서 기를 쓰고 추적할 정도로 위험한 흑마법사 집단이다.

그런 곳의 흑마법사들이 첼시 골드픽시 같은 풋내기에게 복종한다?

'대체 무엇을 노리는 거지?'

문득 데미안의 머릿속에서 한 가지 대화가 떠올랐다.

-흑마법사들이 가장 간절하게 바라는 게 무엇인지 아느냐? 한 자리에 정착하는 것이란다.

전생에 도르고가 데미안에게 했던 말이었다.

엄밀히 따지자면 대화라고 할 수 없었다. 그 당시 데미안은 말을 할 수 있는 상황이 아니었으니까.

게다가 도르고는 데미안이 이지를 완전히 상실한 줄 알고 있었다.

즉, 도르고가 일방적으로 떠들어댄 것에 불과했다.

-흑마법사들의 인생은 떠돌이로 요약할 수 있지. 사람들의 시선을 피해서 숨어야 하고, 교단의 추적을 피해서 도망쳐야 해. 그렇게 시간이 지나다 보면 모두가 간절하게 바라게 된다. 정착할 수 있는 곳을 말이야.

흑마법사들이 유독 사회에 스며들려고 발악하는 것도 바로 그 때문이라고 했다.

안전하게 살아갈 수 있는 장소를 얻기 위해서 말이다.

'유란의 속셈이 무엇인지 알겠군. 첼시 골드픽시를 앞세워서 공작가를 지배하려는 거야.'

교단의 주목을 받은 흑마법사들 중에 살아남은 이는 거의 없다.

그렇기에 유란에서는 자신들을 보호해 줄 강력한 방패를 원하고 있을 것이다.

그래서 선택한 게 첼시 골드픽시인 듯했다. 그녀를 이용해서 공작가를 손에 넣을 생각임이 틀림없었다.

'버러지 같은 것들이 주제 넘는 짓을 벌이는군.'

공작가를 지배하려는 유란의 작태가 마치 전생에 자신을 노예로 부렸던 도르고의 행태와 겹쳐 보였다.

'그 계획, 철저하게 짓밟아 주마.'

데미안의 눈동자가 섬뜩하게 빛났다.

데미안은 그 길로 귀빈실로 돌아왔다.

귀빈실에 도착한 뒤, 데미안은 우선 체내에 저장해 뒀던 흑마력을 팔찌에 주입시켰다.

'보면 볼수록 쓸모가 많단 말이지.'

유란의 간부 아기토를 죽이고 얻은 이 팔찌는 어떤 기운이든 저장하고, 은폐하는 능력을 가지고 있었다.

덕분에 데미안은 흡수한 흑마력들을 감쪽같이 숨길 수 있었다.

'마음 같아서는 흑마법을 모두 버리고 싶다.'

데미안은 흑마법사도, 흑마법도 모두 증오스러웠다. 이 세상에서 모두 지워 버리고 싶을 정도였다.

그럼에도 흑마력을 모으는 이유는 만일에 대비하기 위함이었다.

'삶이란 어떤 일이 벌어질지 모르지.'

용병으로서 승승장구하던 데미안은 도르고라는 악마를 만나서 인생이 망가졌다.

그런 예기치 못한 사태를 막기 위해서 흑마력을 저장하고 있는 것이다.

팔찌에 흑마력을 모두 저장한 뒤, 데미안은 천리검을 꺼내 들었다.

'귀찮게 공작을 찾아가서 설명하는 것보다 직접 보여 주는 게 낫겠지.'

데미안의 계획은 간단했다.

기욤 블랙윙의 몸에 자리 잡고 있는 흑마법을 박살 낼 생각이었다.

흑마법이 망가지면 흑마력이 외부로 방출되면서 흑마법의 존재가 만천하에 공개될 것이다.

'마침 검악가의 경지가 그런 일에 적합하기도 하고.'

데미안은 손가락으로 가볍게 천리검의 날을 튕겼다.

우웅.

살짝 충격을 준 것만으로 검이 사납게 진동했다.

데미안은 천리검에 마력을 주입시킨 뒤, 한 번 더 검신을 튕겼다.

우우웅.

진동이 한층 더 강해졌다. 그와 동시에 근처에 있는 창문 하나가 깨졌다.

'역시 쉽지 않군.'

데미안은 불만스러운 표정을 지었다.

원래 데미안은 창문이 아니라 의자를 부수려고 했다.

하지만 음을 제대로 조절하지 못해서 창문이 깨지고 말았다.

'검악가는 이걸 어떻게 조절했던 거지?'

검악가는 검뿐만 아니라 음에 대한 재능을 가지고 있었다.

흔히 말하는 절대음감을 타고난 이가 바로 검악가였다.

데미안에게는 검악가와 같은 음감이 없었다.

그렇기에 기술과 경지를 이해하고 있을 뿐, 곧바로 능숙하게 사용할 수 없었다.

'내일 결투에서 사용하려면 연습이 좀 필요하겠어.'

데미안은 밤새도록 검명을 울렸다.

이튿날, 결투 당일이 되었다.

공작가의 가신들은 시간에 맞춰서 훈련장으로 모여들었다. 오늘 있는 결투를 구경하기 위해서였다.

그중에는 공작가의 기사들도 다수 섞여 있었고, 이번 후작가의 결투에 참가하게 되는 기사들도 있었다.

"파벨 형님께서는 누가 이길 것 같으십니까?"

후보 기사 중 한 명이 체구가 땅딸막한 기사에게 물었다.

작은 체구의 기사, 파벨은 턱을 긁적이며 고민에 잠겼다.

"단순히 명성만 생각하면 기욤 블랙윙이 이기겠지."

먼 타국의 기사긴 하지만 기욤 블랙윙의 명성은 이곳까지 알려졌을 정도로 대단히 유명했다.

"그, 그럼 드디어 데미안 학센, 그 악마 같은 놈한테서 해방될 수 있는 겁니까?"

후보 기사가 몸을 부르르 떨며 물었다.

최근 며칠 동안 결투 기사들은 데미안 학센에게 훈련을 빙자한 구타를 당했다.

저항해 봤자 무참히 당할 뿐이다. 도망치려 하면 붙잡으러 왔다.

특히나 결투기사들을 괴롭게 만든 것은 데미안 학센의 기괴한 타격술이었다.

대체 무슨 짓을 벌였는지 데미안 학센이 아무리 세게 때려도 몸에 상처가 남지 않았다.

그래서 결투기사들은 윗사람에게 고발조차 할 수 없었다.

"기욤 블랙윙 경이 이긴다면 그렇게 되겠지."

이렇게 크게 충돌했으니 패배한 쪽이 공작가를 떠나게 될 것이다.

데미안 학센이 패배한다면 결투기사들도 그 끔찍한 나날에서 해방되겠지만…….

"근데 나는 어째 그 인간이 지지 않을 것 같단 말이지……."

파벨 버몬드는 데미안 학센을 떠올렸다.

기기괴괴한 검술과 속마음을 읽는 듯한 심계, 마지막으로 잔인한 손속까지.

상상하는 것만으로도 오금이 저려올 정도로 무시무시한 인간이었다.

"에이, 아무리 그래도 기욤 블랙윙이 이기는 게 당연하지 않겠습니까."

동료 기사가 웃으며 말할 때였다. 훈련장에 한 남성이 기합을 지르며 올라왔다.

"흐아아압!"

엄청난 거구인데다 근육질의 사내였다. 특히 두 팔이 길고 두꺼웠다. 마치 통나무를 보는 듯했다.

“저 남자가 기욤 블랙윙…….”

파벨 버몬드는 신기하다는 얼굴로 그를 쳐다봤다.

한눈에 보자마자 알 수 있었다. 비록 경지는 같을지언정 기욤 블랙윙이 훨씬 강하다는 것을 말이다.

“데미안 학센! 어서 올라와라! 오늘이야말로 박살을 내주마!”

훈련장에 올라온 기욤 블랙윙이 고함을 내질렀다.

기사가 아니라 검투사를 연상시키는 행동에 파벨 버몬드는 인상을 찌푸릴 수밖에 없었다.

실력은 확실하지만 교양과 품위라고는 조금도 없는 인간이었다.

“형님, 그 인간입니다.”

그때, 기사가 파벨 버몬드의 팔을 흔들며 어딘가를 가리켰다.

데미안 학센이 막 훈련장에 모습을 드러냈다.

“용케 도망치지 않았구나!”

데미안 학센을 발견한 기욤 블랙윙이 사납게 웃으며 말했다.

반면 데미안 학센은 늘어지게 하품을 했다.

“아우, 어제 잠을 못 잤더니. 어깨가 뻐근하네.”

데미안 학센은 한쪽 어깨를 매만지며 목을 좌우로 꺾었다.

투지와 긴장감은 조금도 찾아볼 수 없었다. 그 태도에

기욤 블랙윙이 빠득 이를 갈았다.

"아주 죽여달라고 발악을 하는구나."

기욤 블랙윙에게서 사나운 기세가 번져 나오기 시작했다. 그 거친 기운에 파벨 버몬드는 마른침을 삼켰다.

자신이 생각했던 것보다 기욤 블랙윙은 더 강했다.

기욤 블랙윙은 금방이라도 달려들 것처럼 데미안 학센을 노려봤다.

하지만 실제로 전투는 벌어지지 않았다.

"아무래도 내가 늦은 듯하군."

훈련장에 들어온 공작 때문이었다.

"데미안 경, 어젯밤에는 잘 잤나?"

"뭘 좀 연습하느라 한숨도 못 잤습니다."

"저런. 뭐에 그리 열중했는지는 모르겠지만 잠은 빼먹지 말게나. 잠이야말로 영약이라네."

공작은 데미안에게 정겹게 인사를 건넨 뒤, 기욤 블랙윙에게 다가갔다.

"기욤 블랙윙."

"……예, 각하."

기욤 블랙윙은 공작 옆에 있는 가올 하임리히를 곁눈질하며 대답했다.

"깔끔하게 승패애 굴복하길 바라네."

이미 결과가 정해져 있다는 듯한 말투에 기욤 블랙윙의

얼굴이 험악해졌다.

"……예, 그렇게 하겠습니다."

하지만 가울 하임리히가 있기에 성질을 폭발시키지는 못했다.

"그럼 뭐, 오래 끌 거 없지. 결투를 시작하도록 하겠네."

공작의 선언이 떨어졌다.

결투가 시작되자마자 기욤 블랙윙이 훈련장을 질주했다.

두 자루의 손도끼를 각각 한 손에 들었다. 도끼에는 시뻘건 오러가 맺혀 있었다.

"데미안 학세에에에에엔!"

격정을 참지 못하고 기욤 블랙윙이 큰소리로 외쳤다. 그 소리에 데미안 학센은 인상을 찌푸렸다.

'시끄러운 자식.'

불쾌함과는 별개로 데미안 학센은 반사적으로 기욤 블랙윙에 대해서 분석했다.

'양팔의 근육이 동등하게 발달해 있다. 한손잡이가 아니라 양손잡이라는 뜻이야.'

쌍수 무기를 사용해도 오른손잡이냐 왼손잡이냐에 따라서 기술이 달라진다.

하지만 기욤 블랙윙은 양손잡이였다. 기술에 빈틈이 없다는 뜻이었다.

'땅을 밟을 때마다 깊이가 달라진다. 마력을 능숙하게 운용하지 못한다는 뜻이야.'

마력을 일정하게 운용하지 못하기에 땅을 밟는 힘이 각기 달라서 깊이에 차이가 발생하는 것이다.

'이쯤에서 그만해야겠군.'

기껏해야 흑마법으로 경지를 높인 가짜기사다. 데미안이 분석할 가치는 조금도 없었다.

"안 피해? 날 정면에서 막아 보겠다 이거냐?"

코앞까지 다가온 기욤 블랙윙이 손도끼를 번쩍 들어 올렸다.

"그러다 뒤진 새끼들이 한두 명이 아니야!"

기욤 블랙윙의 팔뚝에 힘이 불끈 들어갔다. 두 자루의 도끼가 데미안을 향해 떨어졌다.

데미안은 천리검으로 도끼를 막았다. 도끼와 충돌하자마자 천리검이 무섭게 진동했다.

우웅.

천리검이 파동을 내뿜었다. 데미안을 중심으로 바닥의 표면이 박살이 났다.

파동은 기욤 블랙윙까지 날려 버렸다. 기욤 블랙윙은 허공에서 몸을 회전시키며 땅에 착지했다.

"바, 방금 무슨 짓을……."

블랙윙은 당혹스럽다는 얼굴로 데미안을 쳐다봤다.

놀라기는 다른 사람들도 마찬가지였다.

"지, 지금 저게 뭐요?"

"저, 저도 잘 모르겠습니다."

"소리가 울리더니 갑자기 기욤 블랙윙이 날아가던데요?"

모두 이런 방어술은 본 적이 없었다. 그렇기에 당혹스러워할 수밖에 없었다.

"……저건."

딱 한 명, 가울 하임리히는 데미안이 사용한 기술을 알아봤다.

공작은 가울 하임리히를 돌아보며 물었다.

"가울 경, 데미안 학센이 사용한 기술에 대해서 알고 있는가?"

"몇 년 전에 공작가에서 고용한 기사가 저것과 비슷한 기술을 사용했습니다."

가울 하임리히는 놀랍다는 얼굴로 데미안 학센을 바라봤다.

"굉장히 특이한 기술이라 계속 기억이 남아 있었습니다. 설마 그것을 데미안 학센도 사용할 수 있을 줄은 몰랐습니다."

가울 하임리히는 잠시 기억을 더듬다가 공작에게 말했다.

"제 기억이 맞다면…… 아마 더 재미있는 걸 보실 수 있을 겁니다."

"어디서 괴상한 요술을 부리고 자빠졌어!"

기욤 블랙윙이 다시 땅을 박찼다. 데미안을 향해 달려들었다.

데미안은 두 손가락으로 천리검의 칼날을 쓸었다.

칼날이 서서히 진동하기 시작했다. 진동이 커질수록 검명도 커졌다.

검명이 절정에 달했을 때, 데미안 학센이 손가락으로 칼날을 튕겼다.

그 직후, 기욤 블랙윙의 복부에 충격이 가해졌다.

"커억!"

그 순간, 기욤 블랙윙이 괴성을 토해내며 멈춰 섰다. 또다시 혼란스럽다는 얼굴로 데미안을 쳐다봤다.

"이, 이 새끼가…… 자꾸 뭔 이상한 짓을……."

우웅.

데미안이 다시 칼날을 튕겼다.

이번에는 기욤 블랙윙의 얼굴이 찌그러졌다. 마치 보이지 않는 몽둥이로 얻어맞는 듯했다.

"크악!"

데미안이 다시 칼날을 튕겼다. 이번에는 옆구리에 충격이 가해졌다.

"크아악!"

기욤 블랙윙이 양손의 도끼를 마구 휘둘렀다. 하지만 도끼에 걸리는 것은 아무것도 없었다.

"저, 저게 뭐죠? 설마 데미안 경이 마법을 사용하는 겁니까?"

"데미안 경은 기사잖습니까?"

가신들은 그 괴상한 광경에 당황해할 수밖에 없었다.

"이 새끼야! 삭삭하지 못해!"

기욤 블랙윙이 분노를 토해 내며 손도끼를 휘둘렀다. 붉은 오러가 방출되더니 데미안을 향해 날아갔다.

우우우웅.

그때, 데미안이 울리던 검명이 달라졌다. 방금 전까지는 묵직했다면 이제는 날카로웠다.

날카로운 검명이 울리자마자 기욤 블랙윙이 날린 오러가 반으로 갈라졌다. 오러는 구심점을 잃고 흩어졌다.

"……뭣?"

상상치도 못한 광경에 기욤 블랙윙의 몸이 덜컥 굳었다.

그때를 노리고 데미안이 다시 검명을 울렸다.

그 순간, 기욤 블랙윙이 황급히 땅을 박차고 뛰어올랐

다. 훈련장 바닥이 칼로 그은 것처럼 쫙 베였다.

"이, 이런 미친놈이!"

기욤 블랙윙은 당황해하며 데미안을 향해 달려들었다. 데미안은 그런 기욤 블랙윙을 힐끔 쳐다봤다.

'노는 건 이쯤 해야겠군.'

검악가의 기술을 시험하기 위해서 잠깐 기욤 블랙윙을 데리고 놀았다.

이제 사람들에게 진실을 알릴 때였다.

'검악가의 무서운 점은 대규모 전투에 능하기 때문이 아니다. 검명으로 내부를 공격할 수 있기 때문이지.'

검악가가 마스터로서 도달한 경지는 '공진(共振)'이라고 불렸다.

원래 검악가는 검명을 이용해서 외상밖에 입히지 못했다.

하지만 '공진(共振)'에 도달하면서 상대의 신체 내부에 영향을 끼치는 것이 가능해졌다.

검악가가 검명을 울릴 때마다 적들은 내부가 뒤집어지는 고통을 경험해야 했다.

'마스터에게는 통하지 않는 기술이었지.'

마스터쯤 되면 신체가 극한까지 단련이 된데다 마력 운용 역시 굉장히 촘촘했다.

그렇기에 공진으로 내상을 입히는 게 거의 불가능했다.

'하지만 유용한 경지라는 것만은 틀림없어.'

데미안이 천리검을 튕겼다. 검명이 은은하게 울리기 시작했다.

진동하는 천리검을 양손으로 붙잡았다. 하늘 높이 들어 올린 다음, 바닥을 향해 힘껏 내리쳤다.

머리가 진탕 흔들릴 정도로 거대한 소리가 회의장을 가득 뒤덮었다.

거대한 파동에 기욤 블랙윙의 몸이 잘게 흔들렸다. 기욤 블랙윙은 그대로 굳어 버렸다.

"너, 너……."

기욤 블랙윙의 얼굴이 서서히 창백하게 질리기 시작했다.

"우, 우욱……!"

기욤 블랙윙이 입에서 무언가를 토해 냈다.

피는 아니었다. 그보다 훨씬 새까맣고 끈적끈적한 액체였다.

"기, 기욤 경이 왜 저러는 거지?"

"뭔가 이상한데요?"

기욤이 토해 낸 물질이 땅에 닿았다. 그 순간, 기체로 변하며 사방으로 퍼졌다.

새까만 안개가 회의장을 가득 채웠다. 그것을 본 가신들의 얼굴이 딱딱하게 굳었다.

"이, 이건 설마……."

이 세상에서 검은색을 띠는 마력은 단 하나밖에 없었다.

"흐, 흑마력이잖아!"

가신들이 비명을 지르듯이 소리쳤다.

"우, 우욱! 우웨에에엑!"

기욤 블랙윙은 구토를 멈추려 했지만 소용없었다. 흑마력은 끊임없이 밖으로 튀어나왔다.

흑마력을 토해 낼수록 기욤 블랙윙의 몸은 조금씩 쪼그라들었다. 검은 머리카락은 새하얗게 탈색되었다,

흑마법이 해제되면서 그 여파가 몰려오고 있는 것이었다.

"끄, 끄윽……."

기욤 블랙윙은 순식간에 늙어 버렸다. 몸조차 가누기 힘든지 바닥에 쓰러진 채 일어나질 못했다.

훈련장은 정적에 휩싸였다. 충격을 받지 않은 사람이 없었다. 심지어 공작조차 얼어붙어 있었다.

"흐, 흑마력? 흑마력이라고?"

"지, 지금 내가 제대로 보고 있는 게 맞는 거요?"

곳곳에서 웅성거리는 소리가 들려왔다. 다들 목소리가 잘게 떨리고 있었다.

"이, 이걸 어떻게 해야 합니까?"

"내, 낸들 압니까? 내, 내 생전 흑마법과 얽힌 건 이번이 처음이란 말입니다."

"지금 우리끼리 싸우고 있을 때가 아닙니다. 일단 자세한 상황을 파악해야 합니다."

이 상황을 설명해 줄 수 있는 사람은 단 한 명밖에 없었다.

마치 짜기라도 한 것처럼 모두의 시선이 한곳으로 모였다.

첼시 골드픽시는 크게 당황해하며 고개를 절레절레 흔들었다.

"저, 저는 몰라요! 모, 모르는 일이에요!"

첼시가 당황한 얼굴로 말했다. 하지만 저 말을 믿는 사람은 없었다.

"아버지! 믿어 주세요! 저랑은 상관없는 일이에요!"

가신들이 자신의 말을 믿어 줄 것 같지 않자 이번에는공작을 향해 외쳤다.

"아버지!"

딸의 외침에도 공작은 입을 가린 채 가만히 서 있을 뿐이었다.

"……병사들은 왜 가만히 있느냐."

이윽고 공작이 긴 침묵을 깨고 입을 열었다.

"당장 첼시 대공녀를 감옥에 가두어라."

그 말에 훈련장 곳곳에 서 있던 병사들이 움직이기 시작했다.

"아, 아버지! 제 말을 들어보세요! 저는 결백해요! 정말이에요!"

그 모습을 본 첼시 골드픽시가 절규하듯 소리쳤다. 하지만 공작의 명령은 바뀌지 않았다.

"다, 다들 뭐 하는 거야! 나, 날 지키지 못해? 병사들이 못 오게 막으란 말이야!"

첼시가 자신을 섬기는 기사들을 향해 외쳤다.

기사들은 일말의 망설임도 없이 무기를 빼들며 소리쳤다.

"더 이상 가까이 다가오면 베겠다!"

"첼시 대공녀님을 잡아가려면 우리부터 쓰러트려야 할 거다!"

기사들의 살기 어린 위협에 병사들이 멈칫했다.

공작가의 병사들이 수준이 높기로 유명하다지만 기사들을 상대할 수는 없는 법이었다.

"가올 경."

그때, 공작이 다시 입을 열었다.

"병사들을 도와서 첼시 골드픽시를 체포하도록 하라. 방해하는 자는 모두 죽여도 좋다."

"명을 받들겠습니다."

대답과 함께 가올 하임리히가 칼을 뽑았다. 칼날이 마찰하는 소리가 섬뜩하게 울렸다.

그 모습에 첼시를 지키던 기사들의 얼굴이 창백하게 질렸다.

애플 왕국에 단 세 명밖에 없다는 하이클래스.

그 존재가 얼마나 강할지는 굳이 설명할 필요가 없었다.

"대, 대공녀님! 이곳은 저희가 막겠습니다! 대공녀님께서는 당장 도망치십시오!"

기사들은 가올 하임리히와 맞서겠다는 생각을 버렸다.

대신 목숨을 버려서라도 첼시 골드픽시를 도주시키려 했다.

"대공녀님! 어서 움직이셔야 합니다!"

"아, 알겠어."

첼시 골드픽시는 기사들의 말대로 도망치려 했다.

하지만 그보다 먼저 가올 하임리히가 칼을 휘둘렀다.

푸른색 오러가 훈련장을 가로질렀다. 원처럼 넓게 퍼진 오러가 훈련장에 있는 모든 사람을 베고 지나갔다.

"엇?"

"어엇?"

가신들의 얼굴에 당혹감이 떠올랐다.

분명히 오러가 몸을 스치고 지나갔는데 어떤 상처도 입지 않았던 것이다.

하지만 모든 사람이 무사했던 것은 아니었다.

"……."

"……."

"……."

첼시 골드픽시를 지키려 했던 기사들의 움직임이 우뚝 멈췄다.

"다들 왜 그래? 왜 이렇게 조용한……."

그에 위화감을 느낀 첼시가 기사를 향해 손을 뻗었다.

그러나 손끝이 닿기도 전에 기사들의 몸에서 피가 터져 나왔다.

물을 가득 담은 자루가 터지듯이 대량의 피가 한꺼번에 쏟아져 나왔다.

기사들의 몸이 반으로 나뉜 채 바닥으로 허물어졌다.

"……꺄아아아아악!"

첼시 골드픽시를 피를 뒤집어쓴 채 비명을 내질렀다.

꿈에서 깨어나려는 듯이 두 손으로 머리카락을 마구 쥐어뜯었다.

오러를 넓게 퍼트려서 죽이려는 자들만 베었다.

신기에 도달한 검술에 가신들과 병사들은 경외심 가득한 얼굴로 가올 하임리히를 바라봤다.

"병사들은 뭣들 하느냐. 어서 첼시 골드픽시를 포박하라."

공작의 호통에 병사들은 그제야 정신을 차렸다. 병사들이 첼시 골드픽시를 포위하듯 둘러쌌다.

"아…… 아아…… 아아악!"

첼시 골드픽시는 괴성을 지르며 다급하게 주변을 두리번거렸다. 자신을 도와줄 사람을 찾는 듯했다.

그러다 첼시 골드픽시의 눈동자가 확 커졌다.

"에, 에른스트 경!"

가신들 틈에 서 있는 에른스트 호위츠를 발견한 것이다.

"저, 절 도와주세요! 이, 이렇게 부탁드릴게요!"

첼시의 외침에 에른스트 호위츠의 눈동자에 갈등이 떠올렸다.

"제발!"

첼시의 외침에 에른스트 호위츠의 고민이 더욱 커졌다.

그런 에른스트를 향해 가올 하임리히가 말했다.

"에른스트 경, 그대는 미들클래스 기사로서 공작가의 발전에 크게 이바지했다. 각하께서는 아직 그대를 아끼고 계신다."

가올 하임리히의 목소리는 평탄했다. 하지만 그가 발산하고 있는 기세는 전혀 그렇지 않았다.

"하지만 첼시 대공녀를 보호한다면 이 자리에서 즉시 처형하겠다."

거대한 살의가 에른스트 호위츠를 둘러쌌다. 그 순간, 에른스트 호위츠는 어떤 환상을 봤다.

폭풍우가 휘몰아치는 바다.

그 한가운데에 낡아빠진 나무판자와 함께 자신도 내동댕이쳐진 것 같았다.

"아…… 어…… 으으……."

그 막막함과 끝을 알 수 없는 공포심에 에른스트 호위츠는 자신도 모르게 무릎을 꿇었다.

복종의 자세.

그 행동에 첼시 골드픽시의 표정이 와락 일그러졌다.

"에른스트 경? 에른스트 경! 이, 이러지 말아요! 어서 날 구해요! 당장…… 아악! 악!"

병사들이 첼시 골드픽시의 팔다리를 붙잡고 묶었다.

"아, 아버지!"

줄에 묶이는 와중에도 첼시 골드픽시는 공작을 향해 애원했다.

"제, 제발 제 말을 들어주세요! 그, 그럼 아실 거예요! 제가 결백하다는 사실을요!"

그런 첼시를 향해 공작이 한마디를 툭 내뱉었다.

"무능력한 것."

그 말에 첼시의 눈동자가 빠질 듯이 커졌다.

"네년이 저지른 일 때문에 우리 가문은 하마터면 큰 화를 당할 뻔했다."

"아, 아버지…… 저, 저는……."

"네년을 다시 불러들인 것은 내 인생 최대의 실수였다."

공작의 말투에는 진한 경멸이 담겨 있었다.

"아, 아니에요! 아니라구요! 저는……."

"더 들어주기 힘들구나. 병사들은 저것의 입을 막도록 해라."

"아버지! 아버…… 읍! 으읍! 으으읍!"

병사들은 첼시 골드픽시를 끌고 훈련장 밖으로 나갔다.

첼시 골드픽시의 두 눈동자에서 눈물이 펑펑 흘러내렸다.

그때, 첼시 골드픽시의 시선에 누군가 들어왔다.

데미안 학센.

그가 한껏 조소를 지은 채 그녀를 쳐다보고 있었다.

"읍! 으으읍! 읍!"

첼시 골드픽시는 데미안 학센을 죽을 듯이 노려봤다.

병사들은 그런 첼시 골드픽시를 데리고 훈련장 밖으로 나갔다.

이윽고 첼시 골드픽시의 비명소리가 뚝 끊어졌다.

"골치 아프게 되었군."

첼시 골드픽시가 사라지자마자 공작은 한숨을 내쉬며 말했다.

"흑마법과 이렇게 깊이 연관될 줄이야. 이 사실이 알려지면 교단에서 가만히 있지 않을 텐데."

이단자에 대한 교단의 집착은 모르는 사람이 없을 정도로 유명했다.

골드픽시 공작가라 할지라도 교단의 간섭을 완전히 거부할 수는 없었다.

"골치 아픈 일은 조금 미뤄 두기로 하고, 공치사부터 해결해야겠군."

그리 말하며 공작은 데미안 학센을 향해 말했다.

"데미안 학센, 대체 무슨 기술을 썼기에 기욤 블랙윙이 저렇게 된 것인가?"

"저도 잘 모르겠습니다. 다만, 제가 사용한 악검(樂劍)은 내상을 입히는 기술입니다. 악검이 기욤 블랙윙의 신체 내부에 있는 흑마법을 부순 게 아닐까 생각됩니다."

데미안의 설명에 공작은 흥미롭다는 표정을 지었다.

"내상을 입히는 기술이라? 굉장히 특이하군. 가올 경, 저번에 데미안 학센과 비슷한 기술을 사용하는 기사를 본 적이 있다고 했지?"

"예, 그렇습니다. 하지만 그 기사는 외상만 입혔을 뿐, 내상까지 입히지는 못했습니다. 데미안 학센의 기술이 훨씬 뛰어난 듯합니다."

가올의 칭찬에 공작의 흥미는 더욱 높아졌다.

"검을 잘 모른 내가 봐도 보통 검술이 아닌 듯하군. 대체 언제 그런 검술을 익힌 것인가?"

"예전에 어떤 기사가 사용하는 기술을 보고 직접 만들어 냈습니다."

"……그만한 검술을 직접 만들어 냈다고?"

공작이 믿기 힘들다는 듯이 되물었다. 데미안이 어깨를 으쓱거리며 답했다.

"제가 좀 천재라서."

잠시 침묵이 흘렀다. 공작은 짧게 탄식했다.

"직접 본 게 있으니 믿지 않을 수가 없군."

데미안이라고 좋아서 이렇게 말한 게 아니었다.

공작은 이미 데미안에 대한 모든 조사를 끝마쳤다.

검술을 어떻게 배우게 되었는지 괜히 사연을 꾸며냈다가는 오히려 의심을 살지도 몰랐다.

의심을 살 바에는 천재라고 인식되는 편이 훨씬 나았다.

게다가 엄밀히 따지면 완전히 거짓말이라 할 수도 없었다.

"그대 덕분에 커다란 후환을 미리 제거할 수 있었다. 이 공로는 이루 말할 수 없을 정도로 크다."

공작이 아공간을 열었다. 그 안에서 푸른 물약을 꺼냈다.

맨 처음에 결투 승리 보상으로 내걸었던 마력 결정의 비약이었다.

"약속대로 이것은 그대의 것이다."

데미안은 공작이 내민 비약을 받았다. 생각보다 묵직했다.

이렇게 병을 손으로 잡고 있으니 생생하게 느낄 수 있었다.

이 비약이 담고 있는 거대한 힘을 말이다.

"이 비약은 결투의 보상일 뿐, 이번 사건에 대한 보상이라 할 수 없다. 그러니 필요한 것을 말하도록 해라."

공작의 말에 데미안은 고민에 잠겼다.

지금이라면 공작에게서 무엇이든 받아 낼 수 있을 것이다.

하지만 마력 결정의 비약을 얻었으니 지금 데미안에게는 크게 필요한 것이 없었다.

그렇다면 굳이 보상을 받아 내는 것보다 빚으로 달아 두는 게 훨씬 좋을 듯했다.

빚이란 시간이 지날수록 더욱 커지는 법이니 말이다.

"이번 사건은 우연이 벌어진 일입니다. 보상을 받을 만한 것이 아닙니다."

데미안의 말에 공작은 고개를 저었다.

"우연일 뿐이라 해도 그대가 가문을 구했다는 사실은 변하지 않는다."

"지금은 공작가의 기사로 있으니 당연한 일을 했을 뿐입니다."

데미안은 몇 번이고 거부했다. 결국 공작도 물러날 수밖에 없었다.

"데미안 경이 이렇게 완고하니 어쩔 수 없군…… 이 일은 따로 기억해 두겠네. 언제든지 내 도움이 필요한 일이 생긴다면 찾아오도록 하게나."

그리 말한 뒤, 공작은 가올 하임리히를 불렀다.

"가올 하임리히 경, 군권을 맡기도록 하겠네. 기사와 병사들을 데리고 가서 첼시 골드픽시와 연관된 자들을 모두 잡아오도록 하게."

"예, 각하."

"특히 첼시 골드픽시에게 협력한 흑마법사들은 한 명도 놓쳐서는 안 되네."

공작의 명령에 가올 하임리히가 한쪽 무릎을 꿇었다.

"가신들도 들으라. 그대들은 가올 하임리히 경의 수색에 최대한 협조해야 할 것이다. 만약 그렇지 않는 자가 있다면……."

공작의 두 눈동자가 살기로 번뜩였다.

"첼시 골드픽시에게 동조한 것으로 알고 가문을 멸하도록 하겠다!"

공작의 서슬 퍼런 경고에 가신들은 자신들도 모르게 몸을 떨었다.

가올 하임리히의 행동은 굉장히 신속했다.

즉시 병사들을 데리고 가서 첼시 골드픽시의 사용인들을 체포했다.

그녀의 침실은 물론이고, 도맡았던 사업체, 자주 들렸던 가게까지 모두 낱낱이 살폈다.

그 결과 첼시 골드픽시와 흑마법사의 관계를 알고 있는 자들을 무더기로 잡아들일 수 있었다.

공작은 고문기술자들을 불러들여서 그들을 심문했다.

"마, 맞습니다! 첼시 대공녀님께서는 흑마법사들과 소, 손을 잡으셨습니다!"

"어떻게 만났냐고요? 자, 잘 모릅니다! 체, 첼시 대공녀님께서 어느 날 갑자기 데려오셨습니다!"

"흐, 흑마법사들은 첼시 대공녀님의 모든 걸 도왔습니다! 가, 각하께서 시키신 일들까지 전부 다 흑마법사들이 했습니다!"

그들을 통해 알려진 진실은 충격적이었다.

우선 첼시 골드픽시가 지금까지 선보였던 모든 능력과 성과들은 흑마법사들의 도움으로 이루어 낸 가짜였다.

첼시 골드픽시는 흑마법사들의 도움으로 가문 내에서 영향력을 넓혀 나갔던 것이다.

"다, 다른 것도 더 있습니다! 대, 대공녀님께서는 흐, 흑마법사들한테 도움을 받아서 가, 가신들한테 충성을 받아냈어요!"

"무, 무슨 흑마법인지는 저희도 모릅니다! 그냥 향을 들이마시면 대공녀님한테 빠져든다고만 들었어요!"

심지어 첼시 골드픽시는 흑마법을 이용해서 가신들을 자신의 편으로 만들었다.

흑마법 때문에 첼시 골드픽시의 편에 선 가신들이 수두룩했다.

그나마 영향력이 큰 가신이 없다는 게 다행이었다.

공작은 병사들을 보내서 첼시 골드픽시에게 홀린 가신들과 기사들을 모두 잡아들였다.

따지고 보면 이들은 피해자일 뿐이었다. 하지만 흑마법의 영향을 받고 있기에 가만히 내버려 둘 수는 없었다.

그렇게 심문이 계속되던 어느 날.

첼시 골드픽시가 자살했다는 소식이 전해졌다.

첼시 골드픽시가 죽은 날에도 데미안 학센은 훈련에 매진하고 있었다.

마력 결정의 비약을 받기는 했지만 지금 몸 상태로는 받아들이기 버거웠기 때문이었다.

훈련을 마치고 돌아올 때였다. 침실 앞을 서성이고 있는 공작이 보였다.

"각하?"

데미안이 의아한 얼굴로 물었다. 그제야 공작은 데미안이 온 것을 발견했다.

"아, 왔는가. 언제 오나 기다리고 있었다네."

"시종을 시켜서 부르지 그러셨습니까."

"자네의 훈련을 방해할 수는 없지 않겠나."

공작이 웃으며 말했다.

"그런데 어쩐 일이십니까?"

"아, 별 건 아니고."

공작이 팔을 들어 올렸다. 손에 와인병이 쥐어져 있었다.

"자네, 술 좋아하나?"

공작은 데미안을 데리고 구석에 있는 방으로 향했다.

"취미를 즐기기 위해서 따로 만든 방이라네."

방 안에는 술이 가득 채워져 있었다.

종류도 다양했다. 와인, 보드카, 위스키 등등. 없는 걸 찾아보기가 힘들었다.

"잠깐 앉아서 기다리게나. 안줏거리를 내올 테니."

그리 말하며 공작은 찬장에서 치즈덩어리를 꺼냈다.

능숙한 손놀림으로 치즈를 썰어서 그릇에 담아왔다.

"블랑코 지방의 엔젤릭 치즈에는 이 와인이 잘 어울리지."

공작은 데미안의 앞에 놓인 유리잔에 와인을 따랐다. 붉은 액체가 졸졸 흘렀다.

"한번 마셔 보게나."

데미안은 유리잔을 입에 넣었다. 짙은 향이 입 안 가득 퍼졌다.

"좋은 술이군요."

"하하핫, 알아봐 주니 고맙군. 그리 비싼 술은 아니지만 내가 가장 좋아하는 술이라네."

공작도 술잔을 기울였다. 몇 모금 마시지도 않았는데 술잔이 비었다.

"크, 좋군. 좋아."

그런 뒤, 공작은 자신이 썰어온 치즈를 입에 넣었다.

"결국 교단의 도움을 받기로 했다네."

불쑥 공작이 말했다.

데미안은 의아하게 생각했다.

교단을 부르게 되면 간섭을 받을 수밖에 없었다.

공작처럼 자존심 강한 사람에게는 달갑지 않은 일일 터였다.

"결정을 너무 빨리 내리신 거 아닙니까?"

데미안도 치즈 조각 하나를 입에 넣으며 물었다.

항상 자신만만했던 공작이 이렇게 순순히 교단을 부르는 게 납득이 가질 않았다.

"사실은 흑마법사들을 모두 놓쳤다네."

공작은 짧게 혀를 차며 말했다.

"골드픽시의 측근들은 모두 잡았는데. 그중 흑마법사는 단 한 명도 없더군."

"정말입니까?"

"그래, 나도 믿기지 않지만 정말일세. 심지어 흑마법사들의 이름조차 알아내지 못했어."

공작이 인상을 찌푸렸다. 흑마법사를 놓친 게 못내 수치스러운 모양이었다.

"흑마법사들 따위야 두렵지 않네. 본인을 따르는 기사들은 강건하니까. 하지만 그들이 어떤 수작을 부릴지 모르지 않나?"

흑마법사의 가장 무서운 점은 무력이 아니다.

흑마법을 이용해서 벌이는 온갖 음험한 계략이 무서운 것이었다.

만약 어둠 속에 숨은 채로 전염병의 저주를 내린다면 공작가의 영지민들은 큰 피해를 입을 수밖에 없었다.

"흑마법사를 상대하려면 교단을 부르는 게 제일이지. 그래서 교단에게 맡길 생각이라네."

"첼시 골드픽시가 흑마법사들의 정체를 실토하지 않았나 봅니다."

"그럴 기회가 없었네. 그 아이는 첫날에 죽었거든."

데미안은 치즈를 씹던 것을 잠시 멈추고 공작을 쳐다봤다.

첼시 골드픽시가 잡혀간 지 벌써 5일이 넘었다. 그리고 사망 소식이 들려온 게 오늘이다.

그런데 첫날이라니?

"병사들에게 체포가 된 첫날에 스스로 혀를 씹어서 목숨을 끊었다네."

"그럼 여태 숨기시다 이제 와서 밝히신 겁니까?"

데미안의 물음에 공작이 고개를 끄덕였다.

"첼시 골드픽시가 자살했다는 소식이 알려졌다가는 관련자들이 다 도망칠 게 아닌가. 그래서 비밀로 했다네."

데미안은 속으로 혀를 찼다.

아무리 그래도 친자식이 죽었는데. 이렇게 냉정하게 생각할 줄은 몰랐다.

"첼시 골드픽시는 죽고, 흑마법사는 다 놓치고, 누군지도 알아내지 못했고…… 체면이 말이 아니야."

공작은 의자에 등을 기대며 한숨을 내쉬었다.

데미안은 공작을 빤히 바라보다 말했다.

"많이 피곤해 보이십니다."

"그렇게 보이나? 이거 부끄럽군."

공작은 조용히 웃으며 말했다. 하지만 눈동자 밑에 떠오른 피로감을 숨길 수는 없었다.

"첼시 골드픽시의 어머니는 천민이었다네."

그러다 문득 공작이 입을 열었다.

"젊은 시절, 기사들과 사냥을 나갔다가 시골 마을에 묶게 되었지. 그러다 그 아이의 어머니를 만나게 되었어."

귀족이 하룻밤 상대로 평민을 찾는 것은 흔한 일이다.

그 결말도 뻔했다.

"그 여자는 곧바로 첼시를 임신했지. 하지만 젊은 시절의 나는 평민 따위가 내 핏줄을 임신했다는 사실이 불쾌하기만 했다네. 그래서 날 찾아온 그 여자를 내쳤지."

과거를 이야기하는 공작의 얼굴은 지극히 무감정했다.

후회도, 회한도, 그 어떤 감정도 느낄 수 없었다.

"그렇게 시간이 흐르다가…… 문득 내가 버렸던 그 아이의 행방이 궁금해지더군. 사람을 시켜서 조사를 해 보니 그 어머니는 역병으로 죽고 그 아이만 홀로 살아가고 있었다네."

공작은 혼자 살아가고 있던 첼시 골드픽시를 데려왔다.

그 이유가 무엇이었는지는 아무도 몰랐다. 아마 공작 자신도 모를 듯했다.

"첼시는 그리 영민하지 못한 아이였다네. 오랫동안 천민으로 살아온 것을 감안해도 그리 명석하지 못했지. 리더십은 갖추고 있었지만 능력이 부족했어."

무능력한 리더만큼 위험한 존재는 없는 법.

그래서 공작은 첼시 골드픽시를 크게 기용하지 않았다.

"나는 그 아이가 귀족 영애로서 평범하게 살다가 죽기를 바랐네. 그런데 어느 날부터 그 아이가 조금씩 두각을 드러내기 시작했어."

가신들을 시험하길 좋아했던 것처럼 공작은 자식들을 시험하길 즐겼다.

그리고 첼시 골드픽시는 공작이 내건 시험들을 모두 훌

륭하게 완수했다.

"처음에는 이상하게 생각했다네. 아무리 생각해 봐도 그 아이의 능력으로는 성공할 수 없는 시험들이었거든. 의심스러웠지만 딱히 증거를 찾을 수 없었지."

그래서 공작은 첼시 골드픽시에게 대공녀라는 자리를 하사했다.

공작 자신의 후계자로 인정한 것이다.

"이상하다 싶었지만…… 설마 흑마법사들의 도움을 받았을 줄이야……."

공작은 길게 한숨을 내쉬었다.

"그냥 분수에 맞게 적당히 살아갔으면 좋았을 것을."

공작은 말없이 술잔을 기울였다. 데미안은 오랫동안 공작의 옆자리를 지켰다.

공작은 와인을 세 병이나 비우고 그대로 곯아떨어졌다.

데미안은 시종들을 불러서 공작을 옮기도록 했다.

그리고 본인은 침실로 돌아왔다.

'역시 한 명도 잡지 못했군.'

침실로 돌아온 데미안은 의자에 앉은 채 생각에 잠겼다.

공작에게는 숨겼지만 데미안 학센은 흑마법사들의 정체

를 알고 있었다.

유란.

그게 첼시 골드픽시와 손을 잡은 흑마법사들의 정체였다.

'소문대로 굉장히 철저한 놈들이야. 자신들의 흔적을 조금도 남기지 않았어.'

공작은 첼시 골드픽시가 자살했다고 생각하고 있었지만 데미안의 생각은 달랐다.

그녀는 저주에 의해서 살해당한 것이다.

유란에서 첼시 골드픽시를 살려 둘 리가 없으니 말이다.

이런 사태를 대비해서 미리 저주를 걸어 놨겠지. 역시 첼시 골드픽시는 유란의 장기말일 뿐이었나.'

공작은 첼시 골드픽시가 흑마법사들과 손을 잡았다고 말했다.

하지만 데미안의 생각은 달랐다.

유란처럼 위험한 흑마법사들이 첼시 골드픽시와 손을 잡을 리가 없다.

분명히 다른 꿍꿍이가 있었을 것이다.

'아마 공작가를 집어삼키려는 계획이었겠지.'

첼시 골드픽시를 차기 공작으로 내세우고, 이후에는 공작가를 지배하려는 게 아니었을까.

어떤 계획이었건 간에 데미안 학센에 의해서 유란의 계획은 완전히 실패하고 말았다.

'아마 멀리 도망치지는 않았을 거다.'

일반적인 흑마법사였다면 정체가 들통나자마자 먼 지역으로 피신했을 것이다.

하지만 데미안은 유란이 아직 공작가 근처에 머물고 있을 거라고 확신했다.

'분명히 근처에서 날 죽일 기회를 노리고 있겠지.'

데미안 학센은 유란의 간부인 아기토를 죽이고 교단에 그 목을 넘겼다.

그것도 모자라 공작가에서 벌어지고 있는 유란의 계략을 박살 내 버렸다.

유란에서는 분명히 데미안을 죽이려 들 것이다.

이건 추측이 아니라 확신에 가까웠다.

'흑마법사들처럼 은원에 철저한 놈들도 없지.'

데미안은 아크리치 도르고와 오랜 시간을 함께했다.

덕분에 흑마법사라는 종자들에 대해서 잘 알고 있었다.

흑마법사들은 은원에 철저했다.

대단한 이유는 없었다. 흑마법사들은 사방에 적밖에 없다. 살아남기 위해서는 자신들끼리 뭉칠 수밖에 없었다.

동질감과 소속감을 높이는 가장 좋은 방법은 은원에 철저해지는 것이다.

은혜를 받으면 반드시 갚는다.

원한이 생기면 반드시 복수한다.

그게 흑마법사들의 기본적인 사고방식이었다.

'공작에게 비밀로 한 건 미안하지만…… 놈들을 끌어내려면 어쩔 수 없지.'

데미안이 유란의 존재를 감춘 이유는 그들을 끌어내기 위함이었다.

공작가가 아무것도 모를수록 빈틈은 많아진다. 유란의 앞에 뿌려지는 미끼도 늘어난다는 뜻이다.

무엇보다 가장 중요한 이유는 따로 있었다.

'역겨운 자식들. 모조리 내 손으로 쳐 죽여 주마.'

데미안은 흑마법사가 증오스러웠다.

유란의 이름을 듣자마자 살심이 마구 솟아날 정도였다.

직접 처단하지 않고서는 직성이 풀리지 않을 것 같았다.

'언제든지 와라.'

어두운 복도를 걸으며 데미안은 눈동자를 빛냈다.

"젠장! 젠장! 젠자아앙!"

외성의 어두운 복도.

한 남성이 술병을 쥔 채 욕지거리를 내뱉고 있었다.

남자의 이름은 에른스트 호위츠.

공작가의 미들클래스 기사였다.

최근에 공작가 전체를 휩쓸었던 심문에서 에른스트 호위츠는 간단한 심문만 받았다.

그는 첼시 골드픽시가 흑마법사들과 결탁했다는 사실조차 몰랐기 때문이다.

그러나 에른스트 호위츠는 그 사실을 기뻐할 수 없었다.

"이런 멍청한 자식! 이런 개자식! 그 자리에서 죽었어야지! 그분을 지켰어야지!"

오늘 오후, 에른스트 호위츠는 첼시 골드픽시가 죽었다는 소식을 들었다.

그 순간, 에른스트 호위츠의 내면에서 무언가가 무너져 내렸다.

"아악! 으아아악!"

에른스트 호위츠는 주먹으로 마구 가슴을 후려쳤다. 그래도 좀처럼 죄책감이 가시질 않았다.

"첼시 대공녀님……."

에른스트 호위츠는 길바닥에 주저앉은 채 밤하늘을 올려다봤다.

문득, 그녀를 처음 만났던 날이 떠올랐다.

당차고 자신감 넘치는 소녀.

그게 에른스트 호위츠가 받은 첫인상이었다.

그 밝은 모습이 인상 깊어 자주 그녀를 지켜보게 되었다.

어느 순간부터 에른스트 호위츠는 첼시 골드픽시에게

분에 넘치는 감정을 품게 되었다.

그녀를 사모하게 된 것이다.

"아으…… 으아아……."

에른스트 호위츠가 고통에 찬 신음소리를 흘릴 때였다.

"에른스트 호위츠 님, 여기 계셨군요."

어둠 속에서 어떤 목소리가 들려왔다. 에른스트 호위츠는 고개를 들었다.

"레, 레베카?"

눈앞에 있는 여성은 첼시 골드픽시를 바로 옆에서 모시던 측근 레베카였다.

"네, 네년……!"

에른스트 호위츠의 눈빛이 날카로워졌다. 마력을 일으켜서 술기운을 모조리 날려 버렸다.

레베카는 첼시 골드픽시가 붙잡히자마자 모습을 감췄다.

첼시 골드픽시에게 협력했던 흑마법사 중 한 명이라는 뜻이었다.

"네년…… 네년 때문에 첼시 대공녀님께서…… 이 악마랑 붙어먹은 흑마법사 따위가!"

에른스트 호위츠가 그녀의 목을 움켜잡으려 했다.

그 직전, 레베카가 말했다.

"에른스트 경, 저희는 공작에게 복수를 하고자 합니다."

그 말에 에른스트 호위츠의 손이 멈췄다.

"그게…… 무슨 소리냐."

"소식을 들으셨겠죠. 첼시 대공녀께서 돌아가셨습니다. 공작가에서 구체적인 사인을 밝히지 않았지만 원인이야 뻔합니다."

레베카가 한 번 숨을 고른 뒤, 입을 열었다.

"심문을 받는 도중에 사망하신 겁니다."

에른스트 호위츠의 입이 살짝 벌어졌다가 다시 다물어졌다.

에른스트 호위츠가 알고 있는 공작이라면 충분히 가능성이 있는 이야기였다.

가문의 안위를 위해서라면 자기 혈육도 기꺼이 버릴 인간이었으니 말이다.

"하지만 저희만으로는 첼시 대공녀님의 복수를 할 수 없습니다. 에른스트 경의 도움이 필요합니다."

에른스트 호위츠가 잠시 고민하다가 말했다.

"……내가 무엇을 하면 되겠느냐."

레베카의 입가에 미소가 떠올랐다.

레베카의 설명이 끝난 뒤, 에른스트 호위츠는 어딘가로 사라졌다.

레베카는 홀로 남겨진 채 에른스트 호위츠가 떠나간 방향을 바라봤다.

"다행히 잘 설득한 모양이군."

골목에서 한 남성이 걸어 나왔다.

첼시 골드픽시가 머스탱 퓨리라고 부르던 남자였다.

첼시 골드픽시를 대할 때는 말도 더듬고, 소심해 보였다.

하지만 지금 보이는 머스탱 퓨리는 서릿발처럼 싸늘한 눈빛을 하고 있었다.

"첼시 골드픽시의 이름이 이렇게 잘 먹힐 줄은 몰랐군."

"사랑은 남자를 강하게 만든다잖아요?"

레베카는 손등으로 입을 가리며 웃었다.

"멍청하기도 해라. 진짜로 첼시 골드픽시를 죽인 사람이 누군지도 모르고 저렇게 열을 내는 모습이라니."

첼시 골드픽시는 심문 도중에 죽은 게 아니었다.

유란에서 걸어 놓은 저주 때문에 스스로 목숨을 끊은 것이지.

"그래도 대장, 저는 영 탐탁지 않아요. 정말 데미안 학센을 죽여야겠어요?"

"그럼 이대로 가만히 참고 있으란 말이냐? 그놈은 아기토를 죽인 것도 모자라서 우리의 대의를 방해했다."

머스탱 퓨리가 인상을 찌푸리며 말했다.

"공작가를 지배한 뒤에 애플 왕국에 혼란을 초래하라는

것은 '그분'께서 우리에게 맡기신 대의였다. 그걸 방해받았어. 그런데 어떻게 참으란 말이냐."

머스탱 퓨리가 까득 이를 갈았다.

"데미안 학센과 공작가는 우리의 정체를 모른다. 이걸 이용하면 그놈을 죽일 기회를 만들어 낼 수 있어."

메스탱 퓨리의 눈동자가 어둡게 빛났다.

"반드시 데미안 학센이 살려 달라고 애원하는 모습을 봐야겠다."

이파리 평원

그날 이후, 데미안은 훈련에 전념했다.

균형환 덕분에 신체능력이 비약적으로 상승하기는 했지만 아직 갈 길이 멀었다.

현재 데미안의 신체능력은 로우클래스 수준이었다. 더 높은 경지에 오르기 위해서는 더욱더 신체를 단련시켜야 했다.

무엇보다 마력 결정의 비약을 완전하게 흡수하기 위해서는 육신을 단련시키는 게 중요했다.

마력이 물이라면 신체는 그릇과 같았다. 그릇이 넓고 튼튼해야 많은 물을 담을 수 있는 것과 같은 원리였다.

'공작가에는 훈련 도구들이 많아서 좋아.'

공작가에는 기사들의 훈련을 위해서 온갖 종류의 훈련 도구들을 들여놓았다.

이렇게 많은 도구를 이용할 기회는 흔치 않았다. 데미안은 도구들을 모두 활용해서 신체를 단련했다.

하지만 데미안이 가장 많은 시간을 투자한 훈련은 따로 있었다.

바로 가장 효과가 좋은 대련을 통한 훈련이었다.

"으어어어……."

"흐어어어……."

공작가 내부에 마련된 훈련장.

그 위에 다섯 명이나 되는 기사들이 널브러져 있었다.

"이런 한심한 것들."

데미안 학센은 기사들을 내려다보며 말했다.

"마도구를 착용하고 있는 나보다 네놈들이 먼저 나가떨어지면 어쩌자는 거냐."

가벼운 차림의 기사들과 달리 데미안 학센은 몸 곳곳에 팔찌와 족쇄 형태의 마도구를 착용하고 있었다.

모두 신체의 중량을 늘리거나 행동을 방해하는 마도구로 훈련 효과를 극대화시키기 위해서 일부러 착용하고 있었다.

첫날에는 서너 개 정도만 착용했으나 지금은 열 개가 넘었다.

신체능력이 높아지는 만큼 마도구 개수를 늘렸기 때문이다.

"당장 일어나지 못해! 정신이 번쩍 들게 머리라도 한 번씩 두들겨 줄까?"

데미안의 으름장에 기사들이 퍼뜩 자리에서 일어났다. 방금 전까지 신음하던 것이 거짓말인 것처럼 말이다.

"날이 갈수록 꾀만 늘어나는군."

데미안이 기사들을 바라보며 혀를 찼다.

"명색에 공작가 기사라는 것들이 맞는 게 무서워서 도망치면 쓰나."

기사들로서는 억울해 미칠 노릇이었다.

20일이 넘는 나날 동안 데미안 학센에게 대련을 빙자한 구타를 당했다.

그동안 기사들은 데미안 학센에게 한 방 먹이기 위해서 피나는 노력을 했다.

하지만 지금까지 데미안 학센의 옷자락 하나 스치지 못했다.

기사들이 괜히 전의를 상실한 것이 아니었다.

"꾀를 피우는 걸 보니 슬슬 지금 강도에 적응이 된 모양이군. 이제부터 대련 시간을 늘리겠다."

데미안의 말에 기사들의 얼굴이 창백하게 질렸다. 데미안은 그런 기사들을 쓱 둘러보다가 피식 웃었다.

"농담이다. 오늘 대련은 이걸로 끝내겠다."

"예?"

생각지도 못한 말에 기사 중 한 명이 놀라서 되물었다.

결투기사들의 맏형 노릇을 하는 파벨 버몬드였다.

"그, 그만하겠다고요?"

"왜? 마음에 안 드나?"

"아, 아닙니다! 마음에 듭니다!"

파벨 버몬드가 황급해 소리쳤다. 다른 기사들도 머리카락이 흩날릴 정도로 격하게 고개를 흔들었다.

"다, 다만 평소보다 일찍 끝내셔서 왜 그러신지 궁금해서……."

"이틀 뒤에 후작가와의 결투가 있잖냐."

데미안은 기사들을 둘러보며 말했다.

"오늘부터 대련은 없다. 남은 이틀 동안 쉬면서 내가 가르친 것들을 곰곰이 되짚어보도록 해라."

데미안의 말에 기사들은 어리둥절한 표정을 지었다.

우리가 무엇을 배웠지? 얻어맞기만 하지 않았나? 라는 속마음이 그대로 전해졌다.

'역시 깨달은 사람이 없군.'

그런 기사들을 바라보며 데미안 학센은 속으로 쓴웃음을 지었다.

데미안이 이들과 대련을 하는 이유는 크게 두 가지였다.

하나는 신체 단련을 위해서였다.

단순히 근력을 증가시키기 위해서라면 도구를 이용한

훈련이 낫다.

하지만 대련으론 전투에 필요한 근육들을 모두 사용할 수 있었다.

전생에 용병으로 일할 때도 대련을 통한 훈련을 주로 즐겼다.

두 번째 이유는 결투에서 승리하기 위해서였다.

데미안 학센의 판단에 의하면 공작가의 기사들은 후작가의 기사들을 이길 수 없다. 후작가의 기사들이 너무 뛰어난 탓이었다.

결투에서 승리하기 위해서는 세 번의 결투 중에서 두 번을 이겨야 한다.

데미안이 미하엘 라이언블룸을 이겨 봤자, 다른 기사들이 패배하면 결투에서 패배할 수밖에 없었다.

그렇기에 데미안은 신체를 단련할 겸, 기사들을 붙잡고 훈련을 시킨 것이다.

'내가 어떤 검술을 사용했는지 여태까지 알아차린 놈이 한 명도 없을 줄이야.'

데미안은 기사들과 대련할 때, 후작가 기사들이 익히는 사자위검을 사용했다.

적들이 사용하는 검술에 익숙해지면 결투를 유리하게 이끌고 갈 수 있을 테니 말이다.

'이래서야 내일 이길 수 있을지 모르겠군.'

데미안이 속으로 걱정하고 있을 때였다.

"……."

그중에서 딱 한 명, 파벨 버몬드가 턱을 괴고 고민에 잠겨 있는 모습이 보였다.

'오?'

결투기사 중에서 단연 돋보이던 이가 바로 파벨 버몬드였다.

맏형 노릇을 할 정도로 리더십이 있는 데다 재능도 뛰어났다.

'저 녀석은 기대해 봐도 되겠군.'

데미안의 입가에 슬며시 미소가 떠올랐다.

기사들과 헤어진 뒤, 데미안은 자신의 방으로 돌아왔다.

그리고 시종을 불러다가 신신당부했다.

"지금부터 아무도 들이지 마라. 설사 각하께서 찾아와도 문을 열어서는 안 된다."

데미안은 방 한가운데에 앉았다. 그리고 주머니에서 작은 유리병을 꺼냈다.

유리병의 내부에는 보석을 녹인 것처럼 반짝반짝 빛나는 푸른 액체가 담겨 있었다.

액체를 바라보는 데미안의 입가에 저절로 미소가 맺혔다.

"드디어 이걸 먹을 때가 됐군."

데미안은 공작에게 받은 마력 결정의 비약을 여태까지 섭취하지 않고 남겨 놓았다.

비약을 완벽하게 흡수할 수 있는 몸 상태를 만들기 위해서였다.

"마력 결정의 비약으로 얻을 수 있는 마력은 10년 치."

유명한 비약치고는 얻을 수 있는 마력량이 그리 많지 않았다.

하지만 마력 결정의 비약의 진짜 장점은 따로 있었다. 바로 섭취하면 신체의 마력 감응도가 높아진다는 점이었다.

감응도가 높아지면 마력의 운용, 축적, 회복 모든 것이 증가한다.

정말이지 대단한 비약이 아닐 수 없었다.

"그럼 먹어 볼까."

데미안은 마력 결정의 비약을 들이켰다. 액체가 아니라 끈적끈적한 벌꿀을 들이켜는 것 같았다.

그 탓에 비약이 목구멍을 타고 위장까지 내려오는 것이 생생하게 느껴졌다.

액체가 위에 담겼다. 그 즉시, 비약은 뜨겁게 타오르기 시작했다.

비약이 일으킨 불길은 신체 곳곳으로 퍼졌다. 불순물들

을 태우고, 근골과 장기에 스며들었다.

'……어떻게 감응력을 높이는지 궁금했는데. 설마 이런 방법일 줄이야.'

흙을 불에 구우면 도자기로 변한다.

비약의 효능이 이와 비슷했다. 순도 높은 마력을 이용해서 신체를 강화시키는 것이었다.

'다른 사람이라면 이대로 가만히 있었겠지만.'

데미안은 패력축기공을 운용하기 시작했다.

외부의 마력을 흡수해서 마력 결정의 비약에 공급했다. 불길이 더욱 거세졌다.

그렇게 시간이 얼마나 지났을까.

"……후우."

데미안은 길게 숨을 내쉬며 눈을 떴다. 순간, 푸른색 안광이 번쩍였다.

데미안은 자리에서 일어났다. 회색 잿가루 같은 것이 우수수 떨어졌다.

비약이 태운 불순물들이 체외로 방출된 것이었다.

"훌륭하군."

마력을 운용했다. 이전에는 마력을 움직일 때마다 자갈밭을 달리는 느낌을 받았다.

하지만 지금은 마치 빙판을 미끄러지는 듯했다.

그 정도로 마력을 운용하는 속도가 크게 증가되었다.

"한번 시험해 볼까."

천천히 허공을 향해 손을 뻗었다.

아무것도 없는 빈 허공을 움켜잡았다. 그러자 손을 중심으로 푸른색 아지랑이가 모여들기 시작했다.

이윽고 아지랑이는 검의 형상을 이루었다.

만약 누군가 이 광경을 봤으면 경악했으리라.

본래 오러란 검에 덧씌우는 것이다. 오러를 응축시켜서 형태를 이루는 것은 상상도 할 수 없는 일이었다.

미들클래스 수준의 강자들은 오러를 방출해서 원거리의 적을 공격할 수 있다.

하지만 데미안처럼 오러만으로 무기의 형상을 만드는 것은 상상도 못 할 일이다.

최소 하이클래스만이 가능한 기예였다.

"이 정도면 적당하군."

데미안은 무형의 검을 가볍게 휘둘렀다.

공기가 베이는 감촉이 생생하게 느껴졌다. 데미안은 그 검을 보고 만족스럽게 웃었다.

"이제 오러블레이드까지 한 걸음 남았어."

이틀이라는 시간은 금방 지나갔다.

결투 당일이 되지 데미안 학센은 공작과 함께 이파리 평원으로 향했다.

"우리가 좀 늦었군."

평원에 도착하자마자 공작은 맞은편을 내다보며 말했다.

그곳에는 후작가의 병력들이 이미 진을 치고 기다리고 있었다.

"데미안 학센, 그대의 눈에는 저들이 어떻게 보이는가?"

데미안 학센은 공작의 바로 옆에서 말을 타고 있었다.

외부인임에도 공작의 측근과 같은 대접을 받고 있었다.

데미안은 눈을 가늘게 뜬 채 후작가의 병사들을 살펴봤다.

"전체적으로 수준이 높은 군대로군요."

병사들이 걸치고 있는 장비들의 수준은 물론이고, 개개인이 풍기는 분위기가 상당했다.

애플 왕국 최고의 기사가문이라는 명성에 걸맞게 후작가의 병사들은 상당한 강병이었다.

"그렇지? 다른 건 몰라도 저 병사들은 부럽단 말이지. 할 수만 있다면 어떻게 해야 저런 병사들을 키워 낼 수 있는지 배우고 싶을 정도야."

공작이 웃으며 말했다.

데미안이 생각하기에 저건 빈말에 불과했다.

공작처럼 자존심이 강한 공작이 정말로 후작가를 부러워할 리가 없다.

설사 진짜 부러워하더라도 부정하고, 외면할 테니 말이다.

공작가에서 도착한 것을 후작가에서도 알아차렸는지. 전령 한 명이 출발하는 게 보였다.

공작의 앞에 도착한 전령이 말에서 내리며 말했다.

"골드픽시 공작 각하께 아뢰옵니다! 후작 각하께서 결투 시작 전에 대표자들끼리 평원에서 만남을 갖자고 제안하셨습니다!"

그 말을 전한 뒤, 전령은 다시 후작가 진영으로 돌아갔다.

공작은 데미안과 가올 하임리히를 번갈아 쳐다보며 말했다.

"후작가에서 저렇게 말하니 갈 수밖에 없겠군. 두 사람 다 따라와 주겠나?"

데미안과 가올 하임리히리히는 고개를 끄덕였다.

세 사람은 말을 탄 채 평원의 중앙으로 향했다.

그 무렵 후작가의 진영에서는 작은 소란이 벌어지고 있었다.

"미하엘! 당장 일어나지 못하겠느냐!"

후작이 호통을 지르며 천막 안으로 들어갔다.

수십 명이 들어가도 될 법한 크기에 비해서 천막의 내부는 굉장히 초라했다.

침대 하나.

검 한 자루.

그 두 개가 끝이었다.

침대 위에는 누군가가 이불을 뒤집어쓴 채 쿨쿨 잠을 자고 있었다.

"방금 공작가에서 도착했다! 이제 공작가를 맞이하러 가야 하는데 왜 아직도 잠을 자고 있는 것이냐!"

후작이 연이은 호통을 내질렀음에도 일어날 기미를 보이지 않았다.

후작의 얼굴이 서서히 열이 오르기 시작했다. 결국 분노를 참지 못한 후작이 침대를 걷어찼다.

"당장 일어나지 못해!"

후작이 마력을 담아서 고함을 내질렀다. 쩌렁쩌렁한 외침이 천막과 땅을 뒤흔들었다.

"에이씨."

그제야 침대 위에 누워 있던 소년이 밍기적밍기적 일어났다.

라이언블룸 후작은 그런 소년을 한심하다는 듯 바라봤다.

소년의 이름은 미하엘 라이언블룸.

요즘 한창 유명세를 타고 있는 라이언블룸 후작가의 대공자였다.

체구가 작기에 소년이라고 오해를 받기는 하지만 실제로는 성인이 된 지 오래였다.

"아버지, 시끄러워요."

미하엘의 말에 후작의 이마에 혈관이 돋아났다. 자신도 모르게 주먹을 불끈 쥐었다.

"잘 자고 있는 사람을 왜 깨우는데요."

"내 말을…… 어디로 들은 것이냐…… 공작가에서 왔으니…… 맞이하러 가야 한다고…… 하지 않았더냐……!"

"그게 저랑 무슨 상관인데요. 이따 결투할 때나 부르세요."

후작은 분노를 꾹꾹 눌러 참으며 말했다.

"이번 결투는 네 이름을 널리 알릴 수 있는 기회다. 다른 사람들은 돈을 주고도 얻지 못할 기회란 말이다."

"관심 없어요."

그리 말하며 미하엘 라이언블룸은 다시 침대에 누우려 했다.

후작은 한숨을 내쉬며 말했다.

"그 자리에는 분명 데미안 학센도 올 거다."

침대에 누우려던 미하엘 라이언블룸의 몸이 멈칫했다.

"그 자식이 왜 공작가에 있는데요?"

"너는 맨날 자느라 못 들었겠지만 공작가에서 대표자로 데미안 학센을 선정했다."

"아, 그래요? 잘됐네요. 안 그래도 어윈의 복수를 하려고 벼르고 있었는데."

느슨하게 풀려 있던 미하엘의 얼굴에 한순간 살의가 드러났다가 사라졌다.

평소에는 게으르기 짝이 없는 미하엘이었지만 가족에 관련된 일이라면 성난 황소처럼 달려들었다.

"그놈이 미들클래스의 공격을 막아 냈다는 소문이 들려오고 있다."

"그래서요?"

"대단하지 않느냐? 원래 준기사로 평가받던 놈이 어느새 로우클래스를 쓰러트리고, 미들클래스의 공격까지 막아 냈다."

"대단하긴 하네요."

"어떻게 생겼을지 궁금하지 않느냐? 어쩌면 너의 라이벌이 될 수도……."

"아버지, 그런 말씀은 하지 마세요."

미하엘이 몸을 일으키며 말했다.

"제가 그런 말을 듣고 기대했다가 실망한 적이 한두 번인 줄 아세요?"

"이번에는 다를지도 모르지 않느냐."

"똑같아요. 소문만 대단하지 막상 붙어 보면 아무것도 아닌 놈일 게 뻔해요."

미하엘 라이언블룸의 눈동자는 안개가 낀 것처럼 탁했다.

너무 재능이 뛰어나기에, 너무 강하기에 미하엘은 줄곧 맞수를 만나지 못했다.

미하엘 라이언블룸은 역설적이게도 너무 뛰어나기에 권태에 허우적거리고 있었다.

"에이, 잠 다 깼네."

미하엘이 침대에서 몸을 일으켰다.

"어디 한번 만나러 가 보죠."

후작은 미하엘과 함께 말을 타고 평원 중앙으로 향했다.

중앙에는 이미 공작이 기다리고 있었다.

공작은 후작을 보자마자 입가를 비틀며 말했다.

"사람을 초대해 놓고 늦다니. 여전히 상식이 부족하군."

그 조롱에 후작 역시 똑같이 웃으며 대꾸했다.

"별일도 아닌데 화를 내는군. 샌님처럼 생긴 것도 모자라서 속이 좁은 것까지 티 낼 생각인가?"

두 사람은 큰소리로 웃었다. 입은 웃고 있었으나 눈빛은 둘 다 살벌했다.

"가울 하임리히 경, 오랜만이로군."

"오랜만에 뵙습니다."

다음으로 후작은 가울 하임리히를 보며 말했다. 가울 하임리히는 목례를 하며 말했다.

나이와 경력만 따지자면 가울 하임리히가 더 길었다.

하지만 똑같은 하이클래스인데다 지위는 후작이 더 높

기에 평소에는 이렇게 하대를 했다.

"공작가에 있으면 심심하지 않나? 그딴 곳은 그만두고 우리 가문으로 오라니까."

"저는 골드픽시 공작가에 뼈를 묻을 생각입니다."

"아쉽군. 아쉬워. 돼지 목에 진주 목걸이야."

후작은 쯧쯧 혀를 찼다. 그러면서 시선을 돌렸다.

공작의 오른쪽에 가올 하임리히가 있었다면 왼쪽에는 처음 보는 청년이 있었다.

"내 생각이 맞다면 이 청년이 데미안 학센……."

후작은 별생각 없이 그 청년을 돌아봤다.

그리고 청년을 정면에서 응시한 순간, 망치로 뒤통수를 얻어맞은 듯한 충격을 받았다.

'……뭐냐.'

후작은 데미안 학센을 좋게 생각하지 않았다.

눈에 넣어도 아프지 않을 둘째 아들과 소중하게 키워 낸 가문의 기사에게 대망신을 준 빌어먹을 원수였으니 말이다.

한편으로는 궁금하기도 했다.

데미안 학센이 보여 준 행보가 너무 파격적이라 어떤 인물일지, 얼마나 대단한 재능을 가지고 있을지 직접 확인해 보고 싶었다.

어쩌면 권태에 빠진 미하엘 라이언블룸에게 적당한 자극이 되어 줄지도 몰랐으니까.

'……이 괴물은 대체 뭐지?'

데미안 학센을 본 순간, 후작은 뒷덜미가 섬뜩해지는 것을 느꼈다.

하이클래스가 겨우 로우클래스에 불과한 기사에게 두려움을 품는 것은 말이 안 되는 일이었다.

후작이 두려움을 느낀 이유는 데미안 학센이 품고 있는 재능 때문이었다.

데미안 학센은 큰아들의 자극으로 끝날 기사가 아니었다.

어쩌면 큰아들과 맞먹을지도 모르는 괴물이었다.

'아뿔싸.'

후작은 황급히 미하엘을 돌아봤다.

자신이 이렇게 충격을 받았을 정도니 미하엘이 아무것도 느끼지 못했을 리가 없었다.

"……."

미하엘은 멍한 얼굴로 데미안 학센을 바라보고 있었다.

심지어 한 번도 눈을 깜빡이지 않았다. 마치 그러는 시간도 아깝다는 듯이.

"……하."

미하엘 라이언블룸의 입에서 희열에 가득 찬 탄성이 터져 나왔다.

그 순간, 미하엘의 손이 칼자루를 움켜잡았다.

칼날이 밖으로 모습을 드러냈다.

후작은 재빨리 손을 뻗어서 미하엘의 손을 붙잡으려 했다.

하지만 그보다 먼저 미하엘의 손을 막은 이가 있었다.

데미안 학센이 손을 뻗어서 미하엘의 손목을 움켜잡은 것이다. 그 바람에 미하엘은 칼을 뽑지 못했다.

미하엘은 당황한 얼굴로 검 자루와 데미안 학센을 번갈아 쳐다봤다.

"성질 한번 급하군."

데미안 학센이 미하엘 라이언블룸을 내려다보며 말했다.

"호승심이 강한 모양인데. 아무리 그래도 지금은 칼을 뽑을 만한 자리가 아니지 않나?"

그제야 미하엘은 주변을 돌아봤다. 그제야 인상을 쓰고 있는 공작의 얼굴이 보였다.

"라이언블룸 후작, 이게 무슨 짓이지?"

공작이 가시 돋힌 어조로 말했다.

후작은 손바닥으로 얼굴을 쓸었다.

"……내 아들이 어리석은 행동을 저질렀군. 그대의 기사를 해하려는 의도는 전혀 없었네."

"그런 말로 넘어갈 수 있는 일이 아니라는 걸 잘 알 텐데?"

날선 비난에 후작은 식은땀만 흘렸다.

공작은 후작의 초대에 응해서 이 자리에 나왔다. 그런 자리에서 미하엘 라이언블룸이 무기를 뽑으려 했다.

이는 보통 일이 아니었다. 잘못하면 후작가의 명성이 곤

두박질칠지도 몰랐다.

'연기에 소질이 좀 있네.'

데미안은 그런 공작을 재미있다는 얼굴로 바라봤다.

데미안은 일찌감치 공작이 진심으로 화나지 않았다는 사실을 잘 알고 있었다.

후작의 약점을 잡아서 즐거워하고 있었다. 살짝 휘어 있는 눈초리만 봐도 알 수 있었다.

"생각 같아서는 이 자리를 박차고 떠나고 싶지만…… 결투가 남아 있으니 참도록 하지."

"……아량에 감사하네."

"대신 결투의 보상으로 몇 가지 조건을 더 걸어야겠네."

후작은 침음을 흘렸다.

"……조건을 말해 보게."

"이번 결투에서 우리가 승리하면 금광과 인접한 토지의 소유권을 가져가도록 하겠다."

이번 결투의 발단은 공작가와 후작가의 영지 경계선에 금광이 발견되었기 때문이다.

공작은 결투에서 이기면 그 경계선의 영지를 모두 받아 가고자 했다.

"그거면 되겠나?"

"한 가지 더, 우리가 결투에서 승리한다면 여기 있는 데미안 학센 경에게 후작가의 비고를 한번 열어 주게."

공작이 데미안 학센의 등을 두드리며 말했다.

데미안은 놀란 얼굴로 공작을 쳐다봤다.

비고라는 것은 평범한 창고가 아니다. 가문에서 대대로 모아 온 보물들을 쌓아 놓는 곳이다.

그런 곳을 한번 개방하라는 것은 데미안 학센에게 후작가의 보물을 하나 내주라는 소리였다.

"……버거운 조건들을 내거는군."

"대신 결투에서 승리해야 한다는 조건이 붙어 있잖나."

후작은 잠시 고민하다가 말했다.

"좋아. 그 조건들을 모두 받아들이도록 하지."

대화는 그것으로 끝났다.

후작과 공작은 각자의 진영으로 돌아갔다.

"……미하엘."

돌아가는 길에 후작은 원망스럽게 아들의 이름을 불렀다.

"어쩌자고 그 자리에서 칼을 뽑은 것이냐. 방금 너는 우리 가문을 무너뜨릴 뻔……."

"아버지, 봤어요? 그 자식, 내가 칼을 뽑을 걸 알고 있었어요."

그러나 미하엘은 후작의 마음은 조금도 생각하지 않았다.

"제가 무슨 행동을 취할지 다 읽고 있었다는 소리예요. 이런 상대는 난생 처음이에요!"

미하엘은 어린아이처럼 기뻐했다. 그 순수한 미소에 후작은 표정이 진지해졌다.

"……데미안 학센이 그렇게 마음에 들었느냐?"

"예! 아버지 말이 맞았어요! 데미안 학센은 저랑 대등하게 싸워 줄지도 몰라요!"

미하엘 라이언블룸은 마스터급 재능을 지니고 있음에도 적수가 없었기에 권태에 빠져 있었다.

그랬던 아들이 지금 데미안 학센이라는 적수를 만났다.

꿈에 그리던 적수의 등장에 미하엘 라이언블룸의 눈동자를 뒤덮고 있던 권태는 완전히 사라졌다.

잠자고 있던 재능이 다시 눈을 뜨기 시작한 것이다.

"……네가 만족했다면 됐다."

후작의 얼굴에도 미소가 떠올랐다.

어차피 공작가가 내건 조건은 결투에서 이겨야 의미가 있는 것이다.

미하엘 라이언블룸이 있는 이상 결투에서 패배할 리는 없다.

“출발부터 운이 좋군.”

진영에 도착하자 공작이 말을 꺼냈다.

“결투에서 이기기만 하면 완벽하겠어. 그렇지 않나?”

데미안을 돌아보며 말하는 공작의 입가엔 미소가 가득 피어나 있었다.

“각하, 왜 그런 조건을 내건 것입니까?”

“뭘 말인가? 비고 말인가?”

데미안이 고개를 끄덕였다. 공작은 별거 아니라는 식으로 말했다.

“미하엘의 검을 막은 사람은 자네가 아닌가? 만약 미하엘이 검을 완전히 뽑았다면 그 자리는 완전히 파토가 났을 것일세.”

“그러면 공작가에도 이득이 아닙니까.”

“공작가에는 이득이지만 나한테는 아니야. 본인은 이런 예기치 못한 사태로 후작에게 이기고 싶지 않다네.”

공작의 표정이 진지해졌다.

“본인은 저 남자가 싫다네. 언젠가 반드시 짓밟아 주겠노라고 다짐했지. 그 기회가 눈앞에 왔는데 놓칠 수는 없지 않나?”

그제야 데미안은 공작의 마음을 이해했다.

자존심이 강하기에 허무한 결말을 허락할 수 없는 것이다.

"그리고 남의 돈으로 생색낼 기회가 아닌가? 놓칠 수는 없지."

공작이 크게 웃었다. 이내 고개를 주억거리며 말했다.

"그나저나 이상한 일이로군. 미하엘 라이언블룸이라면 지독한 게으름뱅이로 유명한데. 어째서 칼을 뽑은 것이지?"

공작은 물음에 데미안은 어깨를 으쓱했다.

"심심했나 보죠."

말과 달리 데미안은 미하엘 라이언블룸의 충동적인 행동을 이해하고 있었다.

'어린 나이지만 벌써 육감을 개화한 모양이군.'

마스터 중에는 특별한 재능을 가진 이가 굉장히 많다.

절대음감을 가진 검악가도 그중 한 명이라고 할 수 있었다.

그리고 미하엘 라이언블룸 역시 그런 특별한 재능을 가지고 있었다.

시각, 청각, 미각, 촉각, 후각.

이 다섯 가지 감각과는 전혀 다른 여섯 번째 감각인 초감각을 보유하고 있는 것이다.

전생에 미하엘은 초감각 덕분에 예기치 못한 위험을 감지해 내거나 적의 숨겨진 한 수를 읽어 내고는 했다.

'이러면 기대할 만하겠어.'

미래에 미하엘 라이언블룸은 마스터의 경지에 오른다.

하지만 지금은 로우클래스에 불과했다.

그래서 결투가 금방 끝나면 어떻게 하나 걱정했는데. 다행히 데미안의 걱정은 기우로 끝날 듯했다.

“각하, 후작가 쪽에서 전령이 오고 있습니다.”

가올 하임리히가 공작에게 말했다.

말을 타고 온 전령이 공작에게 말했다.

“후작 각하의 전언입니다! 첫 번째 결투를 시작하자 하셨습니다!”

“빨라서 좋군.”

공작이 한쪽 입꼬리를 올리며 중얼거렸다.

“첫 번째 결투인 만큼 기선제압이 중요하겠지. 누굴 내보내면 좋겠는가?”

공작이 기사들을 돌아보며 물었다.

대답이 들려오지 않자 공작은 데미안 학센을 돌아봤다.

“데미안 경, 최근에 후보 기사들과 자주 어울렸다고 하던데.”

“예, 대련을 좀 했습니다.”

“추천할 만한 기사가 있는가?”

공작의 물음에 데미안은 파벨 버몬드를 떠올렸다. 그와 함께 대련한 기사 중에서는 단연 파벨이 최고였다.

“각하, 제가 먼저 추천을 드려도 되겠습니까?”

그때, 누군가 입을 열었다. 데미안은 자연스럽게 그 기사를 쳐다봤다.

세바스찬 빈센조.

결투기사들을 훈련시키는 일을 맡았던 미들클래스 기사였다.

"결투 기사들을 훈련 시키는 일은 저, 세바스찬 빈센조가 맡은 일입니다. 데미안 경보다는 제가 훨씬 적합한 인재를 추천드릴 수 있을 것입니다."

그리 말하며 세바스찬 빈센조는 데미안을 쓱 돌아봤다.

호의적인 눈빛은 아니었다. 굳이 말하자면 적개심으로 가득했다.

'속이 좁은 사람이야.'

일전에 데미안은 세바스찬 빈센조와 한번 충돌한 적이 있었다.

결투기사 몇 명이 데미안과 대련한다는 소식을 듣고 공작에게 항의를 한 것이다.

-상관없지 않나? 기사들도 데미안 경과 대련하다 보면 배우는 것이 있을 텐데.

물론 공작은 데미안의 편을 들었다.

그때의 일을 지금 앙갚음하려는 듯했다.

"흠, 세바스찬 경의 말도 일리가 있군. 그럼 누굴 추천할 생각인가?"

"제 아들 파비앙 빈센조를 추천하겠습니다."

모든 결투기사가 데미안과 대련을 한 것은 아니었다. 그렇지 않은 결투기사들도 있었다.

그 결투기사들은 모두 빈센조에게 훈련을 받았다.

"세바스찬 경의 자식이라…… 안 그래도 재능이 무척 뛰어나다고 들은 적이 있네."

"예, 각하. 빈센조 가문의 모든 것을 물려받은 아이입니다. 첫 승을 가져올 것이라 믿어 의심치 않습니다."

"좋네. 그대의 아들을 출전시키도록 하지."

세바스찬 빈센조가 손짓했다. 창을 들고 있는 기사가 앞으로 걸어 나왔다.

"각하를 실망시키지 않겠습니다!"

그리 외친 뒤, 파비앙 빈센조가 중앙으로 향했다.

파비앙 빈센조는 아버지가 자신을 내보낸 의도를 정확하게 알고 있었다.

'데미안 학센, 그 촌놈이 감히 아버지의 자리를 위협하다니.'

공작가의 기사들에게 데미안 학센은 눈엣가시와도 같았다.

어느 날 갑자기 홀연히 나타나서 가문의 대표자 자리를

꿰차질 않나, 공작의 총애를 독점하질 않나.

'그놈만 없었어도 대표자 자리는 내 것이 되었을 텐데.'

파비앙 빈센조는 불만스럽게 생각했다.

'이번 결투에서 멋지게 승리해서 각하의 인식을 바꿔놓겠어.'

파비앙 빈센조는 후작가의 기사와 마주 봤다. 등에 걸어놓은 창을 꺼내 들었다.

"나는 빈센조 자작가의 온 파비앙이라고 한다! 이름을 밝히도록 해라!"

파비앙 버논의 외침에 후작가의 기사가 말했다.

"로버트. 성은 없다."

"뭐? 성이 없다고? 평민이란 말이냐?"

파비앙 빈센조는 곧바로 얼굴을 구겼다.

기사는 주로 기사 가문에서 육성된다. 기사에 걸맞은 예절과 지식을 습득하고, 가문의 비전을 익혀야 완성되는 것이다.

평민 따위가 감히 넘볼 수 있는 자리가 아니었다.

"평민 따위가 나와 대적하려 하다니."

하필 첫 상대가 평민이라는 사실에 파비앙 빈센조는 실망할 수밖에 없었다.

"시끄럽기도 하군. 공작가의 기사들은 모두 계집처럼 혓바닥으로 싸우는 모양이지?"

로버트의 조롱에 파비앙 빈센조는 미간을 구겼다.

"이런 건방진 놈. 지금 당장 네놈에게 격을 차이를 알려주마!"

파비앙이 창을 들고 돌진했다. 결투를 단숨에 끝내겠다는 결의가 느껴졌다.

"오오, 파비앙 경이 공격한다."

그 모습을 지켜보던 공작가의 병사들이 일제히 환호성을 질렀다.

멀리 있어도 느낄 수 있었다. 파비앙이 내뿜고 있는 투지가 말이다.

반면 후작가의 기사에게서는 아무런 기세도 느껴지지 않았다.

이대로 쉽게 첫 번째 결투가 끝날 것 같아 보였다.

하지만 이윽고 시작된 결투는 예상과는 전혀 다르게 흘러갔다.

후작가의 기사는 파비앙이 내지르는 공격들을 손쉽게 막아 냈다.

"핫! 흐압! 핫!"

파비앙은 더욱 크게 고함을 내질렀다. 하지만 아무리 시간이 지나도 결과는 달라지지 않았다.

"이…… 평민 따위가!"

공격이 계속 막히는 것이 분했는지. 파비앙의 동작이 커졌다.

그 순간, 후작가의 기사가 움직였다.

파비앙이 내리치는 창을 가볍게 쳐내고 거리를 좁혔다. 그리고 파비앙의 몸을 걷어찼다.

"으헛!"

파비앙은 그대로 뒤로 넘어졌다. 그런 파비앙의 목덜미에 칼날이 닿았다.

어느새 다가온 후작가의 기사가 칼을 내밀고 있었다.

"패배를 인정하겠나?"

후작가의 기사가 담담히 물었다. 파비앙은 떨리는 목소리로 말했다.

"져, 졌다."

파비앙이 패배를 시인한 순간, 후작가의 진영에서 환호성이 터져 나왔다.

반면 공작가의 진영은 무거운 침묵이 감돌았다.

"……병사들을 보내서 파비앙 빈센조를 데려오도록 해라."

공작은 명령을 내린 뒤, 세바스찬 빈센조를 돌아봤다.

"세바스찬 경, 내가 지금 무엇을 본 것이지?"

공작의 물음에 세바스찬은 아무 말도 할 수 없었다.

"가, 각하…… 그, 그것이……."

"빈센조 경을 믿고 기사들의 훈련을 맡겼더니 이런 식으로 보답을 하는군."

세바스찬 빈센조가 변명하려는 듯 입을 열었다. 공작이 싸늘한 눈빛으로 말했다.

"부탁이니 지금은 부디 조용히 있도록 하게."

세바스찬은 곧바로 입을 다물었다.

"기사들의 수준 차이가 이렇게 많이 날 줄은 몰랐군."

공작이 턱을 매만지며 고민에 잠겼다.

"이래서야 데미안 학센 경이 이겨도 결투에서 패배하는 게 아닌가?"

공작가 진영에 감도는 침묵이 더욱 무거워졌다.

"각하, 한 말씀드려도 되겠습니까?"

그때, 데미안 학센이 입을 열었다.

"말해 보게."

공작의 말에 데미안이 말했다.

"두 번째 기사로 파벨 버몬드를 추천하고자 합니다."

"파벨 버몬드라."

공작은 결투에 참가하는 기사들의 이름과 실력을 모두 알고 있었다.

그렇기에 파벨 버몬드라는 이름을 들었을 때, 그가 어떤 기사인지 곧바로 떠올렸다.

"결투 후보 기사들 중에서는 꽤 뛰어난 편이라고 들었네."

"아마 제대로 들으신 게 맞으실 겁니다."

"데미안 경이 추천할 정도라면 실력이야 확실하겠지만……."

공작이 말끝을 흐렸다.

파비앙 빈센조의 결투에서 드러났다시피 후작가의 기사들은 공작가의 기사들보다 실력이 월등히 뛰어났다.

파벨 버몬드를 내보내도 승리를 확신할 수 없기에 공작으로서는 망설일 수밖에 없었다.

"각하, 공작가의 기사들이 강하기는 하지만 그래 봤자 같은 로우클래스입니다. 불리할 이유가 없습니다."

데미안 학센은 그런 공작을 설득하기 시작했다.

"파벨 버몬드 경은 이번 결투를 위해서 저와 많은 준비를 했습니다. 어떤 상대든 패배하지 않을 것입니다."

이번에 내보내는 기사가 진다면 패배가 확정된다.

자칫 잘못하면 패배의 원흉으로 몰릴지도 모르는 상황이건만 데미안 학센은 전혀 신경 쓰지 않는 듯했다.

그 태도가 공작에게 묘한 믿음을 불러왔다.

"그대의 말을 믿어 보도록 하지. 파벨 버몬드는 앞으로 나오도록 하라."

공작의 명령에 파벨 버몬드가 걸어 나왔다. 잔뜩 긴장한 탓에 얼굴이 새파랗게 질려 있었다.

"파벨 버몬드. 데미안 학센 경은 그대를 추천했다. 이 기대에 부응할 자신이 있는가?"

파벨 버몬드는 선불리 대답하지 못했다. 잠시 고민하다 이내 입을 열었다.

"……예, 제 목숨을 바쳐서라도 승리를 가져오겠습니다."

그 대답에 공작이 만족스러운 미소를 지었다.

"좋다. 가서 싸우고 오도록 하라."

파벨 버몬드이 검을 들고 평원으로 나갔다.

파벨 버몬드가 걸어 나올 때까지 후작가의 환호성은 계속 이어지고 있었다.

파벨 버몬드가 평원 중앙에 마련된 결투장에 도착하자 후작이 주먹을 높이 쳐들었다.

병사들의 환호성이 뚝 끊어졌다. 놀라운 장악력이었다.

잠시 후, 후작가의 진영에서 기사 한 명이 걸어 나왔다.

잘생긴 외모에 구릿빛 피부를 가진 기사였다.

등에는 대검을 걸치고 있었으며 얼굴에는 자신감으로 가득했다.

'……나보다 강하다.'

기사를 보자마자 파벨 버몬드는 본능적으로 깨달았다.

이 기사가 자신보다 강하다는 사실을 말이다.

"나는 휴이 셀렉션이라고 하는데. 그쪽은?"

후작가의 기사가 파벨을 향해 물었다. 파벨 버몬드는 숨을 고른 뒤 대답했다.

"……파벨 버몬드라고 한다."

이름을 듣자마자 휴이 셀렉션이 길게 한탄을 했다.

"뭐야, 처음 듣는 이름이잖아. 내 상대는 좀 유명한 놈이길 바랐는데. 너 같은 건 이겨 봤자 아무도 알아주지 않을 거 아니야."

휴이 셀렉션이 고개를 절레절레 흔들었다. 처음에 나왔던 기사와 달리 언행이 무척 가벼웠다.

"너 말고 데미안 학센은 안 되냐? 그놈은 제법 유명한 게 싸울 맛이 날 것 같던데."

데미안 학센.

그 이름이 거론되자 파벨 버몬드는 자신도 모르게 피식 웃고 말았다.

그러자 휴이 셀렉션이 고개를 주억거리며 물었다.

"뭘 쪼개는 거야?"

"들개가 호랑이를 언급하고 있으니 우스울 수밖에."

휴이 셀렉션은 강하다. 하지만 데미안 학센만큼은 아니다.

데미안 학센의 강함은 상식 수준을 벗어나 있었다. 그런 괴물이 또 있을 리 없었다.

"유명하지도 않은 게 사람 성질 돋울 줄 아네."

휴이 셀렉션이 등에 메고 있던 대검을 들어 올렸다.

길고 두터운 대검이 마치 나뭇가지처럼 손쉽게 뽑혀 나왔다.

동시에 휴이 셀력션이 마력을 일으켰다. 강력한 기세가 몰려왔다. 마치 열풍을 맞는 듯했다.

"……젠장."

파벨 버몬드는 나지막이 중얼거렸다.

혹시나 했는데. 역시 자신보다 강한 남자였다.

과연 싸운다고 해서 이길 수 있을까. 짙은 절망감과 의문이 파벨 버몬드의 가슴을 가득 채웠다.

"이봐, 왜 그렇게 얼 타고 있으면 어쩌자는 거야. 똥꼬에 힘 빡 주고 경계하고 있어야지. 그렇지 않으면…… 이렇게 순식간에 당하거든!"

대뜸 휴이가 땅을 박찼다. 놀라운 속도로 돌진하며 칼자루의 끝으로 파벨 버몬드의 명치를 찌르려 했다.

그 직전, 파벨 버몬드가 롱소드의 검면으로 칼자루를 막아 냈다. 몸이 뒤로 밀려났다.

"오…… 제법 실력이 있나 본데?"

휴이 셀렉션이 감탄하며 말했다. 꼭 윗사람이 아랫사람을 칭찬하는 것 같았다.

"왜 말이 없어? 너무 놀라서 그런가?"

휴이 셀렉션의 말대로 파벨 버몬드는 너무 놀라서 말을 잇질 못하고 있었다.

하지만 그가 놀란 이유는 휴이 셀렉션에게 기습을 당했기 때문이 아니었다.

'……비슷하다.'

휴이 셀력션이 보여 줬던 기술은 데미안 학센이 사용했던 것과 같았다.

파벨 버몬드가 접근할 때마다 데미안 학센은 툭하면 칼자루로 명치를 강타하고는 했던 것이다.

'……우연인가?'

칼날이 아니라 칼자루를 활용하는 것 자체는 다른 검술에도 많이 보이는 활용법이다.

그렇기에 파벨 버몬드는 확신을 가질 수 없었다.

"나름대로 즐길 수 있겠는 걸!"

휴이 셀력션이 파벨 버몬드를 향해 돌진했다. 거리를 단숨에 좁히며 대검을 쳐들었다.

휴이 셀렉션이 대검을 내리쳤다. 엄청난 속도에 공기가 찢어지는 소리가 들릴 정도였다.

파벨 버몬드는 반사적으로 뒤로 물러났다. 대검이 아슬아슬한 간격을 두고 땅에 떨어졌다.

대검이 땅을 후려쳤다. 지면이 파헤쳐지며 흙먼지가 두 사람을 뒤덮었다.

"이것도 피할 수 있나 보자!"

그 직후, 흙먼지를 가르며 대검이 튀어나왔다. 횡으로 휘둘러진 대검이 파벨 버몬드의 옆구리를 노렸다.

하지만 파벨 버몬드는 이미 방어자세를 취한 뒤였다. 날아오는 대검을 칼날로 막아 냈다.

"……이것도 막아?"

휴이 셀렉션의 얼굴에 처음으로 당황한 기색이 떠올랐다.

'……말도 안 돼.'

하지만 그 이상으로 놀란 사람은 파벨 버몬드였다.

'이것마저도 비슷하다고?'

데미안 학센은 항상 대검을 내려친 뒤, 돌진해서 횡베기를 했다.

대련할 당시에는 바닥이 돌이었던 탓에 흙먼지가 일어나지 않았다.

그럼에도 워낙 많이 당한 기술이었기에 몸이 반사적으로 대응했다.

이쯤 되면 비슷한 정도가 아니었다. 완전히 똑같았다.

'후작가의 기사들은 사자위검이라는 검술을 익힌다고 들었다…… 데미안 학센은 어떻게 사자위검은 익히고 있었던 거지?'

순간, 파벨 버몬드의 머릿속에 한 가지 가능성이 떠올랐다.

첩자.

어쩌면 데미안 학센은 후작가에서 보낸 첩자가 아닐까?

'……말도 안 되는 생각을 떠올렸군.'

그러나 파벨 버몬드는 곧바로 그 추측을 부정했다.

이틀 전, 대련이 끝났을 때, 데미안 학센은 결투 기사들에게 이렇게 말했다.

-남은 이틀 동안 쉬면서 내가 가르친 것들을 곰곰이 되짚어 보도록 해라.

데미안 학센의 조언은 큰 도움이 되었다. 데미안 학센의 동작을 몇 번이고 곱씹은 덕분에 이렇게 휴이 셀렉션의 공격을 피할 수 있었다.

'적대가문에 비전을 풀어놓는 첩자는 없다.'

그렇다면 가능성은 딱 한 가지뿐이었다.

'……훔쳐 배운 거다.'

들은 적이 있다.

천재 중에는 상대방의 동작을 눈으로 본 것만으로 곧바로 따라하는 이들이 있다고.

데미안 학센 정도의 천재라면 충분히 가능성이 있었다.

'아니, 데미안 학센은 단순히 따라한 정도가 아니야…….'

같은 사자위검이지만 데미안 학센 쪽이 훨씬 수준이 높았다. 휴이 셀렉션의 검이 어린애 장난처럼 보일 정도였다.

'후작가의 비전을 훔쳐서 배운 것도 모자라서, 후작가의 기사들을 능가했다고?'

온몸에 소름이 쫙 돋았다. 그 바람에 파벨 버몬드의 몸이 잠깐 굳었다.

"집중하라고 했지!"

휴이 셀렉션은 그 틈을 놓치지 않았다. 파벨 버몬드의 정수리를 향해 대검을 내리쳤다.

이 역시 데미안 학센에게 숱하게 당해 왔던 기술이었다.

파벨 버몬드는 칼날로 대검을 받아 내며 능숙하게 흘려보냈다.

"이 자식이……!"

휴이 셀렉션이 파벨 버몬드를 더욱 거세게 몰아쳤다. 대검이 쉴 새 없이 움직였다.

그러나 그 어떤 검도 파벨 버몬드에게 통하지 않았다.

파벨 버몬드는 너무 자연스럽게 대검을 피했다. 마지막 공격은 칼로 받아쳤다.

칼날이 서로 맞닿는 날카로운 소리와 함께 대검이 뒤로 튕겨져 나갔다.

"으윽?"

휴이 셀렉션의 얼굴에 당혹감이 떠올랐다. 파벨 버몬드는 그 틈을 놓치지 않았다.

결투가 시작된 이후로 줄곧 물러나기만 했던 파벨 버몬드가 처음으로 앞으로 향했다.

검술을 펼치며 역으로 휴이 셀렉션을 압박하기 시작했다.

"윽, 크윽!"

휴이 셀렉션은 저항은커녕 파벨 버몬드의 공격을 막는데 급급했다.

하수라고 생각했던 적에게 밀리고 있다.

굴욕감에 휴이 셀렉션의 얼굴이 벌겋게 달아올랐다.

"적당히 하지 못해!"

휴이 셀렉션의 대검에 더욱 힘이 실렸다. 파벨 버몬드는 그 사실을 곧바로 눈치챘다.

장검과 대검이 복잡하게 얽혔다. 파벨 버몬드가 손에 힘을 줘서 대검을 쳐냈다.

대검이 휴이 셀렉션의 손을 빠져나가서 저 멀리 날아갔다.

휴이 셀렉션은 멍한 얼굴로 텅 빈 손을 바라봤다. 그때, 목덜미에 칼날이 닿았다.

"내 승리다."

파벨 버몬드가 칼을 겨눈 채 담담하게 선언했다.

"와아아아아아!"

"우와아아아아!"

우레와 같은 환호성이 파벨 버몬드를 반겼다.

엄청난 함성에 파벨 버몬드는 온몸이 찌릿찌릿 울리는 것을 느꼈다.

파벨 버몬드는 칼을 거두고 공작가 쪽을 돌아봤다.

그러자 환호성이 더욱 커졌다. 파벨 버몬드는 가슴 속에서 무언가 벅차오르는 것을 느꼈다.

그때, 파벨 버몬드의 시야에 데미안 학센이 눈에 띄었다.

기뻐서 어쩔 줄 몰라하는 공작가의 사람들과 달리 데미안 학센은 지극히 담담한 표정을 짓고 있었다.

마치 이 결과를 예상하기라도 한 것처럼.

'데미안 학센…….'

들떴던 기분이 확 가라앉았다.

그 빈자리를 불길함과 공포가 채웠다.

'당신은 대체…… 정체가 뭐지?'

답을 들을 수 없는 질문을 던지며 파벨 버몬드는 몸을 떨었다.

"파벨 버몬드 경이 이렇게 멋지게 승리할 줄이야."

골드픽시 공작이 입을 열었다.

숨기지 못한 미소가 얼굴에 넘쳐흐르고 있었다.

"데미안 경의 판단이 정확했군."

"파벨 버몬드 경이 잘해 줬을 뿐입니다."

"그 파벨 버몬드 경을 알아보고 추천한 사람이 바로 자네가 아닌가."

공작은 고개를 끄덕이며 덧붙였다.

"안목이 부족해서 일 패를 안긴 누구와 달리 말이야."

공작의 가시 돋친 말에 세바스찬 빈센조가 고개를 떨구었다.

"그럼 이제 대표자의 결투만 남았군. 자신 있나?"

공작은 물음에 데미안은 대수롭지 않게 말했다.

"뭐, 적당히 하고 오겠습니다."

"……죽여 주십시오."

휴이 셀렉션은 후작의 앞에 엎드린 채 말했다.

"어찌 그런 말을 하는가? 그대는 최선을 다했다. 다만, 저쪽의 기사가 더 강했을 뿐이다."

후작은 휴이 셀렉션을 위로했다.

가문을 위해서 싸우고 온 기사를 벌주는 것은 있을 수 없는 일이었다.

"그리고 너무 상심해하지 말도록. 어차피 승리는 우리의 것이니 말이야."

후작은 고개를 돌렸다.

조금 떨어진 장소에 미하엘 라이언블룸이 서 있었다.

미하엘 라이언블룸은 가만히 서서 평원을 바라보고 있었다.

"……각하의 말씀이 맞습니다."

휴이 셀렉션이 존경심 가득한 얼굴로 말했다.

후작가의 기사들에게 미하엘 라이언블룸은 불패의 상징과도 같았다.

"이만 돌아가서 쉬도록."

휴이 셀렉션은 고개를 숙인 뒤, 물러났다.

후작은 미하엘을 향해 다가갔다.

아버지가 다가왔음에도 미하엘 라이언블룸은 여전히 평원을 바라보고 있었다.

"미하엘."

후작이 불렀음에도 마찬가지였다. 후작은 긴 한숨을 내쉬었다.

다시 아들의 이름을 부르려던 찰나였다.

"아버지, 이상하지 않아요?"

대뜸 미하엘이 입을 열었다.

"휴이는 공작가의 기사보다 강했어요. 두 수? 아니 세 수 정도는 위라고 자신할 수 있어요."

후작은 미하엘의 말에 동의했다. 하이클래스인 그의 판단으로도 휴이 셀렉션이 더 강했다.

신체, 마력, 기술, 경험 등등.

공작가에서 난초처럼 자란 별 볼 일 없는 것들과는 격이 달랐다.

"그런데 졌어요. 그냥 진 것도 아니고 압도당했어요."

공작가의 기사는 휴이 셀렉션의 검을 모조리 막아 냈다. 일방적으로 우위를 점한 뒤, 승리를 가져갔다.

개가 늑대를 잡아먹은 것이나 다름없었다.

"공작가의 기사가 사자위검을 완전히 꿰뚫어 봤다는 뜻이에요. 그런데 참 이상하죠. 그렇게 재능 있는 사람은 아닌 거 같았는데."

아들의 말에 후작은 고개를 끄덕였다.

"나도 같은 생각이다. 어쩌면 사자위검이 유출되었을지도 모르겠구나. 돌아가면 철저하게 조사를……."

"아버지, 그게 아니에요."

미하엘이 후작의 말을 부정했다.

"사자위검은 유출된 게 아니에요. 저 남자가 찾아낸 거예요. 찾아내서 가르친 거예요."

그제야 후작은 미하엘이 어디를 바라보고 있는지 깨달았다.

데미안 학센.

오로지 그 남자만 바라보고 있었다.

"대단하지 않아요? 사자위검은 절대로 수준 낮은 검술이 아니에요. 역대 조상들이 끊임없이 발전시키고 개량시킨 검술이에요. 그걸 꿰뚫어 본 것도 모자라서 다른 기사들에게 가르치기까지 했어요."

보통 재능으로는 꿈도 못 꿀 일이다.

어지간한 천재들에게는 불가능한 일이다.

"아버지, 있잖아요. 살면서 이렇게 가슴이 두근거린 적은 처음이에요."

미하엘은 손을 가슴에 얹었다. 얼굴이 살짝 상기되어 있었다.

"드디어 저와 동류를 찾았어요."

후작은 복잡한 얼굴로 아들을 바라봤다.

원래는 반드시 승리해야 한다고 신신당부하려고 했다.

하지만 이렇게 기대감에 가득 차 있는 아들에게 찬물을 끼얹을 수 없었다.

무엇보다 굳이 그런 말을 하지 않아도 될 듯싶었다.

"미하엘, 가서 마음껏 즐기고 오거라."

후작의 말에 미하엘이 칼을 집어 들었다.

결투장으로 걸어가는 동안 미하엘 라이언블룸은 자신의 심장이 거세게 뛰는 것을 느낄 수 있었다.

'드디어 만났다.'

미하엘 라이언블룸의 인생은 딱 한 단어로 요약할 수 있었다.

지루함.

처음으로 칼을 잡았을 때는 기대감에 벅차올랐다.

아버지에게 처음 검술을 배울 때는 재미있어 미칠 거 같았다.

선배 기사들을 만날 때는 호기심에 돌아버릴 것 같았다.

하지만 칼을 휘두르는 나날이 하루하루 늘어날수록 그 기대와 흥미를 빠르게 식어 버렸다.

요컨데 너무 쉬웠던 것이다.

아버지가 알려 주는 검술은 한 번만 보면 따라할 수 있었다.

자신보다 강하다는 기사들도 막상 싸워 보면 별거 아니었다.

어느 순간부터 미하엘 라이언블룸은 훈련장에 가까이 가지 않았다.

검을 손에서 놓았다. 권태와 무기력증에 시달리기 시작했다.

'찾았다.'

호적수니 라이벌이니 하는 존재는 영영 나타나지 않을 줄 알았다.

하지만 오늘, 생각지도 못한 장소에서 만나게 되었다.

자신과 맞먹는 재능을 가진 천재를.

자신의 호적수가 되어 줄 기사를.

미하엘 라이언블룸은 데미안 학센의 앞에 섰다.

"난 미하엘 라이언블룸이라고 해."

미하엘은 기대감을 억누르며 인사를 건넸다. 데미안 학센은 하품을 한 뒤에 말했다.

"데미안 학센이다."

미하엘 라이언블룸은 웃음이 새어 나오는 것을 느꼈다.

"나는 오랫동안 너 같은 사람을 기다려 왔어."

마음 같아서는 곧바로 칼을 뽑고 싶었다.

하지만 상대방은 간신히 만난 소중한 맞수였다.

제대로 격식을 차리고 싶었다.

"나와 대등하게 싸워 줄 동류를 말이야."

미하엘 라이언블룸은 칼자루를 잡았다. 심장이 거세게 뛰고 있었다.

"간절하게 부탁할게. 부디 날 실망시키지 말아 줘."

미하엘 라이언블룸이 칼을 뽑았다. 칼날이 햇빛이 서늘하게 빛났다.

"대등?"

데미안 학센이 한 마디를 툭 내뱉었다.

"재능을 완전히 개화시키지 못한 건가? 그게 아니라면 그딴 소리가 나올 리가 없는데."

데미안 학센의 입에서 나온 소리는 미하엘 라이언블룸의 예상을 전혀 벗어난 것이었다.

"어쩔 수 없지. 내가 좀 더 내려와 주는 수밖에."

무슨 소리를 하려는 거냐.

미하엘 라이언블룸이 그렇게 물으려던 찰나였다.

별안간 뒷골이 오싹해졌다. 마치 거친 손아귀로 뒷덜미를 잡아당기는 것 같았다.

불길함, 위기감, 공포.

그 모든 감정이 폭발적으로 차올랐다.

미하엘 라이언블룸은 자신도 모르게 칼을 뽑았다. 그 끝을 데미안 학센에게 겨누었다.

아니, 겨누려고 했다.

칼끝이 좀처럼 올라가지 않았다. 아래로 향한 채 굳어버렸다.

칼을 겨누기는커녕 데미안 학센을 제대로 바라볼 수조차 없었다.

전신이 덜덜 떨렸다. 땅 위로 식은땀이 후두둑 떨어졌다.

"미하엘 라이언블룸."

데미안 학센이 나지막이 말했다.

미하엘 라이언블룸에게는 송곳으로 귀를 찌르는 것 같이 느껴졌다.

"아직도 내가 너와 대등한 존재로 보이나?"

칼이 땅에 떨어졌다.

미하엘 라이언블룸은 자신이 칼을 놓았다는 사실을 인

지하기도 전에 땅에 무릎을 꿇었다.

"져……."

입이 저절로 움직였다. 미하엘 라이언블룸은 자신의 입을 막을 생각조차 못 했다.

"졌습니다……."

세 번째 결투.

그 승자가 결정되었다.

그렇게 결투는 공작가의 승리로 끝났다.

결투에서 승리한 뒤, 공작가에서 가장 먼저 한 행동은 바로…….

"마음껏 마시고 즐기도록 하라!"

평원에서 잔치판을 벌이는 것이었다.

미리 가지고 온 가축을 잡고, 술통을 열었다. 평원에서는 어느새 음식을 만드는 냄새로 가득 찼다.

"고기와 술은 충분하다 못해 차고 넘친다! 그러니 다들 마음껏 즐기도록 해라."

공작은 잔칫상에 후작가의 사람들도 초대했다. 덕분에 한쪽에는 공작가의 병사들이, 다른 쪽에는 후작가의 병사들이 앉아 있었다.

후작가의 병사들은 침통한 심정도 잊고 술과 고기를 마음껏 즐겼다.

이것만 보면 공작이 호탕하게 행동하는 것 같았지만.

'거참 속 좁은 인간이로군.'

데미안은 일찌감치 눈치챘다. 이 자리는 공작이 끝까지 후작을 놀리기 위해 마련된 자리였다.

그 증거가 지금 공작의 옆에 앉아 있는 후작의 표정이었다.

"라이언블룸 후작! 표정이 왜 그러나. 우리가 잠시 다투기는 했지만 모든 일이 끝났으니 잊고 즐기도록 합세."

공작이 후작의 잔에 술을 따르며 말했다.

"승자인 만큼 내가 먼저 따르겠네. 내가 승자가 아니겠나!"

공작의 말에 후작은 벌레 씹은 표정을 지었다.

지금이라도 당장 떠나고 싶은 기색이 역력했다. 하지만 승자의 초대를 거절하는 것은 패자의 예의가 아니었다.

게다가 후작가의 병사들도 어느새 술과 음식을 즐기느라 웃고 즐기고 있었다.

이런 분위기를 파토 낼 수는 없는 법이었다.

"자자, 마시게!"

덕분에 공작만 신이 났다. 공작은 연신 후작의 잔에 술을 따르며 기꺼워했다.

데미안은 그 광경을 지켜보며 쓴웃음을 지었다.

'이걸로 고민은 해결되었군.'

데미안이 굳이 두 가문의 결투에 참견한 이유는 공작가의 멸문을 막음으로써 후작가를 견제하기 위함이었다.

공작가는 결투에서 패배한 것을 계기로 무너지게 된다.

데미안은 공작가에 암약하고 있던 흑마법사들을 막고, 공작가를 결투에서 승리시켰다.

이제 그 미래는 없어졌다고 봐도 무방했다.

'남은 건 유란인데.'

데미안에 의해서 간부가 살해당하고, 공작가를 집어삼키려던 계획도 방해를 받았다.

유란에서는 틀림없이 데미안을 죽이려 들 것이다. 데미안도 그러길 바라고 있기에 계속 틈을 내주고 있었다.

'어쩌면 돌아가는 길에 나타날지도 모르겠군.'

사람이 가장 무방비할 때는 큰 행사가 끝났을 때, 기쁨에 젖어 있을 때다.

지금은 모두 해당됐다.

데미안이 이런저런 생각에 젖어 있을 때였다. 누군가 데미안에게 가까이 다가왔다.

시선을 옮기자 미하엘 라이언블룸이 보였다.

"아, 앞에 앉아도 될까요?"

미하엘 라이언블룸이 딱딱하게 굳은 얼굴로 말했다.

데미안은으로서는 의외의 접근이었다.

한번 진득하니 대화를 나누고 싶었는데 설마 저쪽에서

먼저 다가올 줄은 몰랐다.

"마음대로 해라."

데미안이 흔쾌히 허락하자 미하엘 라이언블룸의 표정이 확 밝아졌다.

미하엘 라이언블룸은 냉큼 데미안의 맞은편에 앉았다. 뭐가 그리 좋은지 헤실헤실 웃고 있었다.

"데미안 경이라고 불러도 될까요?"

"어, 그래. 난 미하엘 경이라고 부르면 되나?"

"그, 그래 주시면 영광이죠!"

데미안은 술잔을 기울였다. 잔이 비자 미하엘 라이언블룸이 냉큼 술병을 들고 잔을 채워 놓았다.

"겨, 결투 때 가, 감동받았습니다!"

"감동?"

뜬금없는 단어에 데미안은 되물을 수밖에 없었다.

"저, 저는 지금까지 살아오면서 저와 동류는 없을 거라고 생각했어요!"

미하엘이 벌겋게 상기된 얼굴로 말을 이어 나갔다.

"그, 그런데 데미안 경은 저와 동류…… 아니, 저 따위보다 훨씬 대단한 분이셨어요!"

마지막 결투 때, 미하엘이 스스로 굴복한 이유는 단순히 데미안이 더 강하기 때문이 아니었다.

초감각을 통해서 데미안이 품고 있는 재능을 엿봤기 때

문이다.

그리고 데미안 지닌 재능이 자신 따위와는 차원이 다르다는 것을 깨닫고 곧바로 패배를 인정한 것이다.

"역시 세상은 넓군요."

미하엘이 감동한 얼굴로 말했다.

데미안의 격을 느끼고도 절망하지 않는 것을 보면 미하엘 라이언블룸도 거물은 거물이었다.

'아니면 그만큼 외로웠다거나.'

데미안은 자신의 재능이 얼마나 대단한지 깨닫기도 전에 도르고에게 잡혀서 끔찍한 시간을 보냈다.

그렇기에 미하엘의 절망감에 대해서 공감할 수가 없었다.

"너무 오만하군."

그리고 공감할 생각도 없었다.

"예, 에?"

"방금 속으로 네가 두 번째라고 생각했지?"

"어, 어떻게 아셨어요?"

데미안을 만났음에도 미하엘의 자부심은 여전히 남아 있었다.

데미안은 독보적인 일등.

자신은 바로 아래.

그 격차가 절대적일지라도 어쨌거나 자신이 2등이라 생각한 것이다.

"네 말대로 세상은 넓다. 너 정도의 재능은 흔치 않을지 몰라도 아예 없다고 단정 지을 수 없지."

미하엘의 자신감이 마냥 틀린 것은 아니었다.

실제로 미하엘은 마스터 클래스 중에서는 꽤 강한 편에 속했다.

미하엘 라이언블룸이 역사에 길이 남을 재능을 보유한 것은 사실이다.

하지만 역사에 이름을 남긴 사람이 어디 한두 명이던가?

"제국만 해도 너보다 뛰어난 재능을 가진 사람이 적어도 세 명은 있다."

전생에 미하엘 라이언블룸은 25세가 되던 해에 자신보다 어린 소녀에게 패배하게 된다.

그 일을 계기로 다시 검을 수련하여 마스터의 경지에 오르게 된다.

하지만 마스터의 경지에 오른 이후에도 그 소녀를 이기지는 못했다.

그 소녀가 바로 먼 미래에 검후라 불리게 되는 인물이었다.

"미하엘 라이언블룸, 자만하지 마라. 오만해하지 마라. 자신이 최고라 생각하지 마라. 언제든 널 뛰어넘을 인물이 나타날 수 있음을 명심하도록 해라."

미하엘은 충격받은 얼굴로 데미안을 바라봤다. 이윽고 조심스러운 얼굴로 물었다.

"데, 데미안 경도 그런 생각을 하고 사시나요?"

"아니, 전혀, 내가 최고지."

"……아니, 방금 전에는 저보고 주의하라고 하셨잖아요."

미하엘이 어이없다는 표정을 지었다.

하지만 어쩌겠는가 실제로 데미안 하센은 최고였으며 전생에 그것을 증명해 냈다.

"난 스스로를 최고라고 여기지만 방심하지 않는다. 항상 준비하고 대비하지. 그 이유가 뭔지 아나?"

"모르겠어요."

"언제, 어디서, 어떤 위험이 들이닥칠지 모르기 때문이다."

전생에 데미안 학센은 우연찮게 아크리치 도르고를 만나는 바람에 데스나이트가 되고, 세상을 멸망시켰다.

그 과정에서 가족들을 모두 자기 손으로 죽이는 패륜까지 저지르게 되었다.

그렇기 때문에 데미안 학센은 회귀했을 때, 다짐했다.

항상 최악을 염두해 두고 대비하기로 말이다.

"최고인 나도 그럴진데 네가 방심하면 어쩌자는 거냐."

데미안이 술잔을 기울이며 덧붙였다.

"미하엘 라이언블룸, 자만하지 마라. 더 노력해라. 지금보다 더 강해져라."

데미안이 미하엘 라이언블룸에게 굳이 이런 말을 하는 이유는 미래를 대비하기 위함이었다.

만약 데미안 학센이 도르고를 끝까지 찾아내지 못한다면?

그리하여 도르고가 언데드 군단을 이끌고 세상을 공격한다면?

그때 미하엘 라이언블룸의 힘을 빌릴 수 있다면 큰 도움이 되리라.

“명심…… 할게요.”

미하엘이 고개를 끄덕였다.

“그 대신…… 한 가지 부탁이 있어요.”

“너 좋으라고 한 이야기인데.”

“그, 그건 그렇지만…….”

“뭔지 일단 들어보기나 하자.”

데미안이 묻자 미하엘이 곧바로 대답했다.

“형으로 모셔도 될까요?”

그 대답을 들은 데미안 학센은 얼이 빠질 수밖에 없었다.

“어…… 마음대로 해라.”

그 바람에 얼떨결에 허락하고 말았다.

미하엘의 입가가 함지박만 하게 벌어졌다.

“앞으로 잘 부탁드려요! 데미안 형!”

“오, 그사이에 이렇게 친해졌을 줄은 몰랐군.”

데미안이 원치 않게 의동생을 얻었을 때, 공작과 후작이 두 사람에게 다가오고 있었다.

“젊은이들이 우정을 나누는 모습은 언제 봐도 멋진 일이지. 그렇지 않은가?”

공작이 껄껄 웃으며 후작을 돌아봤다. 후작은 여전히 인상을 쓰고 있었다.

“각하, 무슨 일이십니까.”

데미안은 자리에서 일어나며 말했다.

공작은 데미안의 고용주인 만큼 공적인 자리에서는 예의를 차릴 필요가 있었다.

“괜찮네. 앉아 있게나. 이번 승리의 주역을 일으켜 세울 수는 없지. 그렇지 않나, 후작?”

공작의 질문에 후작이 인상을 썼다.

‘거, 되게 쪼잔하군.’

아직까지 후작을 괴롭히고 있는 공작의 행동에 데미안은 속으로 혀를 찼다.

“술자리를 방해해서 미안하군. 쇠뿔도 단김에 빼랬다고, 후작과 상의가 끝나서 찾아왔다네.”

“상의라뇨?”

“자네에게 결투 보상으로 후작가의 비고를 개방해 주기로 하지 않았나?”

미하엘 라이언블룸이 회견 자리에서 먼저 칼을 뽑는 바

람에 결투 승리 보상이 조금 변경되었다.

결투에서 승리할 시, 공작가는 금광과 인접한 영지까지 가져가기로 했고, 데미안 학센에게는 후작가의 비고에서 보물을 하나 내주기로 했다.

"이 친구가 쪼잔하게 주지 않으려고 버티기에 설득하느라 고생 좀 했다네."

"쪼잔? 그 물건의 가치를 알면서 그런 소리가 나오는가!"

"비고를 개방하면 그 정도 물건은 내줘야지."

두 사람 사이에 가벼운 실랑이가 오고 갔다.

"데미안 학센."

후작은 실랑이를 끝내고 데미안을 쳐다봤다.

"우선 그대에게 사과하도록 하겠다."

만약 후작가의 가신들이 들었다면 경악했으리라.

후작은 자존심이 무척 강하기 때문에 여간해서는 먼저 사과를 하지 않았다.

하물며 데미안 학센은 이공자에게 망신을 주지 않았던가.

"기사를 보내 무력 시위를 한 것도 모두 사과하도록 하겠네."

데미안은 후작의 태도가 변한 이유를 얼추 짐작할 수 있었다.

데미안 학센을 보고 적으로 둬 봤자 좋을 게 없다는 것을 깨달은 것이다.

그렇다고 죽이는 것은 불가능하다. 데미안 학센의 뒤에는 공작가가 있기 때문이다.

죽일 수 없다면 친하게 지내는 게 최선이다.

그렇기에 후작은 고개를 숙이기로 결정한 것이다.

"물론 말로만 끝낼 생각은 없네. 사죄 겸, 결투의 보상으로 내놓는 물건일세."

후작이 품에서 작은 상자를 꺼냈다.

가죽으로 만들어진 상자는 고급스러운 분위기를 물씬 풍겼다.

하지만 상자 내부에 담겨 있는 물건은 지극히 초라했다.

별다른 장식이 없는 회색 반지 하나가 담겨 있었던 것이다.

"아공간 마법이 담겨 있는 반지라네."

초라한 외관과 달리 반지가 가지고 있는 진짜 가치는 상상을 초월했다.

아공간 마법.

공간을 비틀어서 각종 물건을 수납할 수 있는 마법을 말한다.

이 비밀 창고는 오직 주인만이 열 수 있기에 세상에서 가장 안전한 창고이기도 했다.

"백색마탑에서 제작된 물건으로 최대 100kg까지 담을 수 있다네."

아공간 마도구도 급이 있다.

데미안이 듣기로는 가장 급이 낮은 아공간 마도구가 10kg의 물건을 보관할 수 있다고 한다.

그런 아공간 마도구도 작은 성과 맞먹는 가치를 가지고 있다.

100kg이라면 그것의 10배. 대체 어떤 가치를 가지고 있을지 가늠이 되지 않았다.

과연 후작가의 비고에 한 자리를 차지할 자격이 있는 보물이었다.

'100kg이면 괜찮은 갑옷 한 벌과 예비용 무기 몇 개, 식량, 포션, 금화까지 넉넉하게 들고 다닐 수 있는 무게로군.'

앞으로 어디 여행을 나갈 때, 무겁게 배낭을 짊어질 일은 없어 보였다.

"후작 각하께 감사드립니다."

데미안은 후작이 내민 아공간 반지를 두 손으로 받았다.

반지를 손가락에 착용하고 마력을 흘러 넣었다. 반지가 데미안 학센의 마력을 기억했다.

이제 이 반지를 사용할 수 있는 사람은 데미안 학센 한 명뿐이었다.

"그 외에 필요한 것이 있으면 말하도록 해라. 비고의 물건은 더 이상 내줄 수 없지만 후작가에는 제법 괜찮은 무구들이 많이 있으니."

후작가는 애플 왕국 최고의 기사가문이었다.

그런 만큼 다른 가문에서는 군침을 흘릴 정도로 뛰어난 무구들이 즐비했다.

"아, 그럼 하나만 더 부탁드려도 되겠습니까?"

"말해 보게."

후작의 말에 데미안이 냉큼 말했다.

"활을 받고 싶습니다."

"활?"

뜬금없는 부탁에 후작이 고개를 주억거렸다.

데미안이 별거 아니라는 식으로 말했다.

"동생 장가 보내는데 필요해서요."

귀향

잔치는 밤새도록 지속되었다

병사들은 술에 잔뜩 취한 채 평원 곳곳에 널브러졌다. 다행히 날씨가 더워서 큰 문제는 생기지 않았다.

날이 밝자 양쪽 가문에서는 돌아갈 준비를 하기 시작했다.

"형님, 언제 한번 저희 가문에 들려주세요."

이대로 헤어지는 것이 못내 아쉬운지 미하엘 라이언블룸은 데미안의 손을 붙잡고 몇 번이고 당부했다.

"꼭 들려주셔야 해요. 아시겠죠? 꼭이에요."

"알겠으니까 이제 좀 놔라……."

데미안은 방문하겠다고 확답을 주고 나서야 풀려날 수 있었다.

공작가로 돌아가는 행렬이 출발했다.

공작가로 돌아오자마자 데미안은 공작에게 떠날 의사를 밝혔다.

"벌써 돌아간다고?"

공작은 두 눈을 동그랗게 뜬 채 물었다. 데미안은 고개를 숙이며 말했다.

"이렇게 갑자기 떠나겠다니…… 축제를 준비 중이니 그때까지만 기다려 주면 안 되겠나?"

공작은 평원에서 잔치를 벌인 것으로 축하를 끝낼 생각이 전혀 없었다.

아예 축제를 벌여서 온 세상에 알릴 생각이었다. 골드픽시 공작가가 후작가를 이겼다고 말이다.

"너무 오랫동안 자리를 비웠습니다. 가족들이 걱정하고 있을 테니 빨리 돌아가고자 합니다."

공작이 아쉽다는 얼굴로 데미안을 바라봤다.

"자네의 뜻이 정 그렇다면 어쩔 수 없지. 대신 오늘 하루만 기다려 주게나. 자네를 호위할 기사를 골라야 하니 말일세."

"호위라고 하셨습니까?"

데미안이 그런 쓸데없는 걸 왜 준비하냐는 얼굴로 물었다.

"자네의 실력이 뛰어나다는 사실은 잘 알고 있네. 하지만 상황이 좀 복잡하게 흘러가고 있어. 에른스트 호위츠 경이 사라졌다네."

공작이 짧게 혀를 차며 말했다.

"그게 정말입니까?"

"그래, 대체 왜 사라졌는지는 모르겠지만…… 자네도 알다시피 에른스트 호위츠 경은 첼시 골드픽시와 유독 친하지 않았나."

공작의 말대로 에른스트 호위츠는 첼시 골드픽시의 편이었다.

첼시 골드픽시가 흑마법사와 협력하고 있었다는 사실을 전혀 몰랐기에 징계를 받지 않았을 뿐, 가문 내부에서는 그를 믿지 못하는 사람들이 많았다.

"어쩌면 에른스트 호위츠가 가문을 공격할지도 모르네. 나야 가올 하임리히 경이 지켜 주고 있으니 상관없지만 다른 이들은 그렇지 않지."

미들클래스는 전략병기로 분류될 정도로 강력한 존재다.

그런 존재가 가문을 노린다니? 그야말로 비상사태라고 할 수 있었다.

"어쩌면 자네를 습격할지도 모르네. 첼시 골드픽시의 몰락은 자네로부터 시작되었으니까."

"그래서 제게 호위를 붙이시려는 겁니까?"

"그렇다네. 달갑지 않을지도 모르지만 고향까지 가는 동안은 호위를 받도록 하게."

사실 호위가 없어도 상관없었다. 에른스트 호위츠 정도라면 혼자서 대처할 수 있었다.

하지만 데미안은 대외적으로 로우클래스로 알려져 있었다. 실력을 숨길 필요가 있었다.

"각하의 배려에 감사드립니다."

데미안은 공작의 호의를 받아들이기로 했다.

이튿날, 데미안은 내성문으로 나왔다.

"오, 자네 왔는가."

내성문에는 공작이 가울 하임리히와 함께 데미안을 기다리고 있었다.

"인사하게. 자네를 호위할 이들일세."

공작이 대기하고 있던 이들을 가리키며 말했다.

기사가 세 명, 병사 열 명이 대기하고 있었다.

데미안은 기사들의 얼굴을 찬찬히 살펴봤다. 그중에 익숙한 얼굴이 보였다.

"음? 이게 누구십니까. 세바스찬 빈센조 경이 아니십니까."

데미안이 자신을 알아보자 세바스찬 빈센조의 얼굴이 구겨졌다.

두 사람은 그리 우호적인 사이라고 할 수 없었다.

결투 날, 세바스찬 빈센조는 데미안을 견제한답시고 자신의 자식을 결투에 참가시켰다가 개망신을 당했기 때문이다.

"다른 미들클래스들은 모두 임무를 수행 중이라 말이야. 세바스찬 경이 유일하게 손이 남더군."

둘 사이의 알력을 공작이 모를 리가 없었다.

하지만 상황이 위급하게 돌아가는 만큼 세바스찬 빈센조에게 호위를 맡긴 듯했다.

"세바스찬 경, 데미안 경을 잘 부탁하네."

"예, 각하. 제 목숨을 바쳐서라도 지키겠습니다."

세바스찬 빈센조가 가슴에 주먹을 얹으며 말했다.

"가는 길까지 잘 부탁드립니다."

데미안이 손을 내밀며 말했다.

"……최선을 다하도록 하지."

세바스찬 빈센조는 정말 싫지만 어쩔 수 없다는 얼굴로 데미안의 손을 맞잡았다.

공작은 외성의 성문까지 나와서 데미안 학센을 배웅했다.

"각하, 어째서 데미안 경을 보내신 겁니까."

옆에 서 있던 가울 하임리히가 물었다.

"데미안 경 같은 기사는 어디에서도 찾을 수 없습니다. 가문에 묶어 두시는 편이……."

"안 그래도 고민해 봤네. 데미안 경을 가문의 기사로 만들 방법이 없을까 하고 말이야."

후작가와의 결투에서 공작은 달갑지 않은 사실을 깨달았다.

그건 공작가의 기사들이 후작가의 기사들에 비해서 너무 수준이 떨어진다는 사실이었다.

비록 결투에서 이기기는 했지만 그건 데미안 학센이 있기에 가능한 일이었다.

그런 상황이니 데미안 학센이라는 인물에 절실해질 수밖에 없었다.

"데미안 학센도 내 속내를 모르지는 않았을 거야. 만약 내 밑에서 일할 생각이 있었다면 계속 남아 있었겠지."

하지만 데미안 학센은 귀향 의사를 밝혔다.

공작가에 조금도 미련이 없다는 뜻이었다.

"무엇보다 데미안 학센은 다른 사람의 밑에 있을 사람이 아닐세."

공작가의 기사들과 달리 데미안 학센은 단 한 번도 공작에게 존경의 눈빛을 보낸 적이 없었다.

그저 형식적으로 경어를 사용하고 예의를 갖추었을 뿐

이다.

“딱 한 번, 데미안 학센 경과 같은 눈빛을 본 적이 있었다네.”

소드마스터.

필멸자의 굴레를 벗어던지고 불멸자의 영역에 한 발을 걸친 절대자.

그 눈빛과 비슷했다.

“그런 남자를 잡는다고 잡아지겠나? 그래서 보낸 것이라네.”

공작이 아쉽다는 얼굴로 말했다.

“이만 들어가세나. 할 일이 많으니.”

학센 자작가로 돌아가는 길은 평화로웠다.

기사가 세 명에 무장한 병사가 열 명이었다. 도적들은 감히 근처에 다가올 생각조차 못 했다.

게다가 전원이 말을 타고 이동했기에 속도도 무척 빨랐다.

“오늘은 여기서 야영을 해야겠군.”

어느덧 해가 저물기 시작했다.

세바스찬 빈센조는 일행을 숲에 멈춰 세웠다.

병사들이 야영 준비를 하는 동안 기사들은 조금 떨어진

곳에 모닥불을 피우고 휴식을 취했다.

데미안 학센도 모닥불 근처에 있는 그루터기에 엉덩이를 걸치고 앉았다.

"데미안 경."

그때, 갑자기 세바스찬 빈센조가 데미안 학센을 불렀다.

"결투에서 이겨 줘서 고맙네."

뜬금없는 말에 데미안 학센은 의아할 수밖에 없었다.

"그게 말이지…… 내 아들이 결투에서 패배하지 않았나."

세바스찬 빈센조가 멋쩍은 얼굴로 말을 이어 나갔다.

"만약 그대로 결투에서 패배했다면 나는 각하께 얼굴을 들지 못했을 거야. 하지만 자네가 훈련시킨 기사와 자네 덕분에 결투에서 승리할 수 있었지."

세바스찬 빈센조는 자신의 그릇된 판단으로 공작가에게 첫 패배를 안겼다.

만약 결투에서 완전히 패배했다면 세바스찬 빈센조는 온갖 비난을 들었으리라.

"굳이 사과하지 않으셔도 됩니다. 세바스찬 경을 도와드리려는 의도는 없었던지라."

"……자네는 말을 참 곱게 하는 재주가 있구먼."

세바스찬 빈센조가 몸을 부들부들 떨며 말했다.

그때였다.

갑자기 세바스찬 빈센조가 자리를 박차고 일어났다.

공작가의 기사들은 깜짝 놀라서 세바스찬 빈센조를 쳐다봤다.

"숨어 봤자 소용없다. 어서 모습을 드러내라!"

세바스찬 빈센조가 고함을 질렀다. 잠시 후, 어둠 속에서 누군가 걸어 나왔다.

평범한 체격에 검은 망토를 두르고 있는 남자였다.

괴한의 얼굴을 보자마자 세바스찬 빈센조의 얼굴이 멍해졌다.

"……에른스트 호위츠."

에른스트 호위즈가 입가를 비틀며 말했다.

"오랜만에 뵙습니다. 세바스찬 경."

"……어째서 자네가 이곳에 있는 것인가."

첼시 골드픽시의 죽음 이후, 사라졌던 기사가 이 자리에 나타났다.

세바스찬 빈센조가 경계심 가득한 얼굴로 말했다.

"특별한 이유는 없습니다. 찢어 죽여야 할 놈이 있어서요."

그리 말하며 에른스트 호위츠는 데미안 학센을 쳐다봤다.

"데미안 학센, 저 빌어먹을 놈 말입니다."

"……데미안 경은 각하의 손님이다."

"그리고 첼시 대공녀님을 죽게 만든 원인을 제공했죠."

에른스트 호위츠의 눈동자에 살의가 흘러나왔다.

"세바스찬 경, 저는 첼시 대공녀님의 죽음에 연관된 자들은 단 한 명도 살려 두지 않을 생각입니다."

"첼시 골드픽시는 스스로 목숨을 끊었어. 데미안 경의 잘못이 아닌……."

"개소리하지 마!"

에른스트 호위츠가 버럭 고함을 질렀다.

"대공녀님이 얼마나 강건한 분인데! 아무리 힘들어도 참고 견디실 분이야! 절대로 자살하실 분이 아니라고!"

에른스트 호위츠가 씩씩 숨을 골랐다.

"……첼시 대공녀님은 공작이 죽인 게 분명합니다. 분명 가혹한 심문을 받다가 죽으셨겠죠."

에른스트 호위츠가 살기가 뚝뚝 떨어지는 얼굴로 말했다.

"저는 첼시 대공녀님의 죽음을 절대로 그냥 넘기지 않을 겁니다. 데미안 학센을 죽이고, 첼시 대공녀님을 심문한 자들을 죽이고, 마지막에는 공작을 죽일 겁니다."

세바스찬 빈센조는 어처구니없다는 얼굴로 에른스트 호위츠를 쳐다봤다.

"각하를 살해하겠다고? 정말 제정신이 아니군."

"예, 제정신이 아닙니다. 첼시 대공녀님께서 잔인하게 살해당하신 그날부터 저는 제정신으로 있는 걸 그만뒀어요."

에른스트 호위츠가 낮은 웃음소리를 흘렸다.

"세바스찬 경, 긴말하지 않겠습니다. 데미안 학센을 놓고 가세요. 그럼 살려 드리겠습니다."

"건방진 소리를 하는군. 네놈 따위가 감히 누굴 살려주겠다고?"

세바스찬 빈센조가 마력을 일으켰다.

엄청난 기운이 사방으로 뻗어 나갔다. 숲에서 들려오던 짐승과 곤충의 울음소리가 순식간에 멈췄다.

"건방진 소리라…… 맞습니다. 세바스찬 경은 저보다 강하셨죠. 그래서 순비했습니다."

에른스트 호위츠가 망토를 벗었다. 그러자 기괴한 장면이 드러났다.

에른스트 호위츠의 전신에 검은 마법진이 새겨져 있었다. 마법진의 곳곳에는 새까만 마정석이 박혀 있었다.

그뿐만이 아니었다. 문신에 가려져서 잘 보이지 않을 뿐, 신체 곳곳에 수술을 받은 흔적이 가득했다.

그것을 본 세바스찬 빈센조가 경악하며 말했다.

"설마 흑마법에 손을 댔나?"

"예, 혼자 공작가를 감당할 수 없을 것 같아서 도움을 좀 받았습니다."

에른스트 호위츠의 입가가 비틀렸다.

"기욤 블랙윙. 그자가 받은 것과 똑같은 시술을 받았습니다. 제 생명력을 소모하는 대가로 방대한 마력과 신체능력을 얻었죠."

에른스트 호위츠가 마력을 일으켰다.

간헐천이 분출되듯 검은색 마력이 하늘 높이 치솟아 올랐다.

엄청난 양의 마력에 주변의 나무가 마구 흔들렸다.

"두 눈 뜨고 잘 보십시오. 제가 어떤 힘을 손에 넣었는지!"

에른스트 호위츠가 땅을 박찼다. 동시에 창을 내질렀다.

세바스찬 빈센조는 재빨리 칼을 들어서 창을 막았다.

창과 칼이 부딪히는 순간, 세바스찬의 몸이 뒤로 밀려났다.

"우읏?"

세바스찬 빈센조는 두 다리에 힘을 넣었다. 밀려나던 몸이 가까스로 멈춰 섰다.

세바스찬 빈센조는 믿기 힘들다는 얼굴로 손을 내려다봤다.

단 한 번 충돌했을 뿐인데 손바닥이 찢어져 있었다.

경악스러운 속도와 힘이었다.

"왜? 놀랐어? 뭔가 잘못된 것 같아?"

에른스트 호위츠가 희열에 가득 찬 얼굴로 소리쳤다.

"그러게 내 경고를 들었어야지! 데미안 학센만 놓고 가면 죽이지 않겠다고 했잖아!"

에른스트 호위츠가 큰소리로 외치며 창을 내질렀다.

창날에서 생혈처럼 새빨간 오러가 방출되었다. 오러는 폭풍이 되어 세바스찬 빈센조를 덮쳤다.

세바스찬 빈센조는 황급히 자리를 피했다. 그의 뒤에 있던 나무와 바위들이 모조리 갈려 나갔다.

세바스찬 빈센조는 오러가 훑고 지나간 자리를 쳐다봤다.

숲의 일부분이 평야로 변해 있었다.

그 광경을 본 세바스찬 호위츠의 얼굴이 딱딱하게 굳었다.

"뭘 보고 있나! 다들 도망쳐라!"

세바스찬의 말에 공작가의 기사들은 망설였다. 명령에 따라야 할지 세바스찬을 도와야 할지 망설이고 있었다.

"멍청한 자식들! 너희들이 있어 봤자 도움이 안 된다! 그러니 공작가에 가서 도움을 요청하란 말이다!"

세바스찬 빈센조가 버럭 소리를 질렀다. 그래도 기사들은 쉽게 결정을 내리지 못하고 있었다.

"알겠습니다! 도와줄 사람을 불러올 테니 조금만 버티십시오!"

그때, 데미안 학센이 소리쳤다.

데미안 학센이 몸을 돌려 도망쳤다. 그제야 다른 기사들도 데미안 학센처럼 자리를 벗어났다.

데미안 학센과 기사들이 멀어졌다. 그 모습에 에른스트 호위츠가 조소하며 말했다.

"정말로 절 막을 수 있다고 생각하시는 겁니까?"

세바스찬 빈센조가 입꼬리를 씰룩이며 말했다.

"누가 막는다고 했나? 나는 이 자리에서 자네를 죽여 버릴 생각일세."

"오, 놀라운 자신감이시군요. 그게 가능할지는 차차 생각해 보기로 하고…… 설마 제가 이곳에 혼자 왔다고 생각하시는 겁니까?"

그 말에 세바스찬 빈센조의 눈동자가 커졌다.

"네놈…… 설마……."

"흑마법사들이 근처에서 대기하고 있습니다. 데미안 학센은 멀리 가지 못할 겁니다."

세바스찬 빈센조의 얼굴에 노기가 떠올랐다.

"네 이놈!"

세바스찬 빈센조가 에른스트 호위츠를 향해 달려들었다.

어둠이 깔리기 시작한 숲속에서 두 미들클래스가 충돌했다.

데미안은 병사들을 향해 소리쳤다.

"당장 짐을 버리고 말 위에 타라! 이곳을 벗어난다!"

안 그래도 갑자기 들려온 굉음에 놀랐던 병사들은 황급히 데미안의 명령에 따랐다.

"경들도 어서 말 위에 오르십시오."

데미안이 두 기사를 향해 말했다. 그러자 기사 한 명이 머뭇거리며 말했다.

"데미안 경, 지금이라도 세바스찬 경을 도우러 가는 게……."

데미안이 기사의 뺨을 후려쳤다. 기사는 어안이 벙벙한 얼굴로 데미안을 쳐다봤다.

"미들클래스끼리의 결투에 로우클래스 따위가 끼어든다고 도움이 될 것 같아? 오히려 방해만 될 거다."

"하, 하지만……."

"개소리하지 말고 말에 타기나 해. 여기 있는 병사들까지 모두 죽게 내버려 둘 생각이야?"

병사들은 모두 공포에 질려 있었다. 그들의 얼굴을 본 기사가 무겁게 고개를 끄덕였다.

"……알겠소. 어서 출발합시다."

"어딜 가려시나?"

그때, 낯선 목소리가 들려왔다. 기사들은 깜짝 놀라서 고개를 돌렸다.

조금 떨어진 곳에 중년의 남성과 여인이 서 있었다.

남성은 평범했으나 여인은 놀라울 정도로 아름다운 외모를 가지고 있었다.

하지만 병사들은 여인의 외모에 신경을 쓸 겨를이 없었다.

두 사람에게 느껴지는 정체 모를 불길함 때문이었다.

"뭐 하는 놈들이냐."

데미안이 두 사람을 향해 물었다. 남성이 씩 웃으며 말했다.

"별로 말해 주고 싶지 않은 질문이군. 우리가 좀 비밀이 많은 사람들이라."

중년 남성이 목소리를 높여 말했다.

"우리의 목적은 데미안 학센이다. 데미안 학센만 놓고 간다면 나머지는 죽이지 않겠다."

그 말에 기사들이 일말의 고민도 없이 소리쳤다.

"개소리하지 마라! 우리가 네놈들 따위의 말을 들을 것 같으냐!"

"데미안 경은 공작가의 은인이다! 우리가 은인을 버릴 것 같으냐!"

기사들의 대답에 중년 남성이 쯧쯧 혀를 찼다.

"이래서 기사란 것들은…… 꼭 격차를 보여 줘야 정신을 차리지."

중년 남성이 양손을 펼쳤다. 손바닥에서 흑마력이 뿜어져 나왔다.

흑마력은 남자의 팔뚝을 타고 전신을 뒤덮었다. 옷 밖으로 드러난 피부에 검은색 마법진이 그려졌다.

우드득.

기괴한 소리와 함께 남성의 몸이 뒤틀리기 시작했다.

뼈와 근육이 자라나기 시작했다. 평범한 체격이 순식간에 3미터가 넘어가는 거인으로 변했다.

피부는 온통 주홍색으로 물들었다. 사람의 피부가 아니라 몬스터의 가죽을 보는 듯했다.

무엇보다 기괴한 것은 남자의 등에 솟아난 네 개의 촉수였다. 나무 기둥처럼 굵었으며 비늘에 뒤덮여 있었다.

변형이 끝난 남성의 모습은 지옥에서 기어 올라온 악마처럼 끔찍했다.

"……광분학파."

기사 중 한 명이 공포에 질린 얼굴로 중얼거렸다.

광분학파란 자신의 신체를 매개체로 흑마법을 사용하는 자들을 칭했다.

광분학파가 사용하는 흑마법은 단순히 신체를 강화하는 정도를 넘어서 변형을 시켰다.

변형된 신체는 인간을 초월한 능력을 발휘할 수 있었다. 그로 인해 얻을 수 있는 전투력은 몬스터에 비견될 정도였다.

광분학파가 흑마법 계파 중에서도 최고의 전투력을 가지고 있다고 평가받는 이유였다.

-이제 나와 너희들의 격차가 느껴지나?

실력이 뛰어난 광분술사일수록 변형의 정도가 심했다.

중년 남성은 사람에게 없는 부위를 새로 만들어 냈다. 고위 광분술사라는 증거였다.

고위 흑마법사는 기사로 따지자면 미들클래스 급의 실력자였다.

로우클래스 세 명으로는 승산이 없는 강적이었다.

-마지막으로 제안하겠다. 데미안 학센을 버리고 가라. 도망치는 자는 살려 주도록 하겠다.

두 기사의 얼굴이 새하얗게 물들었다. 검을 잡고 있는 손이 덜덜 떨렸다.

"……데미안 경, 돕겠습니다."

"명령을 내려 주시면 저희가 맞추겠습니다."

그럼에도 도망치지 않았다. 오히려 투지를 불태웠다.

그런 둘에게 데미안 학센이 딱딱한 어조로 말했다.

"보면 모르겠냐? 싸우면 다 죽는다. 너희들이라도 도망치도록 해라."

"상관없습니다. 죽는 것보다 명예를 잃는 게 더 두렵습니다."

"저도 같은 생각입니다."

두 사람의 말에 중년 남성은 큭큭 웃음소리를 흘렸다.

-미련하군. 뭐, 어차피 도망쳐도 다 죽일 생각이었으니 상관없다.

중년 남성이 뒤를 가리켰다. 어느새 여인이 검은색 지팡

이를 들고 있었다.

지팡이를 중심으로 흑마력이 맴돌고 있었다. 그것을 본 기사들이 증오스럽다는 듯이 중얼거렸다.

"……우리가 도망치면 흑마법을 사용할 생각이었구나."

"이 비열하고 추잡한 종자들이……!"

기사들의 매도에 중년 남성은 웃기만 했다.

-세 명 다 곱게 죽을 생각은 하지 않는 게 좋을 거다. 제발 죽여 달라고 울부짖게 만들어 주지.

중년 남성이 움직이기 시작했다. 기사들도 무기를 빼들었다.

그때였다.

별안간 데미안 학센이 손날로 두 기사의 목덜미를 후려쳤다.

불시에 들어온 공격에 두 기사는 순식간에 혼절했다.

중년 남성은 물론이고 뒤에서 떨고 있던 병사들까지 깜짝 놀라서 데미안 학센을 쳐다봤다.

"이 자들을 태우고 공작가까지 도망치도록 해라."

데미안은 병사들을 향해 명령했다. 병사들이 머뭇거리자 데미안 학센이 호통을 쳤다.

"어서!"

그제야 병사들은 기사들을 말에 태우고 달아나기 시작했다.

병사들이 탄 말들이 숲길을 따라서 멀리 사라졌다.

-설마 자신을 희생할 줄은 몰랐군.

중년 남성이 비웃음을 흘리며 말했다.

-하지만 소용없다고 말했을 텐데. 내 뒤에 있는 수하가 저들에게 저주를 내릴 거다. 숲을 벗어나기도 전에 모조리 죽을…….

"희생? 뭔가 단단히 착각하고 있군."

대뜸 데미안이 그렇게 말했다.

"걔들이 있으면 거치적거려서 미리 치운 것뿐이야."

-거치적거려?

"그래, 보는 사람이 있으면 내가 제대로 싸울 수가 없거든."

그리 말하며 데미안 학센은 몸을 이리저리 풀기 시작했다.

그 여유로운 모습에 중년 남성이 어처구니없다는 표정을 지었다.

-오만한 놈인 줄은 알았지만 멍청한 놈일 줄은 몰랐군. 내가 누군지 아느냐? 너 따위가 감히 대항할 수 있는 존재 아니다.

"알고 있어. 유란의 흑마법사잖아."

그 말에 중년 남성의 눈동자가 빠질 듯이 커졌다.

-너…… 그걸 어떻게…….

"너희들의 목적도 대충 짐작하고 있다. 원래는 첼시 골드픽시를 이용해서 공작가를 집어삼키려고 했지? 나 때문에 실패했지만."

중년 남성의 눈동자가 크게 흔들렸다.

정체가 들킨 것도 그렇지만 구체적인 목적까지 들통이 났다는 것이 그를 동요하게 만들었다.

"에른스트 호위츠는 공작을 죽이느니 뭐니 했지만 사실은 거짓말일 게 뻔해. 너희들은 공작을 죽일 생각이 전혀 없어."

데미안이 깍지 낀 손을 위로 쭉 뻗으며 말을 이어 나갔다.

"왜냐하면 공작가는 너무 거대하거든. 공작가를 지배하기 위해서 암약하는 거라면 모를까. 공작 암살을 시도했다가는 뒷감당이 어려워. 그럼 왜 이곳에 왔느냐. 너희들의 진짜 목표는 바로 나야."

데미안은 머리를 좌우로 당기며 목을 늘렸다.

"난 너희 간부를 죽였고, 너희들의 계획을 망쳤어. 철천지 원수나 다름없는 날 너희들이 가만히 내버려 둘 리가 없지."

그래서 데미안 학센을 죽이기 위해서 에른스트 호위츠를 끌어들인 것이다.

유란의 입장에서 에른스트 호위츠는 쓸 만한 장기말에 지나지 않았다.

그 증거가 바로 에른스트 호위츠의 몸에서 작동하고 있는 흑마법이었다.

에른스트 호위츠는 기욤 블랙윙처럼 생명력을 대가로 강력한 힘을 얻었다.

하지만 에른스트 호위츠는 기욤 블랙윙보다 훨씬 빠른 속도로 생명력을 소모하고 있었다.

오늘을 넘기지 못하고 죽을 게 분명했다.

-……우리의 정체를 알면서 왜 숨긴 것이냐.

"괜히 말했다가는 너희들이 다 도망칠 거 아니야. 그래서 일부러 숨겼지. 그래야 너희들이 날 죽이러 올 테니까."

중년 남성은 도무지 이해할 수 없다는 얼굴로 덧붙였다.

-왜 우리를 끌어내려고 한 거지? 대체 무슨 속셈이냐.

"속셈이랄 건 없고, 내 손으로 직접 죽이고 싶어서."

데미안 학센은 흑마법사가 증오스러웠다.

눈에 보일 때마다 치워 버리지 않고서는 직성이 풀리지 않을 정도였다.

하물며 유란은 학센 자작가를 건드린 흑마법사가 소속되어 있는 집단이었다.

"궁금한 게 다 풀렸으면 이제 그만 시작하자. 빨리 네놈들을 죽이고 세바스찬을 구하러 가야 하거든."

데미안의 계산에 의하면 세바스찬 빈센조는 쉽게 죽지 않는다.

그렇다고 해서 방심할 수는 없었다. 전투 도중에 어떤 불상사가 발생할지 모르니 말이다.

-……네놈이 미친놈이라는 사실은 아주 잘 알겠다.

중년 남성이 어처구니없다는 얼굴로 말했다.

-어쨌거나 널 죽이기로 한 내 결정은 틀리지 않았구나. 우리의 정체를 알고 있는 놈을 살려 둘 수는 없으니까.

중년 남성의 입가에 잔악한 미소가 떠올랐다.

-정식으로 소개하마. 유란의 단장 머스탱 퓨리라고 한다. 저쪽은 부단장인 레베카라고 한다.

데미안의 눈빛이 살짝 변했다.

유란이라는 것까지는 알고 있었지만 설마 단장과 부단장일 줄은 몰랐던 것이다.

생각해 보면 골드픽시 공작가를 먹어 치우는 위험한 계획이니만큼 우두머리가 나서는 게 당연했다.

-위험 요소를 이렇게 사전에 차단할 수 있다니. 이것이야말로 위대하신 아크리치의 은총이 아니고 무엇이겠는가.

데미안 학센의 몸이 굳었다. 데미안이 반사적으로 물었다.

"아크리치? 도르고?"

그 이름에 이번에는 머스탱 퓨리의 눈동자가 커졌다.

"어떻게 네가 그분의 이름을 알고 있는……."

덜컥, 입이 닫혔다.

누가 손을 대지 않았음에도 저절로 근육이 수축되며 입이 다물어졌다.

-……?

입을 열려고 했으나 좀처럼 말을 듣지 않았다.

머스탱 퓨리로서는 당황할 수밖에 없었다.

자신의 몸이 주인의 의지를 거스르고 스스로 움직인 것이다.

"아, 뭐야."

들려오는 목소리에 머스탱 퓨리가 데미안을 쳐다봤다.

그제야 머스탱 퓨리는 자신의 입이 닫힌 이유를 알 수 있었다.

분위기가 달라져 있었다.

방금 전까지 데미안 학센은 시종일관 여유롭고 느긋하게 행동하고 있었다.

하지만 지금은 달랐다.

머스탱 퓨리를 응시하고 있는 눈동자 너머에서 지독한 살기가 뿜어져 나왔다.

그 농도가 얼마나 짙던지 똑바로 직시하기 힘들 정도였다.

마치 거대한 불구덩이에 얼굴을 가까이 들이밀고 있는 것만 같았다.

머스탱 퓨리는 자신도 모르게 숨을 가쁘게 내쉬었다.

신체의 모든 근육이 빳빳하게 굳었다. 숨 쉬는 것을 의식하지 않으면 그대로 호흡이 멈출 것 같았다.

"너, 도르고의 부하였냐?"

데미안 학센의 입가가 휘었다.

거대한 살기 속에서 희열이 피어났다.

'말도 안 된다.'

머스탱 퓨리는 자신이 느끼고 있는 감정을 부정했다.

'나는 7위계의 흑마법사다. 로우클래스 따위와는 격이 달라!'

마법사와 흑마법사의 경지는 위계로 나뉜다.

위계는 모두 12개.

고위 마법사라 불리기 위해서는 7위계 이상에 올라야 했다.

마법사의 진투력은 학파에 따라 달라지기에 딱 잘라 평가할 수는 없었다.

머스탱 퓨리는 전투에 특화되어 있는 광분학파의 고위 흑마법사였다.

미들클래스조차 경시할 수 있을 정도로 막강한 전투력을 지니고 있었다.

그렇기에 이해할 수 없었다. 고작 로우클래스인 데미안 학센에게 이토록 겁에 질린 자신을 말이다.

'대체 정체가 무엇이냐!'

하지만 계속 부정하기에는 데미안 학센이 내뿜고 있는 살기가 심상치 않았다.

저런 것을 보고도 방심하는 것은 멍청한 짓이다.

그 사실을 잘 알고 있기에 머스탱 퓨리는 흑마력을 최대

치까지 끌어올렸다.

기사들은 마력으로 신체를 강화시켜서 초인적인 힘과 속도를 얻는다. 광분학파도 비슷한 방법으로 흑마력을 사용할 수 있었다.

3미터가 넘는 거구의 몸이 갑자기 사라졌다.

나타난 곳은 데미안 학센의 등 뒤.

머스탱 퓨리는 주먹을 움켜쥐었다. 철퇴처럼 커다란 주먹에 흑마력이 단단하게 응어리졌다.

'일격에 죽인다.'

머스탱 퓨리가 주먹을 내리쳤다.

굉음이 터져 나오며 지면이 박살 났다. 그 여파만으로 주변의 나무들이 쓰러졌다.

그러나 이만한 파괴력을 발휘하고도 머스탱 퓨리의 인상은 펴지지 않았다.

파괴된 것은 주변 땅일 뿐, 데미안 학센은 멀쩡했기 때문이다.

-네놈…… 방금 무슨 수작질을 부린 것이냐.

방금 전, 머스탱 퓨리는 똑똑히 보았다.

데미안 학센을 주먹으로 강타하려는 찰나, 갑자기 궤도가 틀어졌다.

그 바람에 머스탱 퓨리의 주먹은 데미안 학센이 아니라 땅에 내리꽂혔다.

"인내심을 발휘하기 힘들 것 같으니까 미리 말해 두지."

데미안 학센은 질문에 대답하지 않았다. 뜻 모를 소리를 읊조리기만 했다.

"도르고에 대해서 말해라. 그놈이 어디 있는지 실토하면 살려 주마."

-개소리…….

말을 끝마치기도 전에 데미안 학센이 천리검을 휘둘렀다.

아래에서 위로 휘둘러진 칼날이 머스탱 퓨리의 목을 갈랐다.

목뼈가 끊어지는 소리가 신명하게 들렸다.

-크아아악!

잘려 나간 목에서 피가 미친 듯이 뿜어져 나오기 시작했다. 머스탱 퓨리는 목을 붙잡으며 비명을 질렀다.

"내 경고가 진지하게 들리지 않는 모양이지?"

데미안 학센이 살기 가득한 눈빛으로 머스탱 퓨리를 노려보며 말했다.

"그럼 지금부터 뼈저리게 느끼게 해 주마."

머스탱 퓨리가 필사적으로 머리를 눌렀다. 그러자 기괴한 현상이 벌어졌다.

근육이 젤리처럼 녹아내리더니 잘려 나간 부위가 다시 붙기 시작한 것이다.

광분학파는 신체를 변이시켜서 싸운다. 그로 인해서 얻을 수 있는 최고의 이점은 괴력 따위가 아니었다.

바로 재생력이었다.

광분학파의 흑마법사들은 신체가 베이고, 찢기고, 으스러져도 말끔하게 복원시키는 것이 가능했다.

-크으으…….

가까스로 목을 붙인 머스탱 퓨리가 데미안을 향해 으르렁거렸다.

-죽여…… 죽여 버리겠다. 찢어 죽여 버리겠어!

"네가 해야 할 소리는 그게 아닐 텐데?"

-닥치지 못해!

머스탱 퓨리가 돌진했다.

거구의 몸이 사라지는가 싶더니 데미안의 코앞에서 나타났다. 그대로 데미안을 향해 주먹을 내질렀다.

데미안은 무심한 눈빛으로 머스탱 퓨리의 움직임을 모조리 읽어 냈다.

'한 번만 때리면 이길 수 있다고 생각하는 모양이지?'

지금 머스탱 퓨리는 방어에 전혀 신경을 쓰고 있지 않았다.

광분학파 특유의 전투법이었다. 재생력을 믿고 공격에만 치중하는 것이다.

'그 생각이 틀려먹었다는 걸 지금 알려 주마.'

날아오는 주먹을 손바닥으로 막는 동시에 옆으로 밀었다.

주먹의 궤도가 틀어져 데미안이 아니라 지면을 강타했다.

-뭣?

머스탱 퓨리의 얼굴에 당혹감이 떠올랐다. 방금 전과 같은 현상이 또 일어났기 때문이다.

-또 그 수작질이냐!

머스탱 퓨리가 재차 주먹을 내질렀다.

변이된 신체, 방대한 흑마력.

두 가지가 더해진 머스탱 퓨리의 공격은 섬광과도 같았다.

그러나 데미안은 아무렇지도 않게 머스탱 퓨리의 공격을 모조리 쳐 냈다.

그의 주먹은 단 한 번도 데미안에게 닿지 못했다.

'비약을 먹은 덕을 톡톡히 보는군.'

검성의 경지인 만류통찰은 공격의 흐름을 읽고 궤적을 바꿀 수 있는 경지다.

다만 상대방의 공격이 강하면 강할수록 마력을 많이 소모한다는 단점이 있었다.

그렇기에 데미안은 지금까지 만류통찰을 제대로 활용할 수 없었다. 마력량이 너무 적었던 것이다.

하지만 이번에 마력 결정의 비약을 섭취하면서 이 문제점을 어느 정도 해결할 수 있었다.

-언제까지 도망칠 생각이냐!

"왜? 심심하냐? 그럼 어울려 주마."

데미안은 더 이상 공격을 흘려보내지 않았다.

몸을 움직여서 공격을 피함과 동시에 천리검을 뽑아 팔뚝을 베었다. 머스탱 퓨리의 팔뚝에 길고 깊은 상처가 생겨났다.

-소용없다!

머스탱 퓨리가 흑마력을 끌어올리자 팔뚝의 상처는 순식간에 재생되었다.

그 광경을 본 데미안 학센이 만족스러운 미소를 지었다.

"좋아. 마음껏 썰어도 문제없겠어."

-뭐?

데미안 학센이 머스탱 퓨리의 품속으로 파고들었다.

옆을 스치고 지나가면서 옆구리를 베었다.

복부가 쩍 갈라졌다. 내장은 흘러나오지 않았지만 피가 쏟아졌다.

-크아아악!

머스탱 퓨리가 괴성을 지르며 주먹을 휘둘렀다.

데미안은 그의 공격을 가볍게 피하며, 팔뚝의 관절을 썩둑 베어 냈다. 팔뚝이 부러진 나뭇가지처럼 덜렁거렸다.

-데미안 학센!

머스탱 퓨리의 목소리에 분노가 담겼다. 등에 달려 있는

네 개의 촉수가 데미안을 향해 쏟아졌다.

데미안의 손이 빠르게 움직였다. 촉수들이 수십 토막으로 잘려 나갔다.

-이놈!

머스탱 퓨리의 등에서 새로운 촉수들이 돋아났다. 곧바로 데미안 학센을 향해 휘두르려 했다.

그러나 머스탱 퓨리는 촉수를 휘두를 수 없었다.

데미안 학센의 모습이 보이지 않았다. 어느 틈엔가 사라진 것이다.

-어디로 사라진…….

"여기다."

옆에서 목소리가 들려왔다.

돌아보는 순간, 허벅지가 갈라졌다. 근육의 다발이 한꺼번에 끊어졌다.

머스탱 퓨리의 몸이 크게 휘청거렸다. 그 직후, 또다시 목소리가 들려왔다.

"이번에는 여기다."

돌아보기도 전에 무릎이 갈라졌다.

근육과 인대는 물론이고 관절뼈까지 절단되었다. 머스탱 퓨리의 거구가 옆으로 기울어졌다.

-크아악!

머스탱 퓨리는 곧바로 촉수를 땅에 박아 넣으며 몸을 지탱했다.

머스탱 퓨리는 재빨리 무릎의 상처를 재생시켰다.

하지만 무릎이 완전히 붙기도 전에 데미안 학센이 다시 베었다.

-아아악!

같은 곳이 또 베이자 고통이 배가 되었다. 머스탱 퓨리는 비명을 질렀다.

"둔하고, 느리군."

데미안 학센은 쉴 새 없이 움직이며 머스탱 퓨리의 몸을 난도질했다.

목소리가 들릴 때마다 피가 튀고 살이 갈라졌다. 결국 머스탱 퓨리는 견디지 못하고 땅으로 쓰러졌다.

옴짝달싹 못하는 상황.

데미안은 마무리를 짓기 위해서 머스탱 퓨리의 정면에 나타났다.

목을 향해 칼을 휘두르려던 찰나, 머스탱 퓨리의 눈빛이 번뜩였다.

데미안 학센을 향해 입을 쩍 벌렸다. 목구멍 속에서 흑마력이 응어리지기 시작했다.

-이것도 피해 봐라!

머스탱 퓨리가 흑마력을 토해 냈다. 흑마력이 방사형으로 방출되었다.

방출된 흑마력이 데미안을 증발시키려던 찰나, 데미안이 천리검을 앞으로 내밀었다.

천리검과 흑마력이 맞닿았다. 천리검이 무섭게 진동하며 검명을 토해 내기 시작했다.

방출된 검명이 보이지 않는 벽을 만들어 냈다.

흑마력이 쉴 새 없이 벽을 두들겼다. 하지만 벽을 뚫지 못하고 사방으로 흩어지기만 했다.

-……!

비장의 수단조차 막히자 머스탱 퓨리의 눈동자가 빠질 듯이 커졌다.

악검 - 파공성.

전생에 검악가가 사용했던 기술 중 하나로 상대방의 공격을 흡수하여 보호막을 형성하는 기술이었다.

본래는 방어 기술이었으나 사용하기에 따라서는 반격기로 쓸 수도 있었다.

"도르고에 대해서 들어야 하니 죽이지는 않으마."

흑마력을 막아서는 시간이 길어질수록 검명도 커졌다.

데미안이 손끝으로 칼날을 튕겼다.

검명이 몇 배로 커졌다. 소리의 해일이 머스탱 퓨리를 집어삼켰다.

머스탱 퓨리는 검명에 휩쓸려 멀리 날아갔다. 몇 번이고 바닥을 굴렀다.

-쿨럭…… 쿨럭…….

머스탱 퓨리는 바닥에 엎드린 채 피를 토해 냈다.

방금 전의 공격으로 극심한 내상을 입었다. 내장이 모조리 터지고, 혈도는 모두 찢어졌다.

-빠, 빨리…… 재, 재생을…….

머스탱 퓨리는 흑마력을 이용해서 자신의 몸을 재생시키려 했다.

하지만 아무리 흑마력을 끌어올려도 몸의 상처는 그대로였다.

광분학파라고 해서 무한정 상처를 재생시킬 수 있는 것은 아니었다.

상처를 재생시킬 때마다 체력과 흑마력이 소모되기에 한계가 있었다.

-제…… 젠장…….

발걸음 소리가 들려왔다.

머스탱 퓨리가 힘겹게 고개를 들자, 데미안 학센이 다가오고 있는 모습이 보였다.

처음과 똑같이 멀쩡한 상태였다. 땀조차 흘리지 않았다.

-데, 데미안 학센…….

머스탱 퓨리가 공포에 질린 얼굴로 데미안을 쳐다봤다.

-넌…… 누구냐…… 어떻게 이런 힘을…… 가지고 있는 것이냐…….

"내가 그딴 소리를 들으려고 네놈을 살려 둔 것 같나?"

데미안이 머스탱 퓨리의 어깨에 천리검을 올려놓았다.

"말해라. 도르고가 어디에 있는지."

-……내가 그걸 말할 것 같으냐?

"그럼 죽어야지."

데미안이 칼을 높이 쳐들었다. 그때, 머스탱 퓨리가 소리쳤다.

-레베카! 지금이다!

머스탱 퓨리가 고함을 질렀다.

멀리 떨어진 곳에서 레베카가 흑마법을 발현했다.

그녀는 계속 사태를 관망하고 있던 것이 아니었다. 만약의 사태를 대비하여 흑마법을 준비하고 있었다.

데미안 학센의 등 뒤에 검은 그림자가 나타났다.

거적때기를 뒤집어쓴 해골이 데미안의 목덜미에 낫을 들이밀었다.

-7위계에 도달한 저주술사의 즉살 저주다!

머스탱 퓨리가 환희에 가득 차서 소리쳤다.

-이렇게 가까운 거리에서 그 저주에 당하고도 살아남은

사람은 없다!

죽음이 목전에 다가왔음에도 데미안의 눈빛은 변하지 않았다.

"저 여자가 뭘 준비하나 했더니 겨우 이딴 거였나."

데미안이 재미없다는 듯이 말했다. 머스탱 퓨리가 이를 갈았다.

-죽은 다음에도 그 소리가 나올 수 있는지 보자! 레베카! 놈을 죽여라!

레바카가 수인을 맺었다. 그러자 해골이 데미안의 목을 향해 낫을 휘두르려 했다.

그 순간, 데미안이 손등에 문양이 떠올랐다.

문양이 붉게 빛나기 시작했다. 해골은 끔찍한 것이라도 봤다는 듯 뼈만 남은 손으로 얼굴을 가렸다.

이윽고 기괴한 비명소리를 토해 내며 산산이 흩어졌다.

-……어?

너무나도 충격적인 광경에 머스탱 퓨리는 얼이 빠지고 말았다.

아마 그들의 지식으로는 방금 본 광경을 이해하지 못 하리라.

탐식.

전생에 도르고가 데미안의 몸에 심어뒀던 일곱 개의 권능 중 하나.

마법, 흑마법, 그 모든 힘을 분해하고 흡수하는 능력을 가진 권능이었다.

이 권능이 있는 한 데미안이 흑마법사에게 패배할 일은 없었다.

-마, 말도 안 된다…… 이건 유란에서 평생 동안 연구해 온 흑마법이야……! 조건만 갖춰지면 하이클래스라 할지라도 죽일 수 있단 말이다!

"뭐야, 이 조잡한 흑마법이 너희들의 비전 마법이었냐?"

기사에게 비전이 있는 것처럼 마법사들에게도 비전이 있었다.

기사의 것과는 약간 의미가 달랐다. 마법사가 평생 동안 연구하고 완성시키는 마법을 말했다.

마법사들의 비전 중에는 개인이 만드는 것이 아니라 특정 집단에서 연구하고 완성시키는 것도 있었다.

"겨우 이딴 실력으로 거들먹거리면서 다녔단 말이지?"

데미안은 흑마법사가 증오스러웠다. 역겨워서 견디기 힘들 정도였다.

이번엔 우물 안 개구리 같은 알량한 자신감이 데미안의 성질을 제대로 건드렸다.

짓밟지 않고서는 견딜 수 없을 정도로 말이다.

"저승으로 보내기 전에 선물이라도 하나 주마."

데미안 학센이 팔찌를 풀었다.

예전에 유란의 간부 아기토를 죽이고 손에 넣은 팔찌였다.

어떤 기운이든 저장할 수 있으며 완벽하게 은폐가 가능한 고대의 유물.

데미안은 이 팔찌에 흑마력을 저장하고 다녔다. 비상사태를 대비하기 위함이었다.

"진짜 흑마법이 무엇인지 보여 주지."

데미안이 손가락을 위로 올렸다.

마법진도, 주문도 필요 없다. 그저 흑마력을 움직이는 것으로 흑마법을 발현했다.

밤하늘이 순식간에 검게 물들었다.

반짝이는 별, 달, 지평선으로 가까워질수록 밝아지는 하늘.

그 모든 것이 검게 변했다.

-이건…….

머스탱 퓨리는 데미안이 사용하고 있는 흑마법을 알아보지 못했다.

그럴 수밖에 없었다. 이건 도르고가 자신의 비기로만 간직하고 있던 흑마법이니까.

칠흑(漆黑).

범위에 들어오는 모든 걸 으스러트리는 물리력을 발휘하는 흑마법.

무려 9위계에 해당하는 최고위 흑마법이었다.

전생에 데미안은 이 흑마법으로 보호마법이 수십 겹이나

중첩되어 있는 왕성을 통째로 박살 내 버린 적도 있었다.

데미안은 높이 올렸던 손가락을 아래로 내렸다.

보이지 않는 힘이 머스탱 퓨리의 레베카를 짓눌렀다.

고통을 느낄 틈도 없이 두 사람의 몸이 완전히 으스러졌다.

두 사람이 서 있던 자리에는 핏물만이 남아 있었다.

뒷정리

데미안은 칠흑을 거둬들였다.

하늘을 뒤덮었던 어둠이 순식간에 걷혔다. 밤하늘은 원래의 모습을 되찾았다.

데미안은 바닥에 남아 있는 거무죽죽한 웅덩이로 다가갔다.

칠흑의 위력은 실로 대단했다.

명색이 7위계의 흑마법사들이 저항할 틈도 없이 목숨을 잃었다.

육체는 물론이고 입고 있던 옷과 지니고 있던 물건들까지 모두 바스라졌다.

데미안은 고개를 들어서 허공을 바라봤다.

소유자의 죽음 때문에 갈 곳을 잃은 흑마력이 허공에서 휘몰아치고 있었다.

둘 다 7위계의 고위 흑마법사라 그런지 흑마력의 양도 어마어마했다.

데미안은 흑마력을 모조리 흡수해서 팔찌에 집어넣었다. 엄청난 양의 흑마력이 팔찌에 저장되었다.

가늠해 보니 아기토를 죽이고 얻었던 흑마력의 다섯 배쯤 되는 듯했다.

"아, 도르고에 대해서 듣는 걸 깜빡했네."

뚜껑이 열리는 바람에 뒤를 생각하지 않고 저질러 버렸다.

사실 죽었다고 해서 도르고에 대해서 알아낼 방법이 아예 없는 것은 아니었다.

오히려 죽은 다음에 캐낼 수 있는 정보가 더 많았다.

하지만 데미안은 되도록이면 그 방법을 사용하고 싶지 않았다.

"뭐, 어쩔 수 없지."

데미안은 웅덩이를 향해 손을 뻗었다. 두 웅덩이에서 희끄무레한 무언가가 빨려 나왔다.

회색 연기가 응어리진 것 같은 구체 두 개가 데미안의 손바닥 위에서 천천히 유형했다.

-끄아악!

-꺄아악!

두 구체가 끔찍한 비명소리를 토해 냈다.

이 두 개의 덩어리는 다름 아닌 머스탱 퓨리와 레베카의 영혼이었다.

영혼을 조종하는 것은 흑마법사들이 저지르는 가장 큰 악행 중 하나였다.

흑마법사들은 생물의 영혼을 이용해서 각종 흑마법에 이용하고는 했다.

본래 영혼은 삶과 죽음을 오고 가며 윤회를 한다.

하지만 흑마법에 이용당한 영혼은 모든 힘을 소모한 뒤에 소멸당했다.

한 명의 인간이 완전히 사라지는 셈이었다.

그렇기에 데미안도 이 방법을 꺼렸다.

하지만 막상 영혼을 끄집어 내고 나니 별다른 죄악감이 들지 않았다.

아마 추악하기 짝이 없는 흑마법사의 영혼이기 때문인 듯했다.

"너희가 알고 있는 것들을 모조리 토해 내야 할 거다."

데미안은 흑마력을 이용해서 두 영혼이 가지고 있는 기억을 억지로 추출해 냈다.

-아악! 으아아악!

-끄아아악! 까아아악!

두 영혼이 괴로움으로 몸부림쳤다. 하지만 데미안은 멈추지 않았다.

두 영혼이 가지고 있는 기억들이 머릿속에 흘러들어왔다.

-나는 아크리치 도르고라고 한다.

그리고 그 속에서 데미안 학센은 그토록 증오하던 얼굴을 다시 보게 되었다.

-한 번쯤 들어봤겠지. 너희들이 익히고 있는 대다수의 흑마법은 다 내 손을 거쳐 갔으니 말이다.

도르고의 얼굴을 보자 다시금 살의가 솟구쳤다. 데미안은 애써 살의를 억눌렀다.

지금은 분노를 표출할 때가 아니었다. 도르고에 대한 정보를 얻어야 했다.

-너희들의 활약을 오랫동안 지켜봐 왔다. 실력이 제법 괜찮더구나. 그런 너희들을 믿고 맡길 일이 있다.

-나는 흑마법사들을 위한 제국을 건설하고자 한다. 핍박받는 흑마법사들에게 안식처와 보금자리를 제공하는 것이 나의 목표다.

그 말을 듣자마자 데미안 학센은 웃음을 터트릴 수밖에 없었다.

'흑마법사를 위한 제국? 개소리 하나는 일품이군.'

아크리치 도르고의 목표는 인간의 절멸이었다. 흑마법사들도 예외는 아니었다.

도르고는 흑마법사를 이용하다가 전쟁 막바지에 모조리 죽여 버렸다.

-내 목표를 이루기 위해서는 각국의 국력을 약화시킬 필

요가 있다. 그러니 너희들은 애플 왕국으로 가서 혼란을 일으키도록 해라.

유란의 흑마법사들과 도르고의 만남은 그것으로 끝이었다.

단 한 번뿐인 만남이었으나 머스탱 퓨리와 레베카는 도르고의 명령을 성공시키기 위해서 충실하게 움직였다.

골드픽시 공작가를 노린 것도 바로 그 때문이었다.

'다른 정보는…… 없군.'

아쉽게도 이 두 명이 알고 있는 정보는 이게 끝이었다.

데미안이 절실하게 알고 싶었던 도르고를 만날 수 있는 방법 같은 것은 없었다.

'하긴 이런 잔챙이들한테 약간이라도 기대한 내가 잘못이지.'

도르고는 수천 년 동안 그 흔적조차 드러나지 않았을 정도로 은밀하게 움직였다.

이렇게 쉽게 꼬리를 잡을 수 있을 리가 없었다.

'최대한 빨리 그놈을 찾아서 죽여야 하는데.'

도르고는 세상을 멸망시킬 계획을 실현시키기 위해서 온 세상을 떠돌아다니고 있다.

전생에 데미안이 도르고와 마주친 것도 우연일 뿐이었다.

그 장소에 다시 간다고 해도 도르고를 만날 수 있다는 보장은 없었다.

'다른 정보는 없나?'

그래도 데미안은 미련을 버리지 못하고 조금 더 영혼을 뒤적거렸다.

흑마력이 영혼을 헤집을 때마다 비명소리가 울렸다.

'이건 뭐지?'

그러던 도중 묘한 기억 하나가 들어왔다.

유란의 간부들이 동굴에 모여서 무언가를 옮기고 있는 기억이었다.

'아하, 비밀 창고로군.'

유란은 애플 왕국에서 암약하며 많은 재물을 모았다.

하지만 교단에 쫓기는 신분이니 그 재물들을 함부로 가지고 다닐 수 없었다.

그렇기 때문에 유란에서는 깊은 산속에 던전을 만들어 놓고 그곳에 물건들을 보관했다.

'여긴 나중에 한번 들려 봐야겠어.'

필요한 정보는 모두 얻었기에 데미안은 영혼을 헤집는 행위를 멈췄다.

고통에서 해방되자 두 영혼이 안도하는 것이 느껴졌다.

처음에는 짙은 회색을 띄고 있던 영혼들이 지금은 눈에 띄게 희미해져 있었다.

흑마력에 의해서 혹사를 당하는 동안 영혼이 크게 약해진 것이다.

"세바스찬 경은 아직 살아 있나?"

데미안이 그렇게 중얼거렸을 때였다. 저 멀리서 커다란 소리가 울려 퍼졌다.

아직 세바스찬 빈센조가 살아 있다는 뜻이었다.

"오, 아직 살아 있군."

데미안이 반색을 하며 두 영혼에 흑마력을 주입했다.

두 영혼이 다시 절규를 내뱉었다.

"에른스트 호위츠에게 시술을 할 때, 복종의 각인을 새겨 뒀지? 에른스트 호위츠에게 신호를 보내서 흑마법을 폭주시켜라."

두 영혼은 곧바로 데미안의 명령에 복종했다.

데미안이 주입한 흑마력을 이용해서 에른스트 호위츠에게 신호를 보냈다.

멀리서 들려오던 폭음이 잠잠해졌다. 명령이 제대로 전달됐다는 증거였다.

"수고했다. 보답으로 해방시켜 주마."

데미안은 두 영혼을 강하게 움켜쥐었다. 두 영혼은 단말마를 내뱉으며 소멸했다.

데미안은 더러운 것이라도 묻은 것처럼 두 손바닥을 탁탁 털었다.

전투는 마무리되었으나 데미안이 할 일은 아직 끝나지 않았다.

“헉, 허억, 헉.”

세바스찬 빈센조는 거친 숨을 내뱉었다.

전신에 상처가 가득했다. 흘러내린 피가 옷을 붉게 물들었다.

“세바스찬 경, 많이 힘들어 보입니다.”

에른스트 호위츠가 비웃음을 머금으며 말했다.

여유로운 태도와 달리 그의 몸에도 상처가 나 있었다.

세바스찬 빈센조가 이따금씩 날린 반격이 몸 곳곳에 상처를 낸 것이다.

하지만 금방이라도 쓰러질 것 같은 세바스찬보다는 훨씬 멀쩡했다.

“절 상대로 이렇게까지 버티실 줄은 몰랐습니다. 정말로 존경스럽습니다.”

“존경이라…… 난 수치스럽군.”

“자신감을 가지셔도 좋습니다. 지금 저는 스스로가 두려울 정도로 강하니까요.”

그 말에 세바스찬 호위츠가 조소했다.

“힘과 마력만 무식하게 높인 놈에게 이렇게 밀리고 있으니 수치스럽게 짝이 없단 말일세.”

기사가 강한 이유는 단순히 빠르고 힘이 세기 때문이 아니다.

기술을 익히기 때문이다.

검, 창, 도끼 등등.

무기를 극한까지 익히고, 그 너머에 있는 진리를 깨닫는다.

진리를 깨달은 기사의 검은 바다를 가르고, 산을 쪼갤 수 있다.

그렇기에 기사가 두려움의 대상인 것이다.

반면에 에른스트 호위츠는 어떤가?

기술적인 향상은 전혀 없다. 단순히 신체능력을 높이고, 마력량만 늘렸을 뿐이다.

그렇기에 여태까지 세바스찬 빈센조를 죽이지 못한 것이다.

"아직도 정신을 못 차린 모양이지?"

에른스트 호위츠의 얼굴이 험악하게 변했다.

에른스트 호위츠가 자세를 잡았다. 붉은 오러가 창끝에 모여들었다.

그 오러를 본 세바스찬 빈센조가 결심을 굳혔다.

자신은 여기서 죽어도 좋다. 하지만 죽을 때 죽더라도 에른스트 호위츠를 같이 끌고 갈 생각이었다.

세바스찬 빈센조가 오러를 끌어모았다.

칼 한 자루에 자신의 모든 심득과 기술을 담았다.

어둠 속에서 세바스찬 빈센조의 오러가 선명하게 빛났다.

"애쓰는군. 그래 봤자 소용없어."

에른스트 호위츠가 입가를 씰룩이며 말했다.

그때였다.

"……컥!"

별안간 에른스트 호위츠가 숨넘어가는 소리를 냈다.

"커억! 컥! 커어억!"

그것도 모자라서 경련을 일으키기 시작했다.

에른스트 호위츠는 창을 내버리고 손가락으로 몸을 마구 쥐어뜯었다.

"으아아악!"

얼굴에 뚫려 있는 구멍에서 시커먼 연기가 뿜어져 나오기 시작했다.

세바스찬 빈센조는 그 정체를 곧바로 알아봤다.

바로 흑마력이었다.

"안 돼……! 안 돼!"

흑마력이 빠져나갈수록 에른스트 호위츠의 근육이 바짝 마르고, 머리카락은 하얗게 변했다.

에른스트 호위츠는 순식간에 노인이 되어서 바닥에 엎어졌다.

"허어어억, 흐어어어억."

힘겹게 숨을 내쉬는 에른스트 호위츠를 바라보며 세바스찬 빈센조는 두 눈을 연신 끔뻑였다.

"……사, 살았나?"

날이 밝아올 때쯤, 공작가에서 보낸 지원 병력이 도착했다.

무려 미들클래스가 두 명에 로우클래스가 다섯 명이나 되었다.

도착한 이들은 완전히 파괴되어 있는 숲을 보고는 할 말을 잃었다.

더 놀라운 것은 이번 습격으로 죽은 사람이 한 명도 없다는 사실이었다.

세바스찬 빈센조는 부상이 심하기는 하지만 목숨이 위험할 정도는 아니었다.

데미안 학센은 부상은커녕 멀쩡했다. 심지어 흑마법사 두 명을 죽이기까지 했다.

"대체 어떻게 그 둘을 죽인 겐가? 기사들의 말을 들어보니 보통 놈들이 아니었다던데."

쉬고 있는 데미안에게 미들클래스 두 명이 와서 물었다.

데미안은 별거 아니라는 식으로 말했다.

"그냥 적당히 피하다가 목을 베어서 죽였습니다."

데미안의 대답에 기사들은 박살이 난 숲을 쳐다봤다.

이런 강대한 흑마법을 적당히 피했다고?

"파괴력이 강하기는 했는데. 쓰는 실력이 형편없었습니다. 아마 모종의 방법을 사용해서 위력을 높인 것 같았습니다."

미들클래스 두 명은 고개를 끄덕였다.

흑마법사들은 수상쩍은 방법을 통해서 흑마법의 위력을 높이고는 했다.

하지만 그렇게 얻은 힘이 제대로 된 것일 리가 없었다.

영창 속도가 느리다거나 발동 확률이 낮아진다거나 하는 문제점을 동반했다.

"흑마법사들의 시체가 안 보이는군."

"저기 웅덩이 두 개 보이시죠? 저게 시체입니다. 목을 베고 나니까 갑자기 시체가 녹아내리더라고요."

흑마법사들은 비밀이 많기에 이런 식으로 은폐를 하는 경우가 잦았다.

그래도 미들클래스 한 명은 영 납득하기 힘들다는 반응이었다.

"자네가 실력이 뛰어나다는 것은 알지만…… 이런 대형 흑마법을 어떻게 피했는지 모르겠군."

"아, 진짜 꼭 눈으로 봐야 믿으시나."

데미안은 눈앞에서 사라졌다가 기사의 뒤에 나타났다.

미들클래스조차 집중해야 움직임을 간파할 수 있을 정도로 빠른 움직임이었다.

그걸 보자마자 기사는 데미안의 설명을 납득했다.

"정말 대단하군. 대체 그 젊은 나이에 어떻게 이런 기술을 가지고 있는 것인가?"

기사의 물음에 데미안이 아무렇지도 않게 말했다.

"천재라서 그렇습니다."

기사는 재수 없다는 얼굴로 데미안 학센을 쳐다봤다.

데미안은 기사들과 함께 공작가로 돌아왔다.

도착하자마자 데미안은 세바스찬 빈센조와 함께 공작을 대면했다.

두 사람은 공작에게 자신들이 겪었던 일에 대해서 자세하게 설명했다.

"……감히 흑마법사 따위가 그런 짓을 벌였단 말인가?"

공작의 얼굴이 붉으락푸르락하게 변했다.

"세바스찬 경, 목숨을 아끼지 않고 기사들을 보호해 줘서 정말 고맙네."

공작은 세바스찬의 손을 꼭 잡으며 말했다. 세바스찬은 감격해서 어쩔 줄 몰라 했다.

"아닙니다. 당연한 일을 했을 뿐입니다."

"그 당연한 일을 못 하는 사람이 얼마나 많은가."

공작은 연신 세바스찬을 칭찬했다. 후작가와의 결투 때 저질렀던 잘못을 이번 한 번으로 모조리 만회한 듯했다.

“데미안 경에게도 감사하지 않을 수가 없군. 그대 덕분에 내 체면이 바로 섰어.”

흑마법사에게 공격당한 것도 모자라서 기사들까지 죽었으면 공작가의 위신이 바닥으로 떨어졌을 것이다.

하지만 데미안 덕분에 기사들을 지켰을 뿐만 아니라, 흉수들까지 처단할 수 있었다.

공작으로서는 천만다행인 일이었다.

“데미안 경, 그대에게는 당분간만 공작가에 머물러 줄 수 있겠는가? 교단에서 이번 사태를 집중 조사하겠다고 나설지도 모르네.”

공작이 미안하다는 얼굴로 말했다.

교단을 상대하는 일은 공작으로서도 조심스러울 수밖에 없었다.

공작가는 이미 첼시 골드픽시 때문에 흑마법과 깊이 연관되었다.

피해자라는 입장이기는 하지만 재수 없으면 이단혐의로 가문 전체가 심문을 받을지도 몰랐다.

“흑마법사를 직접 상대한 사람은 자네뿐이지 않나. 귀찮더라도 교단을 상대해 주게.”

“뭐, 그렇게 하도록 하죠.”

사실 데미안은 지금이라도 당장 본가로 돌아가고 싶었다.

하지만 이번 일로 공작에게 또 빚을 지울 수 있다. 시간을 소모할 가치가 있었다.

"고맙네. 정말 고마워!"

그렇게 데미안은 또다시 공작가의 빈객이 되었다.

교단에서는 데미안 학센을 바로 찾아오지 않았다.

조사관들을 파견해서 전투 현장을 꼼꼼하게 조사한 다음에 데미안 학센을 만나러 왔다.

데미안 학센이 이단심문관을 직접 본 것은 이틀 뒤의 일이었다.

"……엇?"

그리고 이단심문관의 얼굴을 보자마자 크게 놀랐다.

잘 알고 있는 얼굴이었기 때문이다.

"데미안 학센 님, 오랜만입니다."

아그네스.

청염의 일대제자이자 검은뱀 사건 때문에 안면을 텄던 성기사가 눈앞에 있었다.

"아그네스 님이 여긴 어쩐 일이십니까? 교단 본부로 간다고 하지 않으셨습니까?"

"데미안 님과 공작가 이야기를 듣고 자원했습니다."

언제나 그렇듯 아그네스의 표정은 무척 딱딱했다.

하지만 두 눈동자에는 반가움이 가득 담겨 있었다.

"일단 앉아서 이야기하시죠."

아그네스는 데미안에게 의자를 권했다. 직접 차를 따라 주기까지 했다.

잔악하기로 소문이 자자한 이단심문관을 독대하는 것치고는 굉장히 화기애애한 분위기였다.

"데미안 학센 님께서는 흑마법사와 굉장히 인연이 깊으신 것 같습니다."

아그네스의 농담에 데미안은 묘한 미소를 지었다.

그녀의 말대로 정말이지 질긴 인연이었다. 아주 지긋지긋했다.

"혹시 흑마법사들을 죽이기 전에 어디 소속인지 알아내셨습니까?"

"그것까지는 듣지 못했습니다. 실력이 그리 뛰어나지 않았던 것으로 보아서 무소속이지 않을까 싶습니다."

데미안은 자신이 죽인 흑마법사들이 유란이라는 것을 숨겼다.

너무 많은 정보를 공개했다가 그 두 사람이 유란의 단장과 부단장이라는 사실까지 들통이 나면 곤란했다.

세간에 알려진 데미안의 실력으로는 그 두 사람을 이길 수 없었으니 말이다.

"그렇군요……."

아그네스의 얼굴에 아쉬움이 스치고 지나갔다.

"실망하신 것 같습니다."

"아, 티가 많이 났나요?"

아그네스는 짧은 한숨을 내쉬며 말했다.

"사실 저는 유란을 뒤쫓고 있습니다. 정확히는 유란에 소속되어 있는 어떤 흑마법사를 쫓고 있죠."

"그게 누군지 물어봐도 되겠습니까?"

데미안의 물음에 아그네스는 고개를 끄덕였다.

"시체놀음이라는 흑마법사입니다."

데미안의 눈동자가 살짝 커졌다. 아그네스는 데미안의 표정 변화를 보며 쓴웃음을 지었다.

"역시 알고 계시는군요. 하긴, 모를 수가 없죠. 수천 명을 학살한 끔찍한 살인마니까요."

시체놀음.

정확한 이름은 아무도 모른다. 시체놀음이라는 이상한 호칭은 어떤 사건을 통해서 알려졌다.

어느 날, 귀족의 영지가 하룻밤 사이에 언데드 소굴로 변해 버리는 사건이 발생했다.

기사들은 마을의 언데드들을 소탕하다가 마을 중앙에서 충격적인 장면을 보게 되었다.

마을 중앙에 마을 사람들의 시체와 내장으로 '시체놀음'이라는 글자가 크게 적혀 있었다.

단순히 자신의 이름을 알리기 위해서 영지의 사람들을

모조리 죽여 버린 것이다.

하지만 데미안이 놀란 이유는 시체놀음의 과거 때문이 아니었다.

시체놀음 델란트.

먼 미래에 도르고의 신임을 받으며 군단장의 위치에 오르는 인물.

델란트는 도르고의 지원을 받으며 대흑마법사로 성장하여 수십만 명이 넘는 언데드 군단을 부렸다.

그리고 언데드 군단의 열 배가 넘는 인간들을 잔악하게 학살했다.

"혹시 시체놀음에 대해서 알게 되신다면…… 꼭 제게 말씀해 주십시오."

그렇게 말하는 아그네스의 눈빛은 증오로 불타고 있었다.

조사 시간은 짧았다.

아그네스는 조사를 끝마친 뒤, 데미안을 돌려보냈다.

데미안이 떠난 뒤, 성기사 한 명이 취조실 안으로 들어왔다.

"아그네스 님, 정말 저 남자의 말을 믿으시는 겁니까?"

"이상한 질문을 하시는군요."

아그네스의 말에 성기사가 답답하다는 표정을 지었다.

"저 남자의 말을 마냥 믿기에는 수상한 점이 한두 가지가 아닙니다."

성기사는 아직도 현장에 처음 나갔을 때 받았던 충격이 생생했다.

숲이 완전히 박살이 나 있었다.

하위 흑마법사는 꿈도 꿀 수 없는 고등한 흑마법을 사용했다는 증거였다.

그런 흑마법을 사용하는 흑마법사를 로우클래스가 죽였다?

그것도 상처 하나 없이?

말이 안 되는 일이었다.

"흑마법사들은 원래 악마의 사생아 같은 자들이라 괴상망측한 방법으로 본인의 실력 이상의 흑마법을 사용한다는 것을 잊으셨습니까?"

"그래도 정도가 있습니다. 하위 흑마법사가 저만한 위력의 흑마법을 발휘한 사례는 한 번도 없습니다."

"우리가 발전하는 것처럼 저들도 발전하지 않겠습니까. 그래서 교단이 흑마법사들을 경계하는 것이고요."

아그네스의 말에 성기사가 답답하다는 듯이 말했다.

"그 남자가 유란의 간부를 죽였다는 건 저도 들었습니다. 하지만 아그네스 님, 이단심문관의 좌우명을 잊으셨습니까?"

끊임없이 의심하고, 계속 확인하라.

미혹은 잡초와 같아서 갑자기 싹트기 마련이니.

"잊지 않았습니다."

"그런데 어째서 저 남자의 말을 그토록 쉽게 믿으시는 겁니까?"

"역으로 질문을 드리겠습니다. 숲에서 흑마력을 느끼셨습니까?"

강력한 흑마법사가 죽으면 그 지역에 흑마력이 고이게 된다.

이 흑마력은 여러 가지 문제를 야기하기 때문에 반드시 정화를 해야 했다.

하지만 이번에 흑마법사들이 죽은 숲에는 흑마력이 조금도 고여 있지 않았다.

"데미안 학센이 말한 대로 그가 상대한 흑마법사들의 실력이 형편없었다는 증거입니다."

"하지만……."

"무엇보다 제가 데미안 님의 말을 믿는 이유가 있습니다. 바로 강하기 때문입니다."

눈앞에 있는 성기사는 일반 기사로 따지면 이제 막 로우 클래스의 경지에 오른 정도였다.

그렇기에 데미안 학센의 강함을 알아보지 못했다.

하지만 아그네스는 달랐다. 데미안 학센을 보자마자 그가 얼마나 강해졌는지 곧바로 깨달을 수 있었다.

근처에 있어도 느껴지는 순도 높은 마력.

잘 정련된 채 전신에 흐르고 있는 투기.

겨우 한 달 남짓한 시간이 지났을 뿐인데 데미안 학센은 몰라 볼 정도로 강해져 있었다.

"데미안 학센의 결백은 제가 보증하겠습니다."

아그네스가 그렇게 말하자 성기사 역시 더 이상 우길 수가 없었다.

아그네스를 독대한 이후, 데미안은 다시 본가로 돌아갈 준비를 했다.

이번에는 공작이 직접 나서서 데미안을 도왔다.

"정말 이거면 되겠는가?"

공작이 영 못 믿겠다는 얼굴로 데미안에게 물었다.

지금 외성에는 다섯 대나 되는 수레가 줄지어 서 있었다.

수레 위에는 온갖 물건이 가득 실려 있었다.

모두 데미안이 가족들을 위해서 준비한 선물이었다.

"이거면 충분합니다."

공작은 선물들을 구입해 줬을 뿐만 아니라, 결투 보상금까지 넉넉하게 지불해 줬다.

이제 데미안에게 더 이상 필요한 것은 없었다. 그저 하루 빨리 돌아가서 가족들의 얼굴을 보고 싶었다.

"자네가 그렇다면 어쩔 수 없지."

공작은 마지못해 고개를 끄덕였다.

"이제 진짜 이별이로군. 그동안 즐거웠네."

"저도 똑같은 심정입니다."

"그렇게 말해 줘서 고맙구먼."

공작이 주먹에서 무언가를 꺼내서 내밀었다.

공작가의 문양이 새겨져 있는 반지였다.

"골드픽시 공작가가 운영하는 사업체로 가서 이 반지를 보여 주면 공짜로 이용할 수 있을 걸세."

그 말에 데미안의 입이 살짝 벌어졌다.

과장 조금 보태서 애플 왕국에서 골드픽시 공작가의 힘이 통하지 않는 곳이 없었다.

그 정도로 골드픽시 공작가가 운영하는 사업체의 숫자는 막대했다.

"자네가 해 준 일에 비하면 조촐한 선물이지. 혹시 내 힘이 필요한 일이 있거든 언제든지 와서 말하게나."

공작은 몇 번이고 당부했다.

"누님, 또 밖에 나와 계셨어요?"

학센 자작가의 막내, 아벨 학센은 불만 가득한 목소리로 말했다.

저택의 입구에 서서 먼 곳을 바라보던 루이즈는 아벨의 목소리에 고개를 돌렸다.

"어머, 아벨. 무슨 일이니?"

"무슨 일은요. 갑자기 누님이 없어져서 찾으러 온 거잖아요."

아벨이 못마땅한 얼굴로 말했다.

"이런다고 형님이 올 것 같아요? 그냥 안에 들어가서 기다리세요."

"조금만 더 있다가 들어갈게."

루이즈의 대답에 아벨은 한숨을 푹 내쉬었다.

루이즈 학센의 고집이 보통이 아니라는 사실을 잘 알고 있었기 때문이다.

"그렇게 형님이 걱정되세요?"

"응, 그렇게 여린 아이가 공작가에서 잘 적응할 수 있을지. 걱정이 되네."

순간, 아벨 학센은 사레가 들릴 뻔했다.

뭐? 여리다고? 혼자서 도시로 쳐들어가서 조직 하나를

박살 낸 인간이 여러?

"공작가에는 기사들이 엄청 많은 거 아니야. 기사들이 텃세도 엄청 부릴 텐데 얼마나 무섭겠어……."

아벨은 라이언블룸 후작가의 기사들을 아무렇지도 않게 패 버리던 데미안 학센의 모습을 떠올렸다.

아무리 생각해 봐도 텃세를 당할 인간이 아니었다.

"무사히 돌아와 줬으면 좋을 텐데……."

그때, 루이즈의 눈동자가 커졌다. 그녀는 먼 곳을 바라보며 소리쳤다.

"데미안!"

그 말에 아벨도 길 쪽을 바라봤다. 지평선 끝에서 데미안이 말을 타고 걸어오고 있었다.

데미안도 두 사람을 알아보고는 손을 흔들었다.

"무사한 것 같아서 다행이야."

루이즈가 안도의 한숨을 내쉬었다. 그런데 데미안의 뒤로 이상한 것들이 모습을 드러내기 시작했다.

갑옷으로 무장한 기사와 병사들이 나타난 것이다.

그것을 본 루이즈와 아벨의 얼굴이 확 굳었다.

"아, 아벨 저게 뭐니?"

"저, 저도 잘 모르겠습니다."

그 뒤를 이어서 무언가가 산더미처럼 쌓여 있는 수레들이 줄줄이 모습을 드러냈다.

루이즈와 아벨은 자신들도 모르게 입을 쩍 벌렸다.

"누님, 돌아왔습니다. 아벨, 잘 있었냐?"

데미안이 활짝 웃으며 말했다. 두 사람은 얼떨떨한 얼굴로 물었다.

"데, 데미안 이분들은 다 뭐니?"

"아, 절 공작 각하의 명령으로 절 호위하는 이들입니다."

"호, 호위?"

루이즈가 이해할 수 없다는 표정을 지었다.

"형님…… 이 수레는 다 뭡니까?"

"여행을 갔다 오는데 빈손으로 올 수는 없지 않냐. 선물을 좀 사 왔다."

아벨은 입을 쩍 벌렸다. 선물치고는 그 양이 너무 과했던 것이다.

"가서 아버님이랑 어머님을 모시고 와라. 선물을 보여드려야지."

데미안의 말에 아벨이 황급히 저택 안으로 들어갔다.

"……."

"……."

밖으로 나온 학센 자작과 부인은 데미안이 사 온 선물을 보고는 할 말을 잃었다.

"저, 정말 이걸 전부 공작님께서 사 주셨다고……?"

"예, 그렇게 됐습니다."

"도둑질을 한 게 아니라 진짜로?"

"아, 진짜라니까요."

학센 자작은 손가락으로 볼을 힘껏 꼬집었다. 두 눈을 연신 비볐다.

"이상한 짓은 그쯤하고 와서 좀 보세요. 공작성의 서점에 들려 책을 모두 긁어 왔어요. 수도에서 유행하는 최신 서적도 있어요."

"뭐, 뭣?"

학센 자작은 황급히 수레로 달려갔다. 수레 안에 쌓인 책들을 몇 권 살피다 환호성을 질렀다.

"이, 이건 델피넬 부인의 신작 시집이잖아! 이건 다락 자작의 신작 소설이고! 세상에!"

아버지는 정신없이 책들을 살피기 시작했다.

데미안은 그런 아버지를 내버려 두고 어머니께 말했다.

"어머니 선물은 여기 있습니다. 집에 있는 가구들이 낡았다고 아쉬워하셨죠? 어떤 가구를 좋아하실지 몰라서 비싼 건 다 사 왔습니다."

수레에 가까이 다가간 어머니의 얼굴이 환해졌다.

"어머, 어머 이건 백향목으로 만든 가구잖아? 이건 장미

목으로 만든 탁자고. 어머어머, 이게 웬일이니."

어머니는 가구들을 살피며 좋아서 어쩔 줄 몰라 했다.

"누님은 이쪽입니다."

"내 선물도 사 온 거니?"

"당연하죠."

전생에 데미안 학센을 마지막까지 챙겨줬던 사람이 누나인 루이즈였다.

그렇기에 루이즈의 선물은 각별히 신경을 썼다.

"장인 버클리가 손수 제작한 그랜드 피아노입니다. 공작 각하께서 개인적으로 소유하고 있던 물건을 내주셨습니다."

루이즈는 두 손으로 입을 가렸다.

연주회를 찾아갈 정도로 음악을 좋아하기에 버클리라는 이름에 대해서도 잘 알고 있었다.

10년치 악기 제작 예약이 꽉 차 있다는 전설적인 장인이었다.

"꺄아아악! 우리 동생!"

루이즈가 데미안의 목을 끌어안으며 방방 뛰었다.

"옮기는 건 여기 있는 병사들이 도와줄 겁니다."

이런 용도로 쓰려고 일부러 병사들을 넉넉하게 받아왔다.

병사들은 일사불란하게 물건들을 저택 안쪽으로 옮기기 시작했다.

데미안은 그 모습을 흐뭇한 얼굴로 바라봤다.

그러다 문득 옆에서 시선이 느껴졌다. 막냇동생, 아벨 학센이 데미안을 바라보고 있었다.

"왜 그러냐?"

"아무것도 아닙니다."

아벨이 뚱한 얼굴로 말했다.

아무리 봐도 아무것도 아닌 얼굴이 아니었다.

"어서 들어가서 짐 옮기는 거나 도와."

"안 그래도 그럴 생각이었습니다."

아벨이 퉁명스러운 말투로 말했다. 그런 아벨의 행동에 데미안은 폭소를 터트렸다.

"인마, 내가 네 선물을 안 챙겼을 것 같냐."

데미안은 아공간을 열고 그 안에 손을 넣었다.

그 모습에 아벨이 깜짝 놀라서 말했다.

"혀, 형님 그, 그건……."

"아공간이라는 거다. 옛다, 이거나 받아라."

데미안이 활을 하나 꺼내서 던졌다. 아벨은 이게 뭐냐는 표정을 지었다.

"코퍼헤드 영애가 활을 좋아하지 않냐. 그래서 특별히 구해 왔다."

데미안이 건네준 활은 보통 물건이 아니었다.

라이언블룸 후작에게 직접 부탁해서 받은 물건으로 무려 미노타우르스의 뿔을 이용해 제작한 활이었다.

"혀, 형님 설마 떠나기 전에 하셨던 말씀이…… 진심이었습니까?"

"그럼 거짓말이었겠냐?"

데미안이 아벨의 어깨를 토닥이며 말했다.

"동생이 장가를 가고 싶다는데. 형이 좀 도와줘야지."

"누, 누가 장가를 가고 싶다는 겁니까!"

아벨이 얼굴을 붉히며 소리쳤다. 데미안이 눈을 동그랗게 뜨며 물었다.

"뭐야, 설마 코퍼헤드 영애랑 즐기다 끝낼 생각이었냐?"

"아, 아니 그런 게 아니라……!"

아벨이 손사레를 쳤다.

"그, 그보다 어떻게 선물을 주란 말입니까! 올리비아 영애는 저를 전혀 모른단 말이에요!"

"그건 걱정 마라. 이 형님한테 다 계획이 있으니까."

"예?"

아벨의 물음에 데미안이 설명했다.

"공작가에 있을 때, 소식을 들었는데. 조만간 코퍼헤드 백작가에서 올리비아 영애의 생일을 기념해서 마상시합을 열 예정이라 하더구나."

마상시합은 여러 가지 종목을 정해 놓고 기사들의 기량을 겨루는 행사를 말했다.

굉장히 큰 행사기 때문에 열렸다 하면 지역의 귀족들이

모두 찾아오는 것은 물론이고 다른 지역에도 회자될 정도였다.

"그 시합에 가서 올리비아 영애에게 활을 선물하고 덤으로 마음도 쟁취하는 거지."

"예? 하, 하지만……."

"설마 거절할 생각은 아니겠지? 동생을 위해서 이렇게 귀한 선물까지 마련해 왔는데?"

데미안의 협박 아닌 협박에 아벨은 입을 다물었다.

"데미안, 그게 정말이냐?"

둘의 대화를 들었는지. 아버지가 가까이 다가오며 물었다.

"마상시합이라니. 과연 코퍼헤드 백작가로구나."

마상시합은 규모가 큰 만큼 막대한 비용이 들어갔다.

코퍼헤드 백작가는 골드픽시 공작가 만큼은 아니지만 나름대로 대귀족에 속했다.

그러니 이런 큰 행사를 감당할 수 있는 것이다.

"아, 아버지!"

아벨이 아버지에게 애원의 눈빛을 보냈다. 제발 데미안을 말려 달라는 속마음이 절절하게 느껴졌다.

"그거 좋은 소식이로구나!"

하지만 아버지는 데미안의 의견에 한없이 긍정적이었다. 아벨의 어깨가 축 늘어졌다.

"너도 마상시합에 참가할 생각이냐?"

"예, 참가하고, 덤으로 우승까지 할 생각입니다."

사실 데미안은 명성 따위에는 별반 관심이 없었다.

겨우 서부지역만을 위해 열리는 마상시합이다. 데미안이 보기에는 규모가 너무 작았다.

그럼에도 데미안이 참가를 결심한 데에는 두 가지 이유가 있었다.

'전생에서 마상시합의 우승자는 코퍼헤드 백작가의 사위가 되었지.'

아벨을 위해서 반드시 막아야 할 미래였다.

'그리고 그 사위는 우승 상품 덕분에 꽤 강력한 기사가 되었고.'

코퍼헤드 백작가의 사위는 훗날 하이클래스의 경지에 오른다.

거기에는 코퍼헤드 백작가에서 지급한 우승 상품이 큰 도움이 되었다는 소문이 있었다.

데미안은 이번 기회에 소문의 실체를 확인해 볼 생각이었다.

"흠……."

그런데 아버지는 뭔가 걱정된다는 듯 침음을 흘렸다.

"코퍼헤드 백작가에서 주최하면 소피아도 올 텐데…… 괜찮겠느냐?"

아버지의 물음에 데미안이 고개를 갸웃거렸다.

"소피아가 누굽니까?"

"네 전 약혼녀 말이다."

데미안의 눈동자가 확 커졌다.

동상이몽

아버지의 말을 듣고 나서야 기억이 떠올랐다.

소피아 러셀.

러셀 자작가의 장녀이자 데미안의 전(前) 약혼녀.

서부에서 그 이름을 모르는 사람이 없을 정도로 아름다운 여자였다.

'나한테는 너무 아까운 여자였지.'

망나니에 불과한 데미안 학센이 감히 손댈 수 있는 여자가 아니었다.

그럼에도 소피아 러셀과 약혼할 수 있었던 것은 조부들끼리 맺었던 약속 때문이었다.

선대 학센 자작과 러셀 자작은 자식을 낳으면 서로 혼인시키기로 결정을 했었다.

하지만 태어난 아이는 둘 다 남자였다. 그렇기에 두 사람의 약속은 손주대로 미루어졌다.

그 덕분에 데미안 학센은 모두가 탐내는 꽃을 별다른 고생 없이 꺾을 수 있었다.

'나랑 달리 소피아 러셀은 엄청 싫어했지.'

소피아 러셀은 이 약혼을 반기지 않았다.

데미안 학센은 잘난 점이라고는 조금도 없는데다 행실조차 더럽기 짝이 없는 망나니였으니 말이다.

그렇기에 약혼을 했음에도 두 사람의 사이는 조금도 가까워지지 않았다.

'그러다 선대 러셀 자작이 사망하고…… 저쪽에서 파혼을 선언했고.'

선대 러셀 자작이 사망한 이후, 러셀 자작가에서는 일방적으로 파혼을 통보했다.

그 소식을 들은 데미안은 길길이 날뛰며 러셀 자작가로 향했다.

그리고 보게 되었다.

낯선 남자 옆에서 살갑게 굴고 있는 소피아 러셀의 모습을 말이다.

-소피아, 저 남자는 누구인데 우리한테 화를 내는 거야?

-저번에 말씀드렸던 약혼자예요.

-아, 그 망나니 놈 말이야?

분노한 데미안은 그 남자에게 달려들었다.

그리고 말 그대로 죽기 직전까지 얻어맞았다.

-허수아비만도 못한 멍청이 주제에 감히 나한테 덤벼들어?

-소피아의 체면을 생각해서 조용히 돌려보내려고 했는데 안 되겠군.

-두 번 다시는 나랑 소피아 앞에 나타나지 못하게 해 주마.

그 남자는 젊은 나이임에도 로우클래스의 실력자였다.

일반인에게도 얻어터지는 데미안 학센이 이길 수 있는 상대가 아니었다.

-데미안! 이게 무슨 일이냐!

-루, 루이즈! 어서 포션을 가져오렴! 어서!

아버지는 데미안이 폭행당한 일을 러셀 자작가에 따졌지만 조롱 섞인 대답만 돌아왔다.

-이게 다 자네가 잘못 교육을 시켰기 때문이지.

-벌레도 상대를 가릴 줄 알거늘. 데미안은 대체 무슨 자신감으로 달려들었단 말인가?

-이딴 가문에 우리 소피아를 시집 보낼 뻔했다고 생각하니 피가 거꾸로 솟는 것 같군.

학센 자작은 너무 화가 난 나머지 러셀 자작가에 직접 찾아가려 했다.

하지만 가족들은 학센 자작을 말렸다. 소피아의 새로운 연인 때문이었다.

학센 자작가로서는 로우클래스라는 거대한 전력을 감당할 능력이 없었던 것이다.

“마상시합이라면 소피아 러셀뿐만 아니라 그 아이의 새로운 연인도 올 게다. 그 둘을 봤다가 네가 분노를 참지 못하면 어떻게 하느냐.”

아버지가 진지한 얼굴로 말했다.

데미안이 또 험한 일을 당할까 싶어서 말리는 게 아니었다.

데미안의 실력이라면 그깟 기사는 단칼에 죽일 수 있을 것이다.

그게 문제였다.

코퍼헤드 백작이 개최한 행사에서 사람을 죽인다?

그랬다가는 코퍼헤드 백작가에서 가만히 있지 않을 테니 말이다.

“아버지, 저는 이제 소피아에게 어떤 미련도 가지고 있지 않습니다.”

실제로 데미안은 미련은커녕 소피아 러셀의 얼굴조차 잘 기억이 나지 않았다.

“정말이냐?”

“정말입니다. 믿어 주십시오.”

여기까지는 진실이었다.

“정말 사고를 치지 않을 자신이 있느냐?”

“예.”

하지만 여기부터는 거짓말이었다.

'감히 내 몸에 손을 대?'

데미안이 스스로 생각하기에도 자신은 좋은 약혼감은 아니었다. 입장을 바꿔서 생각해 봐도 마찬가지였다.

하지만 그건 그거고, 이건 이거였다.

'그리고 감히 우리 가문을 욕해?'

무엇보다 참을 수 없는 것은 러셀 자작가 쪽에서 아버지와 가문을 모독했다는 사실이었다.

자신을 향한 모독은 참을 수 없다!

가문에 대한 모독은 더더욱 참을 수 없다!

이런 이유로 데미안은 이번 기회에 그 두 사람을 묻어 버릴 생각이었다.

"설사 그 둘을 보더라도 아버지께서 걱정하는 사태는 절대로 벌어지지 않을 겁니다."

하지만 속마음이 어떻든 간에 지금은 거짓말을 해야 했다.

일단 아버지에게 허락을 받아야 코퍼헤드 백작가로 갈 수 있을 테니 말이다.

"여보, 데미안이 저렇게 말하는데 좀 믿어 줘요."

"맞아요. 요즘 들어서 데미안이 아버지를 실망시킨 적이 있었나요?"

뒤에서 지켜보고 있던 어머니와 누님이 한마디씩 거들었다.

두 사람까지 이러니 결국 학센 자작은 두 손을 들 수밖에 없었다.

"좋다. 참가를 허락하도록 하마."

아버지의 허락에 데미안의 얼굴이 밝아졌다.

데미안은 아벨의 목덜미에 팔을 걸며 말했다.

"아벨, 들었냐? 같이 갈 수 있게 됐다. 다행이지?"

"뭐가 다행이라는 거예요! 형님께서 안 따라오셔도 상관없어요!"

"짜식, 마음에도 없는 소리하기는."

학센 자작은 우려의 눈빛으로 두 형제를 바라봤다.

보다 못한 부인이 남편의 옆구리를 쿡 찌르며 말했다.

"당신도 참, 데미안이 그렇게 못 미더워요?"

"그것 때문이 아니오."

"그럼 뭔데요?"

아내의 물음에 학센 자작이 심각한 얼굴로 말했다.

"데미안 말이오…… 요즘 꽤 유명해지지 않았소?"

"그렇긴 하죠. 요즘 모임에 나가기만 하면 다들 데미안에 대해서 묻더라구요."

학센 부인은 종종 아는 귀족 부인들과 함께 모여서 수다를 떨고는 했다.

그 때문에 데미안이 얼마나 화제의 인물인지 잘 알고 있었다.

"그런데 너무 빨리 유명해져서 여태까지 한 번도 사교회에 얼굴을 내민 적이 없지 않소?"

"그렇죠."

"그럼 이번이 첫 데뷔가 아니오?"

"그…… 런 셈이죠?"

"그럼 다른 귀족들이 가만히 있겠소?"

"아."

학센 부인은 비로소 남편이 무엇을 걱정하는지 깨달았다.

학센 자작은 곧바로 코퍼헤드 백작가에 편지를 보냈다.

편지에는 올리비아 영애의 생일을 진심으로 축하하며 조만간 개최될 마상시합에 참가하고 싶다는 내용이 적혀 있었다.

며칠 뒤, 코퍼헤드 백작가에서는 참가를 환영한다는 답변을 보내왔다.

코퍼헤드 백작가에서 주최하는 마상시합에 데미안 학센이 참가한다!

이 소식은 순식간에 서부 전역에 퍼져 나갔다.

누가 퍼트렸는지는 중요하지 않았다. 서부의 모든 이목이 데미안 학센에게 집중되어 있었으니 말이다.

요즘 서부의 귀족들은 모이기만 하면 데미안 학센에 대한 이야기로 꽃을 피웠다.

"여러분들 들으셨나요? 데미안 학센 경이 코퍼헤드 백작가의 마상시합에 참가한다지 뭐예요?"

귀족 여인들은 둘 이상 모이면 항상 데미안 학센에 대한 이야기를 했다.

"데미안 학센이라면 라이언블룸 후작가의 대공자를 칼 한번 뽑지 않고 굴복시켰다던 기사잖아요?"

"후작가의 대공자님은 천재 중의 천재로 유명하잖아요. 그런 분을?"

"그래서 더 대단한 거죠. 정말 멋있지 않나요?"

젊고 능력 있는 기사만큼 귀족 여인들의 흥미를 자극하는 이야깃거리도 없었다.

"제가 또 조사해 온 정보에 의하면 얼굴도 꽤 잘생긴 편이라고 해요."

"어머, 어머."

하물며 미남이기까지 했으니, 귀족 여인들은 열을 올리며 데미안 학센에 대해서 떠들어댔다.

"그렇게 뛰어난데 왜 골드픽시 공작가에 남아 있지 않았을까요."

"혹시 이런 게 아닐까요? 충성을 바칠 레이디를 찾질 못한 거죠. 그래서 세상을 떠돌아다니는 거예요."

"어머, 어머."

말도 안 되는 망상이었지만 그건 딱히 중요하지 않았다.

여인들은 상상의 나래를 펼쳤다.

여인들의 망상 속에서 데미안 학센은 어느새 실력은 뛰어나지만 고독하고 외로운 늑대가 되어 있었다.

"그럼 이번 마상시합에 참가하는 이유가 설마……."

"틀림없어요. 올리비아 영애에게 구혼하려는 거예요."

올리비아 영애의 이야기가 나오자 귀족 여인들은 시무룩해졌다.

올리비아 코퍼헤드는 시부의 꽃이라 불릴 정도로 아름다운 여인이었다.

거기에 코퍼헤드 백작가라는 강력한 배경까지.

기사라면 누구나 선망하는 여인이었다.

"두 사람이 꼭 연인이 될 거라는 보장은 없죠. 저희에게도 기회가 있지 않겠어요?"

그 말에 여인들의 눈이 번쩍 뜨였다.

"맞아요. 사람의 인연은 어떻게 될지 모르니까요."

"올리비아 영애가 아름답기는 하지만 데미안 경의 취향이 아닐 수도 있죠."

여인들은 열띤 얼굴로 데미안 학센을 꼬실 방법을 논의하기 시작했다.

물론 데미안 학센에 대해서 호의적인 반응만 나온 것은 아니었다.

"데미안 학센이 마상시합에 참가한답니다!"

"그 망나니 놈이 온단 말이오?"

서부의 귀족들 중에는 데미안 학센에 대해서 조사하다가 그의 과거까지 알게 된 자가 적지 않았다.

"얼마 전까지만 해도 술집에서 얻어맞고 쫓겨났다죠?"

"구제불능이라 약혼녀 가문에서 일방적으로 파혼까지 당했다 합니다."

"그런 인간이 라이언블룸 후작가의 대공자를 이긴다는 게 말이 됩니까?"

데미안 학센의 과거를 알게 된 사람들은 의심할 수밖에 없었다.

데미안 학센이 정말로 대단한 인물이 맞는지에 대해서 말이다.

"이번 기회에 그놈의 실체를 확인합니다!"

"만약 사기꾼이라면 가만 놔두지 않겠소!"

그렇게 서부의 귀족들이 전부 마상시합으로 몰려들기 시작했다.

전부 데미안 학센 한 사람 때문에 벌어진 일이었다.

소도시 리버크로스.

그곳에 위치한 고급 주점.

"잭슨, 아~ 하세요."

젊은 여성이 포크로 과일을 한 조각 집어서 내밀었다.

콧날이 날카로운 남성이 입을 벌려서 과일을 받아먹었다.

"으음, 달고 시원하군. 소피아, 네가 손수 먹여줘서 더 맛있는 거 같아."

"어머, 그런 뻔한 소리를 하면 제가 기뻐할 줄 아세요?"

여인, 소피아 러셀은 남성의 무릎에 앉은 채로 까르륵 웃음을 터트렸다.

"다음은 뭘 드릴까요? 포도? 사과? 말만 하세요."

"그보다 소피아, 그 소식 들었어?"

"무슨 소식이요?"

"코퍼헤드 백작가에서 마상시합을 개최한다던데."

남성, 잭슨 커터의 말에 소피아 러셀은 기억을 더듬었다. 도시의 여인들이 말하는 걸 얼핏 들은 거 같았다.

"아, 들어본 거 같아요. 장녀의 생일을 기념해서 마상시합을 연다죠?"

"장녀의 구혼자를 찾기 위해서라는 말도 있어."

"아, 그래서 대장간이랑 의상실에 귀족들이 그렇게 많이 모여들었군요."

올리비아 코퍼헤드.

백작가의 장녀는 서부의 꽃이라 불릴 만큼 외모가 뛰어나기도 유명했다.

거기에 코퍼헤드 백작가라는 대단한 배경까지.

남자라면 갈망하지 않을 수 없는 조건이었다.

"그런데 그게 왜요? 왜 제 앞에서 다른 여자 이야기를 하는 건데요."

소피아 러셀이 심통이 난 얼굴로 말했다.

잭슨 커터가 손사레를 치며 해명했다.

"그게 아니라 데미안 학센이 그 마상시합에 참가한다는 소식을 들어서 말이야."

그 말에 소피아 러셀은 잠시 인상을 찌푸렸다.

데미안 학센? 그녀가 아는 데미안 학센은 한 명밖에 없었다.

"설마…… 그 망나니가 마상시합에 참가한다는 건가요?"

소피아 러셀은 어처구니가 없다는 반응을 보였다.

사실 소피아 러셀은 얼마 전까지만 해도 데미안 학센에 대해서 까맣게 잊고 살고 있었다.

정확히 말하면 잊고 살려고 노력했다. 그만큼 별볼일없는 남자였기 때문이다.

"그 사기꾼이 마상시합에 참가를 해요? 어이가 없네요."

그러던 도중, 어느 날부터 데미안 학센에 대한 소문이 들려오기 시작했다.

흑마법사를 처단했다는 둥, 랜드워크 도시의 거대 조직을 박살 냈다는 둥, 라이언블룸 후작가의 대공자를 굴복시켰다는 둥.

소피아 러셀은 소문들을 단 하나도 믿지 않았다.

소문이 허황되어서?

그것도 있지만 가장 큰 이유는 데미안 학센이 어떤 인간인지 잘 알고 있었기 때문이다.

소피아 러셀이 기억하는 데미안 학센은 잘난 점이라고는 조금도 없는 별 볼 일없는 인간이었다.

소피아 러셀은 데미안 학센이 분명 가짜 소문을 유포시켰을 것이라 확신했다.

"역시 너도 그렇게 생각하지? 나도 마찬가지야. 이 소문을 들었을 때, 어처구니가 없더라."

잭슨 커터가 헛웃음을 터트리며 말했다.

그때였다.

"으, 으으……."

바닥에서 신음소리가 들려왔다. 잭슨 커터는 시선을 아래로 내렸다.

놀랍게도 바닥에는 다섯 명이 넘는 장정들이 쓰러져 있었다.

손바닥에 박힌 굳은살과 허리춤에 달린 칼로 보아 평범한 사람들이 아니었다.

기사들이 분명했다.

“너…… 이 개자식…….”

기사 중 한 명이 고개를 들어서 잭슨 커터를 노려봤다.

“이, 이게 무슨 짓이냐! 왜 우리를 공격했냔 말이야!”

“왜 공격했기는. 네가 먼저 소피아한테 추파를 던졌잖아.”

잭슨 커터가 소피아 러셀의 허리를 끌어안았다. 소피아는 잭슨의 손길을 거부하지 않았다.

“추파? 추파라고?”

까득, 기사가 이를 갈며 소리쳤다.

“내가 무슨 추파를 던졌다는 것이냐! 길을 가다가 부딪치는 바람에 사과하면서 얼굴을 잠시 봤을 뿐인데 그게 왜 추파라는 거냐!”

“소피아, 들었어? 일부러 부딪쳐 놓곤 핑계를 대는데?”

“흥, 저딴 무능한 남자가 거짓말까지 하니 더 꼴사납네요.”

두 사람의 대화에 기사는 너무 어이가 없어서 할말을 잃었다.

“감히 내가 이런 모독을 줘? 내가 누군지 아느냐? 돌핀 자작가의…….”

“아, 말할 필요 없어. 너 같이 약해빠진 놈들을 뭐 하러 기억하겠어.”

"야, 약해빠져? 뚫린 입이라고 멋대로…… 크으윽."

잭슨 커터가 듣기 싫다는 얼굴로 기사의 손등을 밟았다. 기사는 신음을 흘렸다.

"너, 로우클래스지? 나머지는 준기사고? 다섯 명에서 나 한 사람한테 덤볐다가 깨졌으면 부끄러운 줄 알고 닥치고 있어야지. 왜 이렇게 나대?"

잭슨 커터는 손등에 올려놓은 발에 더욱 힘을 넣었다. 기사의 신음소리가 더 커졌다.

"하나만 물어보자. 내가 누군지 알겠나?"

"네가 누군지 내가 어떻게 안단 말이냐!"

"그러지 말고 자세히 봐봐. 그럼 알 수 있을 거 아니야."

잭슨 커터가 기사의 머리채를 움켜잡고 들어 올렸다.

그 바람에 기사는 잭슨 커터의 얼굴을 억지로 쳐다볼 수밖에 없었다.

"당장 이거 놓지 못해! 이 사지를 찢어 죽여도 시원찮을 놈아!"

하지만 기사는 욕지거리만 내뱉을 뿐, 잭슨 커터를 알아보지 못했다.

잭슨 커터는 한숨을 내쉬며 머리채를 놓았다.

"소피아, 이게 말이 된다고 생각해? 아무도 날 알아보지 못하잖아."

"잭슨…… 아니에요. 저 사람이 바보 멍청이인 것뿐이에요."

소피아가 안타깝다는 표정을 지으며 말했다.

사실 잭슨 커터가 아예 무명인 것은 아니었다. 나름대로 칭호도 가지고 있었다.

오우거 참살자.

숲의 제왕이라 불리는 오우거를 혼자 사냥했다고 붙여진 호칭이었다.

오우거 같이 위험한 몬스터를 홀로 사냥했다는 것은 대단한 업적이었다.

하지만 오우거 참살자라는 칭호는 그리 유명하지 않았다.

몬스터 사냥 따위로는 사람들의 흥미를 끌지 못했기 때문이다.

"데미안 학센을 봐. 나랑 다르게 모든 사람이 알고 있어. 그놈의 실체가 어떤지 전혀 모르면서 그 새끼에 대해서 떠들고 있단 말이야."

소피아 러셀처럼 잭슨 커터도 데미안 학센에 대한 소문을 전혀 믿지 않았다.

그 역시 데미안 학센을 직접 만나 봤기 때문이었다.

아니, 단순히 만나 본 정도가 아니라 데미안 학센과 싸워 보기까지 했다.

"안 되겠다. 스승님한테 말씀드려야겠어."

"예? 뭘 말씀드리려구요?"

"마상시합에 참가해야겠어. 그곳에 가서 사람들한테 똑똑히 알려 주는 거야. 나라는 기사가 얼마나 대단한지. 그리고……."

잭슨 커터의 눈동자에 굳은 결의가 떠올랐다.

"데미안 학센이 얼마나 형편없는 놈인지 말이야."

잭슨 커터가 결의를 다지고 있는 동안 기사는 복수를 계획하고 있었다.

'젠장…… 이 자리만 벗어나면 가만 놔두지 않겠어.'

분하지만 현재 기사의 실력으로는 잭슨 커터를 이길 수 없었다.

똑같은 로우클래스였으나 잭슨 커터는 자신과 비교할 수 없을 만큼 강했다.

하지만 방법이 아예 없는 것은 아니었다.

돌핀 자작가는 인근의 기사가문들과 긴밀한 관계를 맺고 있다.

'가문의 인맥을 동원하면…… 로우클래스를 두 명은 더 불러올 수 있다.'

잭슨 커터가 아무리 강하다 해도 로우클래스 세 명을 한 번에 상대할 수는 없을 터였다.

기사가 그런 생각을 품었을 때, 주점의 문이 열렸다.

주점 안으로 중년의 남성이 들어왔다.

가면을 쓰고 있는 게 아닐까 싶을 정도로 얼굴 표정이 딱딱한 남성이었다.

"허, 헙! 스승님! 아, 안녕하십니까!"

"아, 안녕하세요!"

남성의 등장에 잭슨 커터와 소피아 러셀은 황급히 허리를 숙였다.

방금 전, 기사들을 대할 때와는 전혀 다른 모습이었다.

"잭슨, 또 쓰레기들에게 화풀이하고 있었더냐."

중년 남성이 무감정한 목소리로 물었다.

"저, 저쪽에서 먼저 시비를 걸었습니다."

"네가 유도를 했겠지. 내가 사고를 치지 말라고 여러 번 당부하지 않았더냐."

"그렇다고 저런 놈들을 가만히 놔둘 수는……."

중년 남성이 가까이 다가오더니 무기질적인 회색 눈동자가 잭슨 커터를 빤히 응시했다.

무형의 압박에 잭슨 커터는 식은땀을 흘리기 시작했다.

"……죄송합니다."

"한 번만 더 이런 일이 벌어지면 그때는 각오하는 게 좋을 거다."

그리 말한 뒤, 중년 남성은 바닥에 쓰러진 기사에게 다가갔다.

그리고 대뜸 기사의 턱을 걷어찼다. 윗니와 아랫니가 서로 부딪히며 으스러졌다.

기사는 입을 움켜잡으며 신음을 흘렸다.

"내 이름은 자크 누아레다."

그 이름을 듣는 순간, 기사는 고통을 잊었다. 놀란 얼굴로 자크 누아레를 쳐다봤다.

자크 누아레.

어느 날 갑자기 애플 왕국에 나타난 미들클래스 기사였다.

출신이 불분명한데다 어디에도 소속되지 않고 자유기사로 활동 중이지만 실력만큼은 대단했다.

가장 유명한 것이 바로 블루그린 후작가 정예기사와의 결투였다.

블루그린 후작가는 애플 왕국을 대표하는 명문 기사가문이었다.

특히 현 블루그린 후작은 애플 왕국에 단 세 명밖에 없는 하이클래스 중 한 명이었다.

그곳에서 영향을 받은 정예기사는 미들클래스 중에서도 뛰어나다고 정평이 나 있었다.

자크 누아레는 그런 대단한 가문의 정예기사를 상대로 압도적인 승리를 거두었다.

그가 상위 레벨의 미들클래스가 분명하다는 소문이 퍼

지면서 유명세를 떨쳤다.

"보복을 하려거든 날 찾아와라. 하지만 포기하는 게 좋을 거다."

"그, 그런 불순한 생각은 푸, 품은 적은 어, 없습니다!"

로우클래스가 몇 명이 있든 간에 미들클래스를 이길 수는 없는 법이다.

하물며 자크 누아레 같이 뛰어난 미들클래스는 말할 것도 없었다.

"아주 현명하군. 그럼 이만 쓰레기들을 가지고 꺼져라."

기사는 일행을 깨운 뒤, 황급히 주점 밖으로 도망쳤다.

상황이 정리되자 자크 누아레는 잭슨 커터를 돌아봤다.

"도시를 돌아다니다가 흥미로운 소식을 들었다. 코퍼헤드 백작가에서 마상시합을 개최한다더구나."

"예, 스승님. 저도 들었습니다."

"그럼 이야기가 빠르겠군. 그 마상시합에 출전해서 우승하도록 해라."

갑작스러운 명령에 잭슨 커터는 당황했다.

"어…… 이렇게 갑자기요?"

"왜? 자신 없나?"

"아, 아닙니다! 이, 있습니다!"

잭슨 커터는 황급히 말했다. 경험상, 자신의 스승은 꼬치꼬치 캐묻는 것을 별로 좋아하지 않았다.

"혹시 우승을 못 하면 어떻게 되는 겁니까……?"

"너는 내 밑에서 직접 검술을 배웠다. 그깟 작은 대회에서 우승을 못 할 리가 없다."

이번 마상시합은 서부의 대귀족이라는 코퍼헤드 백작가에서 주최하는 행사였다.

이미 서부의 모든 기사가 마상시합에 참가하기 위해서 모여들고 있었다.

작다고 폄하할 수 있는 시합이 아니었으나 잭슨 커터는 지적하지 않았다.

그랬다가 스승에게 무슨 일을 당할지 몰랐다.

"그래도 만약이라는 게 있지 않습니까. 혹시라도 제가 우승을 못 했다가 스승님의 심기를 불편하게 하면…… 컥!"

자크 누아레가 잭슨 커터의 명치를 걷어찼다.

"커헉! 크허억!"

잭슨 커터는 바닥을 나뒹굴었다. 극심한 고통에 숨조차 제대로 쉬어지지 않았다.

"로우클래스의 경지에 오르더니 말이 많아졌구나. 내가 시킨 일이 그렇게 마음에 안 들었느냐?"

"그, 그게 아닙……."

"널 제자로 들일 때, 내가 뭐라고 했지?"

"스, 스승님의 말에 무조건 복종하라고……."

"잘 기억하고 있구나."

자크 누아레는 잭슨 커터를 내려다보며 말을 이어나갔다.

"명심해라. 반드시 우승해야 한다. 만약 실패한다면 내가 가르쳤던 것을 다시 거둬 가겠다."

잭슨 커터는 마른침을 삼켰다.

가르침을 거둬 가겠다는 소리가 무엇인가.

잭슨 커터의 팔다리를 자르거나 혈도를 파괴해서 두 번 다시 검술을 사용하지 못하게 만들겠다는 뜻이었다.

하지만 그 이상으로 두려운 것은 자크 누아레에게 파문을 당하는 것이었다.

잭슨 커터는 자크 누아레가 애플 왕국에 나타나자마자 들인 제자였다.

잭슨 커터는 원래 도시의 양아치에 불과했던 인물이었다.

그랬던 잭슨 커터가 로우클래스의 경지에 오를 수 있었던 것은 모두 자크 누아레의 가르침 덕분이었으니, 그에게 대들지 못하는 건 당연했다.

"바, 반드시 우승하겠습니다."

"당연히 그래야지. 그럼 나는 여행에 쓸 마차를 구해오겠다."

그리 말하며 자크 누아레는 주점 밖으로 나갔다.

"잭슨!"

소피아 러셀이 잭슨 커터를 부축했다. 잭슨 커터는 그녀의 손길을 거부하며 말했다.

"괜찮아. 나는 멀쩡해."

잭슨 커터는 비틀거리며 몸을 일으켰다. 소피아 러셀은 걱정스러운 얼굴로 그를 바라봤다.

"아무리 그래도 이렇게 갑자기 당신을 발로 차다뇨! 스승님께서도 정말 너무하세요!"

"역시 날 걱정해 주는 건 소피아, 너밖에 없어."

"잭슨……."

두 연인은 잠시 애틋한 눈빛으로 서로를 바라봤다.

"마침 잘됐어. 어차피 마상시합에 참가하려고 했는데 말이야."

잭슨 커터가 한쪽 입꼬리를 올리며 말했다.

"스승님의 명령도 지키고, 겸사겸사 데미안 학센도 손봐주고 오자고."

"예, 정말 좋은 계획이에요."

술집 안에서 두 연인은 서로 의기투합했다.

며칠 뒤, 데미안은 아벨과 함께 코퍼헤드 백작가로 떠나게 되었다.

"둘 다 조심해서 다녀오거라."

아버지와 어머니, 누님은 동행하지 않기로 했다.

이번 마상시합은 코퍼헤드 백작가에서 젊은 귀족들을 위해 마련한 자리였다.

나이가 많은 귀족이 참석하지 말라는 법은 없었지만 아무래도 눈치가 보였던 것이다.

"나도 그냥 저택에 남아 있으려고. 그이가 오기로 했거든."

루이즈는 곧 방문할 정혼자 때문에 자리를 비울 수가 없었다.

'그 자식이 찾아온단 말이지.'

전생에도 그랬지만 데미안은 루이즈의 정혼자가 마음에 들지 않았다.

안경을 쓰고, 행색은 꾀죄죄한 전형적인 책상물림이었기 때문이다.

아무리 생각해 봐도 루이즈가 너무 아까웠다.

이런 이유로 코퍼헤드 백작가는 데미안과 아벨 둘이서 떠나게 되었다.

"도련님! 이렇게 다시 모시게 되어서 영광입니다요!"

마부는 빅터가 맡기로 했다. 데미안은 빅터의 몸을 살피며 말했다.

"상처는 다 나았냐?"

"예! 이제 멀쩡합니다!"

라이언블룸 후작가의 기사들이 찾아왔을 때, 빅터는 괜히 그들과 맞섰다가 큰 부상을 입었다.

다행히 교단의 성직자들에게 치료를 받은 덕분에 빠르게 회복할 수 있었다.

"도련님은 못 보던 사이에 더 헌앙해지신 것 같습니다!"

"낯부끄럽게 뭔 아부냐."

"으하하핫, 티가 났습니까요?"

빅터가 웃으며 말했다. 데미안도 피식 실소를 터트렸다.

어쨌거나 무사한 모습을 보니 퍽 반가웠다.

"이제 출발하자."

마차 한 대가 코퍼헤드 백작가로 출발했다.

마차의 내부는 침묵으로 가득했다. 형제이기는 했으나 두 사람은 함께 시간을 보낸 적이 별로 없었기 때문이었다.

그러니 이런 상황에서 이야깃거리가 나올 리는 없었다.

"아벨 도련님, 하나만 여쭈어봐도 되겠습니까요?"

그때, 마부석에 앉아 있던 빅터가 입을 열었다.

창문을 모두 열어 놓아서 대화하는 데 지장은 없었다.

"뭐가 궁금한데?"

"어쩌다 코퍼헤드 영애님께 반하게 되신 겁니까요?"

빅터의 물음에 아벨의 얼굴이 확 붉어졌다.

아벨은 금방이라도 문을 열고 뛰쳐나갈 것처럼 소리쳤다.

"그, 그런 게 왜 궁금한데!"
"가는 길에 심심하잖습니까요."
아벨이 다시 소리를 치려던 찰나, 데미안이 끼어들었다.
"그래, 나도 마침 궁금했는데 잘됐다. 한번 들어보자."
"혀, 형님!"
"인마, 널 위해서 선물도 준비해 주고, 도와주러 가고 있는데. 그 정도도 말 못 해 주냐."
"아, 아니 그건 형님이 먼저……!"
아벨은 뭐라고 항의하려다가 멈추더니 한숨을 내쉬며 말을 이어 나갔다.
"……4년 전에 있었던 일입니다."
데미안은 호기심을 안고 아벨의 말에 집중했다.
"아버지를 따라서 서부 귀족들이 모이는 사교회에 참석한 적이 있었습니다."
아벨은 이제 막 성인이 되었으니 4년 전이면 한창 어린 나이였다.
"그곳에는 올리비아 영애님도 참석을 하셨죠. 저보다 나이가 조금 더 많으셨는데. 그래서 그런지 저보다 훨씬 어른스러우셨습니다."
아벨의 눈빛이 차츰 흐려졌다. 현재가 아니라 과거를 보고 있는 듯했다.
"고동색 머리카락을 땋아 올리시고, 사파이어로 만들어

진 머리빗을 꽂고 계셨죠. 알리제풍 드레스를 입고 계셨는데. 영애님의 고동색 머리카락과 잘 어울리는 주홍색이었습니다.”

아벨이 꿈꾸는 듯한 얼굴로 말했다.

“정말…… 정말로 아름다운 분이셨습니다.”

아벨의 얼굴을 바라보며 데미안은 속으로 생각했다.

‘한 마디로 예뻐서 반했다는 소리로군.’

자기 동생이 이렇게 쉬운 남자였을 줄이야. 데미안은 속으로 혀를 찼다.

‘아벨이랑 영애를 어떻게 이어 줘야 한담.’

데미안은 전생의 기억을 더듬었다.

용병으로 일할 시절, 데미안은 일부러 돈을 들여서 가족들에 대한 정보를 구하고는 했다.

‘두 사람이 서로 연인이었던 것은 확실하다. 하지만 아벨의 청혼을 백작이 거절했지.’

단순히 거절당한 수준이 아니었다.

-학센 자작가? 이름도 들어본 적 없는 미천한 가문 따위가 내 딸을 넘봐?

-네놈은 누구냐! 아벨 학센? 한 번도 들어본 적 없구나!

-난 너 같이 주제 파악 못 하는 놈이 딱 질색이다! 당장 꺼지지 못하겠느냐!

결국 아벨은 영애와 헤어질 수밖에 없었다.

그 이후, 영애는 다른 가문에 시집을 가게 되었다.

반면 아벨은 평생 동안 혼자 살았다. 데미안에게 목숨을 잃을 때까지 말이다.

'둘이 어떻게 연인으로 발전했는지는 모르는데.'

전생에서 그랬던 것처럼 가만히 내버려 둬도 연인으로 발전할 가능성도 있었다.

하지만 데미안은 항상 최악의 사태를 대비하려고 노력했다.

모든 일이 전생과 똑같이 흘러간다는 보장은 없었다.

이 세상에는 우연이 겹쳐서 벌어진 사건 사고도 많지 않은가?

하물며 지금은 데미안이라는 가장 큰 변수가 옆에 붙어 있었다.

'확실한 건 백작을 설득해야 한다는 것이로군.'

아쉽게도 코퍼헤드 백작에 대해서 알고 있는 정보는 그리 많지 않았다.

다만, 동생의 일화를 생각해 보면 굉장히 권위적인 인물이 아닐까 싶었다.

'내가 어떻게든 해 주마.'

데미안이 동생을 바라보며 다짐했다.

3일 뒤, 데미안을 태운 마차가 코퍼헤드 백작령에 도착했다.

마상시합이 열리는 장소는 코퍼헤드 백작성의 근처에 있는 넓은 평야였다.

그곳에는 마상시합을 위한 임시 경기장과 손님들이 묵을 천막들이 설치되어 있었다.

'돈 꽤나 썼겠는걸.'

목재 울타리로 지어진 임시경기장은 규모가 굉장히 컸다.

손님용 숙소로 쓰기 위해 세워진 천막은 수십 개가 넘어갔다.

"멈추십시오."

마차가 입구에 도착하자 중년 남성이 마차를 막아섰다.

"어디서 오신 분들이십니까?"

"학센 자작가에서 왔습니다요."

빅터가 냉큼 대답했다.

중년 남성은 손에 들고 있던 명단을 살피기 시작했다.

갑자기 두 눈동자가 휘둥그레졌다.

"설마 데미안 학센 경이 타고 계십니까?"

"예, 그렇습니다요."

"결례가 많았습니다. 저는 코퍼헤드 백작가의 집사장을

맡고 있는 코너라고 합니다."

중년 남성은 황급히 자세를 바로 잡았다.

"마차는 저희가 맡아 놓겠습니다. 이쪽으로 와 주십시오."

하인은 세 사람을 안쪽에 있는 천막으로 안내했다.

"두 분께서는 이곳을 사용하시면 됩니다."

하인이 안내한 천막은 굉장히 넓었다.

바닥에는 푹신한 카펫이 깔려 있었으며 침대도 두 개나 되었다.

"바로 옆에 있는 천막은 사용인용입니다."

심지어 하인이 사용할 숙소까지 붙어 있었다.

이 정도면 굉장한 호사라고 할 수 있었다.

"저녁에 연회가 준비되어 있습니다. 그때까지 푹 쉬시면 됩니다. 불편한 점이 있으면 언제든지 절 불러 주십시오."

하인은 고개를 꾸벅 숙인 뒤, 밖으로 나갔다.

"굉장히 좋은 숙소네요. 이런 곳을 내주시다니. 코퍼헤드 백작 각하께서는 씀씀이가 후하신 분이신 것 같습니다."

아벨은 천막을 둘러보며 감탄했다.

그와 달리 데미안은 영 시큰둥한 반응을 보였다.

전생에 코퍼헤드 백작은 아벨을 모독하고 학센 자작가를 비웃었다.

'내가 유명하니까 잘 대해 주는 것뿐이지.'

백작이 이렇게 좋은 숙소를 내준 이유는 순전히 데미안

의 명성 때문이었다.

전생에도 비슷한 일이 있었다.

데미안이 몸을 담고 있던 용병단은 본래 이름이 없는 약소한 용병단이었던 탓에 어디를 가도 좋은 대우를 받지 못했다.

의뢰를 끝내도 돈을 한푼도 받지 못하고 쫓겨나는 경우도 있었다.

하지만 데미안의 활약으로 유명해진 이후에는 모든 상황이 180도 달라졌다.

그때, 데미안은 깨달았다. 명성이라는 것이 얼마나 큰 힘이 있는지 말이다.

"빅터, 너도 숙소를 좀 둘러보고 와라. 문제 있으면 말하고."

"옙! 알겠습니다."

빅터는 크게 대답한 뒤, 천막을 나갔다.

아벨은 침대에 털썩 누웠다. 장시간 마차를 타느라 피로가 쌓인 모양이었다.

"쉬고 있어라. 난 밖을 좀 둘러보고 오마."

"예, 알겠습……."

별안간 아벨이 침대에서 벌떡 일어났다.

"저도 동행하겠습니다."

"뭐? 왜? 그냥 쉬고 있어."

"안 됩니다. 아버지랑 약속한 게 있어요."

"약속?"

"형님께서 사고를 칠 것 같으면 반드시 말리라고 하셨거든요."

아벨의 말에 데미안은 큰소리로 웃었다.

"사고? 내가 무슨 어린애도 아니고 사고를 치겠냐? 걱정 말고 쉬고 있어."

"아닙니다. 동행하겠습니다."

아벨이 물러나지 않자 데미안은 속으로 혀를 찼다.

'쳇, 아버지께서 이미 눈치를 채셨군.'

데미안이 밖에 나가는 이유는 시합장과 기사들을 살펴보기 위함이었다.

그러다 도중에 소피아 러셀과 그녀의 애인을 만난다면 지체 없이 밟아 버릴 생각이었다.

"형님. 어서 나가시죠."

"……그래."

데미안이 기운 없는 목소리로 대꾸했다.

데미안은 아벨과 함께 주변을 돌아다니며 기사들을 살펴봤다.

'대부분 준기사들이로군.'

코퍼헤드 백작은 이번 마상시합의 참가자들을 청장년들로 한정 지어 놨다.

그 때문에 참가자들 대부분은 준기사 수준에 불과했다.

'드물지만 로우클래스도 있고.'

다섯 명에 한 명꼴로 로우클래스도 보였다.

이런 젊은 나이에 로우클래스에 올랐다는 것은 그만큼 재능이 뛰어나다는 소리였다.

"형님, 보십시오. 시합장입니다."

아벨이 앞을 가리키며 말했다. 그곳에는 코퍼헤드 백작가에서 제작한 간이 시합장이 있었다.

간이시합장이라고는 하지만 굉장히 넓고, 땅바닥도 고르게 다져져 있었다.

"이번 마상시합의 종목은 단체전일까요?"

마상시합에는 여러 종목이 존재했다.

일대일로 승부를 겨루는 종목도 있고, 집단으로 싸워서 승자를 뽑는 종목도 있었다.

어쨌거나 기사들이 말에 탑승한 상태로 진행하기만 하면 마상시합으로 인정을 받았다.

"어쩌면 몬스터 사냥일지도 모르지."

데미안이 시합장을 보며 이런저런 대화를 나누고 있을 때였다.

"잠깐, 저기 보이는 저 남자, 혹시 데미안 학센이 아닌가?"

"으음? 저번에 봤던 초상화랑 비슷한 것 같은데."

대여섯 명으로 이루어진 무리가 데미안 학센을 향해 다가왔다.

다부진 체격과 허리춤의 검.

마상시합에 참가하러 온 기사들이 분명했다.

"데미안 학센이지?"

기사 중 한 명이 데미안에게 물었다. 이들 중에서 유일한 로우클래스였다.

"그렇다면?"

데미안의 대답에 기사들은 서로를 쳐다보며 웃었다. 꿍꿍이로 가득한 미소였다.

"그 유명한 데미안 학센을 직접 보게 되어 영광이군."

"흑마법사를 처단하고, 라이언블룸 후작가의 대공자를 상대로 승리했다지?"

"그것 참 놀라운 소문들이로군. 믿기 힘들 정도로 말이야."

기사들은 데미안을 둘러싸기 시작했다.

"그런데 내가 자네의 과거에 대해서 들었는데…… 몇 달 전까지만 해도 유명한 망나니였다면서?"

"술집에서 난동을 피우다가 쫓겨나거나 가문의 재산을 담보로 잡고 거금을 빌렸다던데."

"정말이지 말도 안 되는 소문이 아닌가? 그 대단한 데미안 경이 그런 쓰레기일 리가 없으니 말이야."

기사들의 말투와 표정에서 조롱이 듬뿍 묻어 나왔다.

"하지만 그런 소문들이 너무 많이 들려와서 말이야. 이번 기회에 확인을 해 보고 싶은데."

맨 처음에 말을 걸었던 기사가 칼자루에 손을 얹었다.

유일한 로우클래스답게 무력이 필요한 일이라면 먼저 나서는 듯했다.

'역시 이런 녀석들이 나오는군.'

소문이란 굉장히 빨리 퍼지는 반면, 사람들에게 받아들여지기까지는 오랜 시간이 필요하다.

특히 데미안은 짧은 시간 안에 어마어마한 명성을 쌓았다.

그렇기에 데미안은 이번 마상시합에서 소문의 진상을 확인하려는 이들이 나타날 것이라 예상했다.

"마침 잘됐네. 안 그래도 마차에 오래 앉아 있어서 몸이 찌뿌둥했는데."

데미안 학센의 팔을 늘리며 말했다.

"형님, 안 됩니다."

"뭐가 말이야."

"아버지랑 약속하셨잖습니까…… 사고 안 치시겠다고요."

"하지만 저쪽에서 먼저 시비를 걸었잖냐. 이걸 참으라고?"

"그건…… 그렇지만……."

아벨은 한숨을 내쉬며 말했다.

"되도록 얌전하게 끝내 주셔야 합니다……."

"오냐. 죽이지는 않으마."

"그게 아니라……."

두 사람의 대화에 기사는 눈살을 찌푸릴 수밖에 없었다.

"지금 뭔 건방진 소리를 하고 있……."

"진짜 데미안 학센이잖아?"

그때, 또 다시 멀리서 목소리가 들려왔다.

"시끄러워서 와 봤더니 진짜였어. 이렇게 빨리 만나게 될 줄은 몰랐는데."

저 멀리서 한 청년이 걸어오고 있었다. 청년의 옆에는 젊은 여인이 함께하고 있었다.

"이렇게 만나게 돼서 더럽게 반갑다."

청년이 사나운 미소를 지으며 말했다.

데미안은 청년의 얼굴을 빤히 바라봤다.

아무리 생각해 봐도 누군지 기억이 나질 않았다.

"뭐 하는 놈인데 나한테 친한 척을 하는 거지?"

"뭐 하는 놈이냐고? 나한테 얻어맞아 놓고 이렇게 나오면 섭섭한데."

"얻어맞아?"

데미안이 고개를 갸웃거렸다. 그러자 남자의 옆에 있던 여자가 말했다.

"흥, 꼴에 남자라고 그때 있었던 일이 부끄러웠나 보죠? 그래 봤자 소용없어요. 모른 척해 봤자 우리가 다 기억하고 있으니까."

"넌 또 누군데 끼어드는 거냐."

데미안은 인상을 찌푸렸다.

안 그래도 기사들한테 무시를 받아서 불쾌했는데. 처음 보는 여자까지 자신을 깔보고 있었다.

"형님, 갑자기 왜 이러시는 겁니까?"

"뭐가 말이냐."

"저 여자는 소피아 러셀이잖습니까. 옆에 있는 남자가 연인이라는 잭슨 커터구요."

그 말에 데미안의 눈동자가 휘둥그레졌다.

소피아 러셀에 대한 기억이 희미하기는 했지만 설마 바로 앞에 있는데 알아보지 못할 줄은 몰랐다.

'그나저나 저게 잭슨 커터란 말이지.'

데미안이 잭슨 커터를 살펴봤다.

콧날이 날카롭고, 눈빛이 또렷했다. 예상했던 것보다 상당한 미남이었다.

'이래서 소피아 러셀이 푹 빠졌던 것이군.'

잘생긴 외모에 로우클래스라는 실력까지.

러셀 자작가에서 데미안과의 파혼을 선언한 것도 이해가 갔다.

"뭘 봐? 옛날 일이 떠올라서 오금이 저려오나 보지?"

잭슨 커터가 조소를 머금으며 말했다. 데미안 학센도 똑같이 웃어 주었다.

이 빌어먹을 놈이 지금 뭐라고 하는 거지?

"……이봐. 우리를 놔두고 뭐 하는 거냐."

그때, 먼저 도착했던 기사가 신경질적인 목소리로 말했다.

기사는 잭슨 커터를 노려보며 말했다.

"거기 너, 누군지 모르겠지만 데미안 학센은 우리가 먼저 발견했다. 그러니 얌전히 꺼져라."

"내가 할 소리를 자기가 하고 있네? 나도 데미안 학센한테 볼일이 있으니까. 그쪽이나 꺼지시지."

"이거 아주 웃긴 놈이군."

기사가 살기를 흩뿌리며 잭슨 커터에게 가까이 다가갔다.

"꼭 너처럼 피를 봐야지 정신을 차리는 놈들이 있지."

"예, 예 알겠으니까 빨리 덤비기나 하세요."

"이 자식이!"

기사가 분노를 터트리며 잭슨 커터의 멱살을 움켜잡았다.

그 순간, 잭슨 커터가 기사의 복부를 주먹으로 강타했다.

"커헉!"

기사의 허리가 앞으로 숙여졌다. 기사는 비틀거리며 뒤

로 물러났다. 그것도 모자라서 구역질을 하기까지 했다.

"베리 경?"

뒤에 있던 기사들은 당황할 수밖에 없었다.

베리 경은 로우클래스라는 높은 경지에 있는 기사였다.

그런 경지에 있는 기사가 겨우 주먹 한 번에 저렇게 괴로워한다니?

'타격 하는 순간, 마력을 방출했군.'

데미안은 베리 경이 왜 저렇게 괴로워하는지 그 이유를 정확히 꿰뚫어 봤다.

복부로 주먹을 타격하는 순간, 마력을 방출해서 내상을 입힌 것이다.

'저런 고등한 기법을 쓸 줄이야.'

기사들은 오러를 사용하기 때문에 무기에 마력을 주입하는 것에만 익숙해져 있다.

하지만 마력이란 무궁무진한 활용법을 가지고 있었다.

'실력이 상당히 뛰어난 놈이군.'

저런 기술을 알고 있는 것도 모자라서 능숙하게 사용할 줄이야.

잭슨 커터의 실력이 대단하다는 증거였다.

"이놈! 감히 베리 경을!"

일행 한 명이 칼자루를 움켜잡았다. 그 순간, 잭슨 커터의 눈빛이 싸늘하게 변했다.

"뽑는 건 네 자유지만…… 그러다 죽는다?"

잭슨 커터의 살기에 기사의 얼굴이 창백하게 질렸다.

기사의 실력은 기껏해야 준기사 정도에 불과했다.

겨우 그 정도 수준으로 잭슨 커터의 살기를 견뎌내는 것은 불가능했다.

"나, 나중에 보자!"

기사들은 베리 경을 데리고 부리나케 도망쳤다.

"귀찮게 하는 것들도 치웠고…… 이제 우리끼리 볼일을 해결해 볼…… 뭐야."

잭슨 커터가 데미안을 돌아봤다. 그리고 당혹감에 몸을 움찔 떨었다.

데미안 학센이 너무나도 환한 미소를 지은 채 동생을 쳐다보고 있었던 것이다.

"형님……."

"야, 내가 먼저 시작한 게 아니잖아."

"그건…… 그렇지만……."

아벨은 깊은 한숨을 내쉬었다.

"가급적이면…… 조용히 해결해 주십시오."

"여부가 있겠냐."

데미안은 잭슨 커터에게 다가가서 오른손을 내밀었다.

"이게 무슨 개수작이냐."

"왜? 악수나 좀 하자는 거지."

잭슨 커터의 눈동자가 게슴츠레해졌다.

"좋아. 못 해 줄 것도 없지."

잭슨 커터가 데미안의 손을 맞잡았다.

그 직후, 잭슨 커터의 몸이 허공에 붕 떠올랐다.

"……어?"

상황을 파악할 틈도 없이 머리부터 땅으로 내리꽂혔다.

잭슨 커터

잭슨 커터는 데미안 학센보다 한발 늦게 코퍼헤드 백작가에 도착했었다.

"이딴 곳을 사용하라고?"

잭슨 커터는 하인이 안내해 준 천막을 둘러보며 화를 냈다.

비좁은데다 바닥에는 낡은 가죽만 몇 장 깔려 있었다.

가구라고는 침대랑 책상 하나가 고작이었다.

"내가 누군지 몰라? 오우거 참살자 잭슨 커터야!"

잭슨 커터가 하인을 향해 고함을 내질렀다. 하인은 덜덜 떨며 말했다.

"지, 집사장님께서도 알고 계십니다."

"그런데도 이딴 곳을 배정해 줬다고? 지금 제정신이야?"

"저, 저한테 말씀하셔도……."

하인이 억울하다는 듯이 말했다.

잭슨 커터는 한숨을 푹 내쉬었다. 하인의 말대로 아랫것에게 화를 내봤자 달라지는 것은 없었다.

"당장 꺼져."

하인은 도망치다시피 천막을 빠져나왔다.

하인이 밖으로 나가자마자 자크 누아레가 안으로 들어왔다.

"밖에서부터 시끄럽더구나."

자크 누아레가 무감정한 목소리로 말했다.

"스승님, 그게 말입니다. 저놈들이 제가 누구인지 알면서도 이딴 볼품없는 천막을 배정해 줬단 말입니다. 이걸 어떻게 참으란 말입니까. 당연히 항의를 해야……."

잭슨 커터가 볼멘소리로 불평을 늘어놓았다.

그러자 자크 누아레가 잭슨 커터의 목을 움켜잡았다.

"컥!"

"한동안 풀어줬더니 내가 만만해 보이는 모양이구나. 내가 네 불평이나 들어주는 사람으로 보이느냐?"

"죄, 죄송합…… 죄송합니다!"

잭슨 커터가 필사적으로 소리쳤다. 그제야 자크 누아레는 잭슨 커터의 목을 손에서 놓았다.

"이곳에서는 가급적 조용히 지내라. 난리를 피웠다가 시합장에서 쫓겨나기라도 한다면 용서하지 않겠다."

"알, 알겠습니다."

"명심해라. 네 목표는 마상시합의 우승이다."

잭슨 커터는 자크 누아레의 눈치를 살피며 물었다.

"그런데 스승님, 어째서 마상시합에서 우승하라는 겁니까? 대체 무슨 이유인지 알려 주실 수는 없으신지……."

"내 비원을 위해서 반드시 필요한 일이다."

"스승님의 비원이라면…… 마스터의 경지에 오르는 걸 말씀하시는 겁니까?"

"그렇다."

마스터.

진정한 초인이라 불리는 지고의 경지

남들이 들으면 미쳤다고 말했으리라. 그만큼 마스터라는 경지에 도달하는 것은 불가능에 가까운 일이었다.

하지만 자크 누아레의 표정은 한없이 진지했다.

"그러니까 제가 마상시합에서 우승하는 게 스승님의 비원과 어떤 연관이 있는지……."

자크 누아레가 잭슨 커터를 노려봤다.

잭슨 커터는 재빨리 입을 다물었다. 더 캐물었다가는 험한 꼴을 당할 게 분명했다.

"난 코퍼헤드 백작과 참가자들에 대해서 조사하고 오겠다. 넌 얌전히 마상시합에 준비하도록 해라."

"알겠습니다."

"한 가지 더, 만약 데미안 학센을 만나더라도 무시하도록 해라."

"예?"

잭슨 커터는 그게 무슨 소리냐는 얼굴로 자크 누아레를 쳐다봤다.

잭슨 커터가 이번 마상시합에 참가한 이유는 데미안 학센의 실체를 폭로하기 위함이었다.

데미안 학센 같은 쓰레기가 자신보다 훨씬 더 유명한 것을 참기 힘들었기 때문이다.

그런데 무시하라니?

"데미안 학센에 대해서는 불분명한 점이 너무 많다. 이번 마상시합의 참가자 중에서 가장 큰 변수가 될지도 모른다."

자크 누아레가 진지한 목소리로 말했다.

"그러니 내가 소문의 진상을 확인할 때까지 건드리지 말도록 해라."

"하지만…… 스승님께서도 보셨잖습니까. 그 인간이 얼마나 보잘것없는지 말입니다."

잭슨 커터가 데미안 학센을 폭행하던 날, 자크 누아레도 근처에 있었다.

심지어 잭슨 커터가 데미안 학센을 폭행하는 모습까지 고스란히 지켜봤다.

그런데도 저런 명령을 내리다니?

"내 명령이 불만이라는 것이냐?"

자크 누아레의 목소리에 불쾌감이 담겼다.

잭슨 커터는 황급히 고개를 숙였다.

"죄, 죄송합니다."

"알면 됐다."

자크 누아레는 한 번 더 자신의 얘기를 주지시키곤 천막 밖으로 나갔다.

자크 누아레의 기척이 멀어진 것을 확인하자마자 잭슨 커터는 경멸스럽게 말했다.

"겁쟁이 같으니라고."

자크 누아레는 항상 저렇게 행동했다.

무언가 의심스러운 정황이 포착되면 몸을 사렸다.

이번에도 데미안 학센의 소문을 듣고 겁을 먹은 게 분명했다.

"그리고 명령을 내릴 거면 좀 자세히 설명해 주던가. 내가 마상시합에서 우승하는 거랑 마스터가 되는 게 무슨 상관인데."

두 사람의 관계는 스승과 제자라기보다는 주인과 노예에 가까웠다.

애초에 자크 누아레가 잭슨 커터를 가르친 이유도 자신의 목적에 이용해 먹으려 함이기 때문이었으니 말이다.

"두고 보라지. 내가 미들클래스에 오르면 댁부터 죽여 버릴 거니까."

그러나 자크 누아레를 경멸하는 것과 별개로 그의 가르침은 인정할 수밖에 없었다.

자크 누아레는 마스터의 경지에 오르기 위해 오랜 시간을 들여 많은 검술과 마나연공법을 연구해 왔다.

그렇게 얻은 지식은 양아치에 불과했던 잭슨 커터를 순식간에 로우클래스의 경지에 올려놓을 정도였다.

잭슨 커터는 자크 누아레에게 더 많은 지식을 배워서 미들클래스의 경지에 오르는 게 목표였다.

"계속 앉아 있으니까 기분만 더럽네."

잭슨 커터는 짜증을 내며 천막 밖으로 나왔다.

그때, 맞은편 천막을 나오던 소피아 러셀과 마주쳤다.

"오, 소피아. 너도 갑갑해서 나온 거야?"

"잭슨!"

소피아가 큰소리로 외치며 잭슨에게 안겼다. 잭슨은 소피아를 품에 안았다.

"천막 안에만 있으려니 심심해서요."

"역시 우리 둘은 잘 통한다니까. 나도 갑갑해서 나왔어."

"잘됐네요! 같이 산책이라도 해요!"

잭슨 커터가 소피아 러셀의 허리를 팔로 감쌌다.

그렇게 두 사람이 시합장 내부를 돌아다닐 때였다.

"진짜 데미안 학센이잖아?"

잭슨 커터는 데미안 학센과 마주치게 되었다.

"이렇게 만나게 돼서 더럽게 반갑다."

얼굴이 땅에 닿았을 때, 잭슨 커터는 속으로 의문을 떠올렸다.

어째서 내가 당한 거지?

손을 맞잡는 순간, 잭슨 커터는 모든 힘을 끌어냈다.

데미안 학센의 팔을 꺾어서 땅바닥으로 내동댕이치기 위함이있다.

하지만 역으로 당한 것은 잭슨 커터였다. 심지어 어떻게 당했는지 파악조차 되지 않았다.

"재, 잭슨!"

바로 옆에서 소피아 러셀이 비명을 질렀다. 잭슨 커터는 바닥에서 일어나며 말했다.

"괜찮아. 난 멀쩡……."

일어나려던 몸이 휘청거렸다. 머릿속이 빙빙 돌았다. 구역질이 자꾸 올라왔다.

"오, 튼튼한데? 턱을 정통으로 얻어맞았는데 벌써 일어나?"

그 말을 듣고 나서야 잭슨 커터는 깨달았다.

데미안 학센은 무턱대고 자신을 땅바닥으로 내동댕이친

것이 아니었다.

턱에 가장 큰 충격을 줄 수 있도록 각도를 조절한 것이다.

"이 개같은 새끼가……!"

잭슨 커터가 기억하는 데미안 학센은 한심한 짓거리만 일삼는 얼간이었다.

자신의 주먹에 얻어터지고 살려 달라며 빌던 한심한 남자였다.

그딴 놈한테 한 방 먹다니? 모욕도 이런 모욕이 없었다.

"소문이 완전히 가짜가 아니었나 본데."

잭슨 커터가 까득 이를 갈았다. 극심한 분노에 이성을 유지할 수가 없었다.

"겨우 이딴 장난질로 끝낼 생각은 아니겠지?"

잭슨 커터가 칼자루를 움켜잡았다.

데미안 학센은 동생을 돌아보며 어깨를 으쓱했다.

"아벨, 봤지? 재가 먼저 칼을 뽑으려고 했다?"

"형님……."

아벨 학센은 한숨을 푹 내쉬었다. 그래도 데미안 학센을 말리지 않았다.

"기왕 하실 거면 본때를 보여 주십시오."

"당연하지."

데미안 하센이 아벨을 뒤로 물리며 말했다.

"준비 다 됐냐?"

"오냐, 다 됐다."

분노가 치밀어 오르는 와중에도 잭슨 커터는 의아해할 수밖에 없었다.

데미안 학센의 손에 어떤 무기도 쥐어져 있지 않았던 것이다.

"……검을 뽑지 않고 뭘 하는 거지?"

"너 같은 놈은 이걸로 충분하다."

데미안 학센이 검지를 삐죽 세웠다. 잭슨 커터는 잠시 동안 이 상황을 이해하지 못했다.

"……지금 날 손가락 하나로 상대하겠다는 거냐?"

"부담스러우면 나뭇가지로 바꿔 줄까?"

그리 말하며 데미안 학센은 주변을 두리번거렸다. 잭슨 커터의 얼굴에 혈관들이 돋아났다.

"……열 손가락을 모두 잘라서 씹어 먹어 주마!"

잭슨 커터가 칼을 뽑아 들었다.

하지만 잭슨 커터가 달려들려는 순간, 누군가가 그의 손목을 움켜잡았다.

잭슨 커터는 멍한 얼굴로 옆을 돌아봤다.

자크 누아레.

자신의 스승이 서 있었다.

"……스, 스승님."

자크 누아레는 잭슨 커터의 말에 대답하지 않았다. 오직 데미안 학센만을 바라보고 있었다.

데미안 역시 자크 누아레를 응시했다.

굳이 겉으로 내색하진 않았지만 데미안은 적잖게 감탄하고 있었다.

기사들은 경지가 높아질수록 벽이 높아진다.

준기사가 로우클래스가 되는 것보다 로우클래스가 미들클래스가 되는 것이 백배는 더 어렵다.

그렇기에 높은 경지일수록 기사들의 실력 차이도 기하급수적으로 커졌다.

최상위권의 미들클래스는 하위권의 미들클래스를 단칼에 죽일 수 있을 정도였다.

'대단하군. 저번에 봤던 흑마법사 따위는 상대가 안 되겠어.'

데미안은 유란의 수장을 떠올렸다.

유란의 수장은 7위계에 도달한 흑마법사였다. 게다가 전투에 특화된 광분학파였다.

눈앞에 있는 남자라면 유란의 수장 따위는 가볍게 죽일 수 있는 실력자였다.

"놀랍군."

자크 누아레가 침묵을 깼다.

"그 한심하던 망나니가 그 짧은 시간 동안 이렇게 강해지다니. 믿기 힘들 정도야."

자크 누아레가 흥미롭다는 눈동자로 데미안을 훑어봤다.

"제자의 무례한 행동은 내가 대신 사과하겠다."

자크 누아레는 잭슨 커터를 데리고 자리를 떠났다. 소피아 러셀은 황급히 그 둘을 따라갔다.

"아벨, 저놈이 누군지 알고 있냐?"

"자크 누아레라는 미들클래스 기사에요."

데미안은 속으로 자크 누아레의 이름을 곱씹었다.

데미안이 이곳에 온 이유는 아벨 때문이기도 했지만 잭슨 커터와 소피아 러셀에게 복수하기 위함이었다.

그렇다면 당연히 자크 누아레와 충돌할 수밖에 없을 터.

'이거 오랜만에 검다운 검을 구경할 수 있겠는걸?'

데미안의 입가가 살짝 휘었다.

아무래도 이번 마상시합은 지루할 틈이 없을 것 같았다.

두 사제를 따라가는 동안 소피아 러셀은 큰 혼란을 느끼고 있었다.

'……정말 그게 데미안 학센이란 말이야?'

처음에는 잘못 본 줄 알았다. 너무 많이 달라진 탓이었다.

원래 데미안 학센은 운동을 좋아하지 않아서 온몸이 삐쩍 말라 있었다.

그런 주제에 매일 술까지 마시는 바람에 얼굴이 누렇게 떠 있었다.

하지만 지금은 어떤가.

잘 단련된 대흉근이 안쪽에서부터 옷을 밀어내고 있었다.

소매는 금방이라도 터질 것처럼 팽팽했고, 반듯하게 벌어진 어깨는 위압적이기까지 했다.

무엇보다 많이 변한 것은 눈빛이었다.

신경질적이고, 음습했던 두 눈동자가 지금은 예리한 안광을 내뿜고 있었다.

변한 것은 겉모습만이 아니었다.

'데미안 학센이…… 잭슨을 쓰러트렸어? 이게 말이 돼?'

잭슨 커터는 강자였다.

이는 옆에서 지켜본 소피아 러셀이 누구보다 잘 알고 있었다.

혼자서 오우거를 사냥할 정도로 뛰어난 힘과 기술을 겸비하고 있었다.

여태까지 많은 결투를 벌였지만 단 한 번도 패배한 적이 없었다.

데미안 학센은 그런 잭슨 커터를 장난감처럼 가지고 놀았다.

'혹시 내가 꿈을 꾸는 걸까?'

소피아 러셀은 뺨을 꼬집었다. 볼이 새빨개질 정도로 세게 꼬집었지만 깨어나지 않았다.

즉, 현실이라는 뜻이었다.

'……그런데 왜 날 알아보지 못한 척을 한 거지?'

두 사람이 파혼한 건 불과 몇 달 전 일이다.

그 짧은 시간 동안 얼굴을 까먹었을 리가 없다.

하물며 데미안 학센은 소피아 러셀에게 매달릴 정도로 집착하고 있었다.

'설마…… 나한테 삐진 거야?'

두 사람의 마무리는 그리 좋지 못했다.

소피아 러셀은 데미안 학센에게 일방적으로 파혼을 선언했다.

그것도 모자라서 잭슨 커터에게 부탁해서 데미안 학센을 폭행하기까지 했다.

'그래, 삐진 게 분명해. 그래서 알아보지 못한 척한 거야.'

소피아 러셀은 피식 웃음을 터트렸다. 데미안 학센이 하는 짓이 귀여웠기 때문이다.

이런 식으로 자신이 삐졌다는 걸 표현하는 이유가 무엇이겠는가?

아직 소피아 러셀에게 마음이 남아 있다는 뜻이었다.

그래서 관심을 끌기 위해서 이런 유치한 짓을 벌인 게 분명했다.

'하여간 남자들이란…….'

그래도 나쁜 기분은 아니었다.

과거가 어쨌든 간에 데미안 학센은 굉장히 뛰어나고 유명한 기사가 되었다.

그런 남자가 자신을 신경 쓰고 있으니 기분이 좋을 수밖에 없었다.

'그래 봤자 소용없어. 나한테는 잭슨이 있으니까.'

소피아 러셀은 고개를 들어서 잭슨 커터를 쳐다봤다.

그런데 어째서일까.

아까까지만 해도 그렇게 넓게 느껴지던 등이 갑자기 볼품 없어 보였다.

데미안 학센과는 너무 다른…….

'앗, 내가 무슨 생각을…… 나한테는 우리 자기밖에 없어!'

소피아 러셀은 고개를 붕붕 흔들며 잡념을 떨쳐 냈다.

"스승님, 한 번만 더 기회를 주세요."

천막으로 돌아가는 내내 잭슨 커터가 애원하듯 말했다.

"포기해라. 데미안 학센은 너보다 강하다."

"방금 전에는 그냥 방심한 것뿐입니다. 제대로 붙으면 이길 수 있습니다."

"내 판단을 못 믿겠다는 것이냐?"

자크 누아레의 목소리가 낮아졌다. 잭슨 커터는 냉큼 입을 다물었다.

"날 자극하지 마라. 내 명령을 어기고 데미안 학센과 접촉한 것을 생각하면 이 자리에서 네놈의 팔을 뽑아도 시원찮으니까."

살기가 듬뿍 담긴 목소리에 잭슨 커터는 몸을 살짝 떨었다.

그의 스승은 허튼 소리를 하지 않았다. 한다고 하면 진짜로 하는 남자였다.

"예상외의 변수로군. 데미안 학센이 저런 실력자일 줄이야. 이대로 가면 우승을 차지하기 힘들 텐데……."

자크 누아레가 혼잣말로 중얼거렸다.

그 말을 들은 잭슨 커터의 표정이 한껏 구겨졌다.

'젠장, 내가 왜 데미안 학센한테 안 된다는 거야.'

잭슨 커터는 데미안 학센이 자신보다 강하다는 사실을 인정할 수도, 믿을 수도 없었다.

이전보다 실력이 좋아진 건 맞긴 했다. 한 방 먹은 것은 사실이었으니까.

하지만 무기를 들고 제대로 붙으면 이길 수 있다고 확신했다.

'마상시합 때 증명해 주겠어.'

어차피 데미안 학센과는 마상시합에서 싸우게 되어 있었다.

잭슨 커터는 마싱시합에서 데미안 학센을 꺾고 증명할 생각이었다.

데미안 학센 따위는 자신의 상대가 안 된다는 것을 말이다.

"그나저나 도통 이해를 할 수가 없군. 몇 달 사이에 어떻게 그렇게 강해진 거지?"

자크 누아레가 중얼거렸다. 이건 잭슨 커터도 궁금했다.

어쨌거나 데미안 학센이 로우클래스의 경지에 오른 것은 확실했다.

몇 달이라는 짧은 시간에 로우클래스에 오르는 것은 말이 안 되는 일이었다.

"……혹시 천재인 겁니까?"

잭슨 커터의 물음에 자크 누아레가 멈칫했다.

"불가능한 것은 아니지. 제국제일검은 검을 잡고 1년이 되기도 전에 로우클래스의 경지에 올랐다고 하니까."

"그, 그럼 데미안 학센이 제국제일검이랑 동급의 천재라 보시는 겁니까?"

"네가 보기에는 데미안 학센이 그런 천재일 것 같으냐?"

잭슨 커터는 고개를 저었다.

자신한테 얻어터지고 목숨이나 빌던 얼간이가 천재라고? 그럴 리가 없었다.

"내 생각에는 기연을 얻은 것 같다."

과거 어떤 사람이 마스터 클래스의 사념이 담긴 무기를 얻은 적이 있었다.

그 사람은 무기를 통해서 마스터 클래스의 기술과 지식을 이어받음으로써 단숨에 엄청난 경지에 올랐다고 했었다.

물론 마스터의 기억을 물려받는다고 해서 똑같이 마스터가 될 수 있는 것은 아니다.

하지만 로우클래스에 오르는 것은 쉬웠다.

데미안 학센도 그런 전설같은 기연을 얻은 게 분명했다.

"잭슨, 목표를 하나 더 추가해야겠다."

자크 누아레가 잭슨 커터를 돌아보며 말했다. 잭슨 커터는 황급히 표정을 풀었다.

"목표라뇨?"

"데미안 학센이 얻은 기연을 가져와야겠다."

다음 순간, 잭슨 커터는 전신에 소름을 돋는 것을 느꼈다.

스승인 자크 누아레의 입가에 미소가 번지기 시작한 것이다.

마치 인형이 웃는 것처럼 소름 끼치는 광경이었다.

"보물은 가치를 알아보는 사람이 가져야 하는 법이지."

"형님, 벌써 아버지와 한 약속을 어기시면 어떻게 합니까……."

천막으로 돌아오자마자 아벨이 한숨을 내쉬며 말했다.

"난 죄없어. 전부 상대방이 먼저 시비를 걸었잖냐."

데미안 학센은 뻔뻔한 얼굴로 말했다.

아벨은 따지려 했으나…… 포기했다.

따지고 보면 데미안의 말이 맞기도 했고, 주위에서 시비를 걸면 가만히 있을 데미안이 아니었기 때문이었다.

"……그래도 잘하셨습니다."

"뭐가? 잭슨 커터를 손봐 준 거?"

"예, 솔직히 말해서 저도 그 두 사람이 마음에 안 들었거든요."

아벨의 눈빛이 어둡게 가라앉았다.

러셀 가문은 일방적으로 파혼을 선언한 것도 모자라서 학센 자작 전체를 모독했었다.

아무리 유순한 아벨이라 해도 화가 날 수밖에 없었다.

"기특한 녀석. 이 형을 편들어 주는 거냐?"

데미안이 아벨의 목에 팔을 둘렀다. 아벨은 데미안에게서 벗어나기 위해 버둥거렸다.

그때, 천막을 젖히고 빅터가 들어왔다.

"도련님, 한 시간 뒤에 연회가 열린다고 합니다."

"오, 그러냐?"

데미안 학센은 잭슨 커터에 대해서는 잠시 잊기로 했다.

지금부터 진짜 중요한 일을 해결하러 가야 했다.

바로 아벨과 코퍼헤드 영애를 이어 주는 일.

"아벨, 나갈 준비하자."

"예."

아벨은 여행용 가방을 열어서 연미복을 꺼냈다.

연미복을 보자마자 데미안은 인상을 찌푸렸다. 대체 언제 구입했는지 모를 정도로 낡고 볼품 없었던 것이다.

"야, 그 낡은 연미복은 뭐냐? 설마 그걸 입으려고?"

"낡다니요…… 아버지께 빌린 겁니다."

"뭐 하러 그런 옛날 옷을 빌린 거야."

"……가문에 돈이 없잖습니까."

아벨이 데미안을 원망스럽게 쳐다봤다. 그 시선에 데미안은 자신의 말실수를 깨달았다.

과거에 데미안 학센이 연이어 저지른 사고들을 수습하느라 학센 자작가의 재정 상태는 크게 악화되어 있었다.

그 바람에 아벨 역시 새로운 연미복을 구하지 못하고 아버지에게 얻어 온 것이다.

"공작한테 받은 사례금을 드린다는 걸 깜빡했군……."

데미안은 뒷머리를 긁적이며 말했다.

"걱정하지 마라. 이 형님이 옷을 새로 사 왔으니 말이다."
"사 오셨다고요?"
데미안 학센이 큼직한 가방을 열었다. 가방 안에는 형형색색의 연미복이 가득 담겨 있었다.
옷감을 물들인 색조가 무척 아름다울 뿐만 아니라 디자인까지 세련되었다.
딱 봐도 쉽게 구하기 힘든 고급스러운 옷이었다.
"형님, 이런 옷은 대체 어디서 구하신 겁니까?"
"랜드워크 도시에 달빛파도라는 의상실이 있잖냐? 거기 가서 사 왔지."
"정말이십니까?"
아벨 학센은 놀랄 수밖에 없었다.
달빛파도는 서부에 모르는 귀족이 없을 정도로 유명한 의상실이었다.
의상 제작을 맡기려면 최소 3년은 기다려야 한다는 말이 있을 정도였다.
"대체 언제 그곳에 예약을 하신 겁니까? 예약하기도 보통 까다로운 게 아니라고……."
"예약 안 했는데?"
"그럼 어떻게 옷을 받아오신 겁니까?"
"다른 귀족들이 주문한 옷을 사 왔지. 아, 치수는 걱정 마라. 네 체형을 말해 주고 조절해 왔으니까."

"……."

아벨은 황당함에 할 말을 잃었다. 데미안이 걱정하지 말라는 듯 덧붙였다.

"설마 내 눈썰미를 못 믿는 거야? 인마, 이 형의 감각이 얼마나 예리한데. 네 사이즈 정도는 정확하게……."

"아, 아니 형님! 예약되어 있는 옷을 멋대로 구입해 오면 어떻게 하십니까!"

아벨의 항의에 데미안이 심드렁한 얼굴로 답했다.

"인마, 누가 보면 억지로 뜯어온 줄 알겠다. 제작비의 다섯 배를 주고 받아 온 거야."

제작비의 다섯 배를 지불하겠다고 나서자 오히려 사장이 다른 옷들을 권할 정도였다.

데미안에게는 공작에게 받은 사례금이 한가득 쌓여 있었기에 옷값을 지불하는 데 전혀 문제가 없었다.

"아무리 그래도……."

"그럼 저 낡은 연미복을 입고 들어가던지."

데미안이 아벨의 연미복을 가리키며 말했다.

아벨은 낡은 연미복과 데미안이 사 온 연미복을 번갈아 쳐다봤다.

오래전에 제작되어 유행이 한참 지난 옷과 유명한 의상실에서 심혈을 기울여 제작한 옷.

차이가 극명하게 날 수밖에 없었다.

"……감사하게 잘 입겠습니다."

"그래, 잘 생각했다."

데미안이 환하게 웃으며 아벨에게 연미복을 건넸다.

연회

저녁 시간.

소피아 러셀은 잭슨 커터와 함께 연회에 참석했다.

코퍼헤드 백작가에서는 거대한 천막들을 이어붙여서 연회장을 마련했다.

임시로 마련된 연회장이었기에 화려하지는 않았지만 부족한 점은 없었다.

한쪽에서는 악단들이 악기를 연주했다. 하인들은 분주히 움직이며 갓 만들어진 음식을 운반했다.

"잭슨, 아~ 하세요."

소피아 러셀은 하인이 방금 내온 카나페를 내밀며 말했다.

잭슨 커터는 소피아 러셀이 내민 음식을 입으로 받아먹었다.

"으음, 맛있군. 소피아, 네가 직접 먹여 주니 더욱 맛있는 것 같아."

"그런 말을 한다고 제가 기뻐할 거라고 생각하면 큰 착각이에요."

두 사람은 까르륵 웃음을 터트렸다. 지나가던 귀족들이 닭살이 돋는다는 표정을 지었다.

"하아……."

소피아 러셀이 건네준 음식을 먹다 말고 잭슨 커터가 깊은 한숨을 내쉬었다.

소피아 러셀은 의아한 얼굴로 물었다.

"잭슨, 갑자기 왜 그래요?"

"소피아…… 봐봐. 느껴지는 거 없어?"

잭슨 커터가 연회장의 귀족들을 곁눈질했다. 소피아 러셀은 고개를 갸웃거렸다.

"날 알아보는 사람이 아무도 없잖아."

잭슨 커터가 힘없이 말했다. 그제야 소피아 러셀은 연인의 말을 알아들었다.

"저번에 버러지들은 그렇다 쳐도, 연회장에는 모든 귀족이 다 모이니까. 날 알아보는 사람이 한 명쯤은 있을 줄 알았는데……."

"잭슨, 신경 쓰지 말아요. 아는 사람들끼리 인사를 나누라고 바빠서 그래요. 조금 있으면 당신을 알아보는 사람이 나올 거예요."

소피아 러셀이 잭슨 커터를 끌어안으며 말했다.

"그렇겠지?"

그녀의 위로에 잭슨 커터의 얼굴이 살짝 밝아졌다. 소피아 러셀은 고개를 끄덕였다.

'……데미안 학센이라면 다 알아봤겠지?'

문득, 소피아 러셀은 데미안 학센을 떠올렸다.

낮에 증명되었다시피 데미안 학센의 얼굴을 모르는 사람이 없었다.

소문과 함께 초상화가 널리 퍼졌기 때문이다.

'데미안 학센이라면…… 말을 붙이려는 사람들로 넘쳐났을 거야.'

소피아 러셀은 그런 데미안 학센의 옆에 있는 자신을 떠올렸다.

상상하는 것만으로도 행복해지는 상황이었다.

"소피아? 갑자기 왜 웃는 거야?"

잭슨 커터가 의아한 목소리로 물었다. 그제야 소피아 러셀은 현실로 되돌아왔다.

"아, 아무것도 아니에요."

소피아가 황급히 대답할 때였다.

연회장의 입구에서부터 웅성거리는 소리가 커지기 시작했다.

"저 사람이 데미안 학센이란 말이지?"

"옆에 있는 청년은 누구죠?"

"얼굴이 묘하게 닮은 것이…… 동생이 아닐까요?"

데미안 학센이라는 이름에 두 사람은 입구 쪽으로 고개를 돌렸다.

어느새 귀족들이 입구로 몰려들고 있었다.

"어머, 생각보다 잘생겼네요?"

"그러게 말입니다. 되게 험악하고, 신경질적인 얼굴이라고 들었는데. 소문이랑 다르군요."

"데미안 학센도 그렇지만 옆에 있는 동생도 굉장한 미남이군요."

소피아 러셀은 가슴이 콩콩 뛰는 것을 느꼈다.

낮에 봤던 데미안 학센은 그녀의 마음을 잠시 사로잡을 정도로 멋있었다.

평소의 모습도 그렇게 멋있는데. 제대로 꾸미면 대체 어떤 모습일까.

호기심과 기대감이 동시에 차올랐다.

'아니야. 이러지 말자. 나한테는 잭슨이 있잖아.'

소피아는 고개를 붕붕 흔들었다. 하지만 마음이 계속 입구 쪽으로 쏠리는 것은 어쩔 수 없었다.

'잠깐…… 데미안 학센도 사실 내가 와주길 바라고 있지 않을까?'

갈등하던 소피아 러셀은 이상한 방향으로 자신을 합리

화하기 시작했다.

'맞아. 날 모른 척하면서까지 질투심을 이끌어 내려고 했잖아. 지금도 내가 볼 걸 기대하고 열심히 차려입었을 게 분명해.'

소피아 러셀은 고개를 끄덕였다.

'그 정성을 봐서라도 한번 보러 가 줄까?'

하지만 무턱대고 갈 수는 없었다. 바로 옆에 잭슨 커터가 있었기 때문이다.

"젠장…… 데미안 학센……."

잭슨 커터는 입구 쪽을 노려보며 이를 빠득빠득 갈고 있었다.

자신과 달리 주목을 받는 데미안 학센이 마음에 안 드는 듯했다.

"잭슨, 이대로 가만히 있을 거예요?"

잭슨 커터가 무슨 소리냐는 듯한 얼굴로 소피아 러셀을 쳐다봤다.

"저한테 말했잖아요. 데미안 학센을 마상시합에서 반드시 쓰러트릴 거라고요. 그럼 이럴 게 아니라 가까이 다가가서 데미안 학센을 관찰해야죠."

소피아 러셀의 말에 잭슨 커터의 눈썹이 꿈틀거렸다.

"지금 나보고 데미안 학센을 관찰하라고?"

"사자는 토끼를 잡을 때도 방심하지 않는다고 했어요.

데미안 학센을 상대로 완벽하게 승리를 해야 당신의 명성이 더욱 높아지지 않겠어요?"

설득이 먹혔는지. 잭슨 커터의 눈빛이 달라졌다.

"……당신 말이 맞아. 이럴 게 아니라 가서 데미안 학센을 가까이에서 지켜봐야지. 완벽한 승리를 위해서."

소피아 러셀은 속으로 환호성을 질렀다. 다행히 그녀가 바라는 대로 되었다.

두 사람은 입구 쪽으로 향했다.

"잠깐 지나가도록 하겠다."

잭슨 커터는 귀족들을 헤치며 길을 열었다. 덕분에 소피아 러셀은 편하게 앞자리까지 갈 수 있었다.

그리고 데미안 학센을 본 순간, 할 말을 잃고 말았다.

깔끔하게 빗어넘긴 머리와 몸을 감싸고 있는 검은색 연미복.

그 모습에 소피아 러셀의 얼굴이 순식간에 붉어졌다.

'……데, 데미안 학센이 저렇게 잘생겼나?'

생각해 보면 데미안 학센은 미남 축에 속하는 남자였다.

다만, 지저분한 행실과 불규칙적인 생활이 그 장점을 모두 잡아먹고 있었을 뿐이다.

하지만 지금 데미안 학센은 옛날과 달랐다.

기사로서 단련된 신체가 외모를 더욱 빛나게 만들어 주고 있었다.

'……데미안.'

소피아 러셀은 감격스러운 얼굴로 말했다.

'나한테 보여 주기 위해서 이렇게까지 신경을 쓰다니.'

데미안 학센이 들었다면 쌍욕을 내뱉었으리라.

연회장에 들어오자마자 데미안 학센이 느낀 감정은 한 가지뿐이었다.

'귀찮네.'

연회장에 있던 귀족들이 데미안 학센이 있는 곳으로 몰려들고 있었다.

얼굴 표정에서 어떻게 해서든 말을 걸어보고 싶다는 뜨거운 열망이 뿜어져 나오고 있었다.

하지만 진짜로 접근하는 귀족은 단 한 명도 없었다.

데미안 학센이 일부러 위압감을 내뿜고 있었기 때문이다.

그 때문에 귀족들은 선불리 접근하지 못했다.

"형님, 보세요. 우클레 열매로 만든 디저트예요! 애플 왕국에서 재배하기 힘든 열매라서 구하기 어렵다고 들었는데."

데미안과 달리 아벨은 연회장의 음식을 즐기고 있었다.

데미안은 쓴웃음을 지으며 아벨을 지켜봤다.

"동생 분도 미남이시네요."

"외모만 따지면 데미안 학센 경보다 잘생기셨는 걸요."

"그래도 전 데미안 경이 좋아요. 저 팔뚝을 보세요!"

아벨 역시 관심의 대상이었다. 특히 여자 귀족들이 큰 관심을 보였다.

데미안은 괜히 여자 귀족들이 다가올까 싶어서 살기의 양을 조금 더 늘렸다.

그때였다.

입구를 지키는 병사들이 창끝으로 땅을 찍었다.

쾅쾅, 거친 소리에 사람들의 시선이 모여들었다.

"코퍼헤드 백작 각하께서 입장하십니다!"

병사들이 큰소리로 외쳤다. 그러자 악단의 연주가 멈췄다.

병사들은 입구를 가리고 있던 천을 좌우로 당겼다. 벌어진 틈으로 노년의 남성이 들어왔다.

남성은 염소처럼 얇은 콧수염을 기르고 있었다. 눈썹은 얇고, 눈동자는 움푹 파여 있었다.

코퍼헤드 백작의 등장이었다.

코퍼헤드 백작 옆에는 젊은 여인이 함께 걷고 있었다.

연회장에 있는 사람들은 다들 여인의 외모에 넋이 나갔다. 마치 귀신에 홀린 것 같은 얼굴이었다.

장녀 올리비아 코퍼헤드였다.

코퍼헤드 백작과 올리비아 영애는 연회장의 중앙을 가

로질렀다.

누가 명령하지 않았음에도 사람들은 좌우로 흩어지며 길을 만들었다.

코퍼헤드 백작은 연회장 중앙에 마련된 상석에 앉았다. 올리비아 코퍼헤드는 그 옆자리에 앉았다.

“나 때문에 흥이 깨진 듯하군. 이제 난 신경 쓰지 말고 다들 연회를 즐기게나.”

그 말에 악단이 다시 음악을 연주하기 시작했다. 귀족들의 대화 소리도 다시 들리기 시작했다.

“백작 각하, 이렇게 뵙게 되어 영광입니다. 저는 네이션 남작가의 프렌츠라고 합니다.”

별안간 귀족 중 한 명이 걸어 나왔다. 코퍼헤드 백작의 앞에 무릎을 꿇으며 말했다.

“네이션 남작가! 알고 있지. 맛 좋은 사과로 유명한 곳이 아닌가.”

“알아봐 주셔서 감사합니다.”

귀족 남성은 더욱 고개를 숙였다.

“올리비아 영애의 생일을 기념하여 선물을 준비했습니다. 받아 주신다면 가문의 영광으로 생각하겠나이다.”

프렌츠 네이션이 내민 물건은 보석으로 장식이 되어 있는 작은 상자였다.

“미추학파의 연금술사들이 제작한 화장품입니다. 정령

의 가루를 이용해서 만들었다고 들었습니다."

프렌츠 네이션의 설명에 여자 귀족들이 웅성거리기 시작했다.

"미추학파라면 화장품 제작으로 가장 유명한 연금술사 학파잖아요?"

"방금 정령의 가루라고 했죠? 바르기만 하면 피부에 생기를 불어넣어 준다는 물건이잖아요?"

"새끼손톱만 한 분량이 황금 한 덩어리에 거래된다던데…… 그럼 저 화장품은 얼마나 비싼 걸까요?"

여자라면 탐을 내지 않을 수 없는 물건이었다.

그러나 올리비아 코퍼헤드는 별다른 관심을 보이지 않았다.

코퍼헤드 백작 역시 시큰둥하기는 마찬가지였다.

코퍼헤드 백작가의 재력이라면 이 정도 물건은 얼마든지 구할 수 있었던 것이다.

"구하느라 힘들었겠군. 고맙네."

백작의 반응에 프렌츠 네이션은 기가 죽은 채 돌아왔다.

그가 돌아오자마자 또 다른 귀족 남성이 앞으로 나섰다.

"백작 각하께 인사드리겠습니다! 저는 자이온 자작가의 찰리라고 합니다! 저는 올리비아 영애께 이 목걸이를 바치고자 합니다!"

찰리 자이온이 유리관을 들어 올렸다.

유리관 안에는 형형색색으로 빛나는 보석이 달려 있는 목걸이가 담겨 있었다.

보석의 빛을 본 사람들의 얼굴에 놀라움이 깃들었다.

“저건 칠색석이 아닙니까?”

“암석 지대에 서식하는 골렘을 백 마리를 잡아야 겨우 하나가 나올까 말까 한 희귀 보석인데.”

칠색석이 딱히 어떤 대단한 효능을 가지고 있는 건 아니었다.

하지만 굉장히 얻기 힘든데다 희귀하고 아름답기까지 하기에 현재 가장 인기가 많은 보석이었다.

“이렇게 귀한 것을 가져오다니.”

코퍼헤드 백작조차 흡족해할 정도로 값비싼 물건이었다.

“올리비아, 어떻느냐. 참으로 아름답지 않느냐?”

그러나 올리비아 코퍼헤드는 이번에도 딱히 반응을 보이지 않았다.

그저 무심한 눈동자로 목걸이를 바라볼 뿐이었다.

“물건을 잘 받도록 하지.”

“예! 감사합니다!”

찰리 자이온은 고개를 숙인 뒤, 돌아갔다.

그 이후로도 많은 귀족이 선물을 바쳤다.

하지만 올리비아 코퍼헤드는 그 어떤 선물에도 관심을 보이지 않았다.

'까다로운 여자로군.'

데미안은 그리 생각하며 아공간을 열어서 활을 꺼냈다.

"야, 받아라."

그리고 아벨에게 활을 던졌다. 아벨은 놀란 얼굴로 데미안을 쳐다봤다.

"뭘 놀라냐. 선물을 가져왔으니 우리도 줘야 할 거 아니야."

"저, 정말 이 활을 주실 생각이십니까?"

"야 인마, 이거 후작이 준 거야. 엄청 귀한 거라고."

아벨은 영 자신 없다는 표정을 지었다.

그도 그럴 것이 데미안 꺼낸 활은 굉장히 볼품이 없었던 것이다.

활대는 단검으로 대충 깎아 놓은 것처럼 생겼고 색은 거무튀튀했다.

다른 귀족들이 바치고 있는 물건에 비하면 너무나도 초라했다.

"아, 내가 너한테 이 활에 대해서 설명 안 해 줬냐?"

"그냥 후작 각하께서 주셨다고만 말씀하셨습니다."

"그랬나? 그럼 일단 나가자. 나가보면 알 거다."

데미안이 백작의 앞으로 걸어 나갔다. 아벨도 하는 수 없이 형을 따라갈 수밖에 없었다.

“어머, 잭슨 저것 좀 봐요. 미추학파의 화장품이래요.”

소피아 러셀은 귀족들이 백작에게 건네는 물건들을 보며 연신 감탄을 금치 못했다.

러셀 자작가처럼 작은 가문으로서는 꿈도 꿀 수 없는 보물들이었다.

“소피아, 부러워할 거 하나도 없어. 내가 나중에 더 좋은 걸 사 줄 테니까 말이야.”

“정말요? 잭슨만 믿고 있을게요.”

소피아 러셀이 잭슨 커터의 목을 꼭 끌어안을 때였다.

“여기 있었군.”

뒤에서 딱딱한 목소리가 들려왔다. 두 사람은 깜짝 놀라서 뒤를 돌아봤다.

“스, 스승님!”

잭슨 커터가 놀란 얼굴로 소리쳤다. 연회가 시작되고 계속 보이지 않았던 스승이 갑자기 나타났으니 놀랄 만도 했다.

“어딜 갔다 오신 겁니까?”

“참가자들을 조사하고 왔다. 데미안 학센을 상대할 대책이 필요해서 말이다.”

자크 누아레의 말에 잭슨 커터의 표정이 보일 듯 말 듯 구겨졌다.

"네가 해야 할 일이 있다. 가서 백작에게 이 선물을 건네고 와라."

자크 누아레가 유리병을 내밀며 말했다.

유리병 안에는 형광색으로 빛나는 액체가 담겨 있었다.

"이게 뭡니까?"

"올리비아 영애의 생일 선물이다."

"그러니까 이걸 왜 제가 영애에게 바쳐야 하는지……."

자크 누아레의 눈빛이 싸늘하게 변했다.

잭슨 커터는 스승이 화를 낼까 싶어서 냉큼 비약을 받았다.

"스승님, 그래도 이 비약에 대해서 좀 말씀해 주셔야 할 것 같습니다. 그래야 백작에게 건넬 때, 설명을 할 거 아닙니까."

"그건 걱정할 필요 없다. 굳이 말하지 않아도 다들 알아볼 테니 말이다."

자크 누아레의 설명에 잭슨 커터는 의아함을 느꼈다.

"그러니 쓸데없는 걱정은 하지 말고 어서 나갔다 와라."

자크 누아레가 잭슨 커터의 등을 떠밀었다. 잭슨은 하는 수 없이 백작이 있는 곳으로 걸음을 옮겼다.

"잭슨, 같이……."

"넌 여기 남아 있어라."

자크 누아레가 소피아 러셀을 막아섰다.

"예? 대체 왜……."

자크 누아레가 말없이 그녀를 노려봤다.

이유를 물으려던 소피아 러셀은 입을 꾹 다물 수밖에 없었다.

잭슨 커터는 스승님이 내준 선물을 들고 코퍼헤드 백작 앞으로 나섰다.

“백작 각하, 저는 잭슨 커터라고 합니다.”

잭슨 커터가 한쪽 무릎을 꿇으며 말했다.

“잭슨 커터? 누구인지 아는 사람 있습니까?”

“글쎄요. 처음 듣는 이름이군요.”

잭슨 커터의 이름을 알아보는 귀족은 한 사람도 없었다.

잭슨 커터는 말없이 입술을 깨물었다.

“잭슨 커터? 잭슨 커터라…….”

백작 역시 잭슨 커터를 알아보지 못했다. 잭슨 커터의 얼굴이 더욱더 붉어졌다.

“각하, 잠시만…….”

그때, 집사장이 다가와서 백작에게 속삭였다. 백작의 눈동자가 살짝 커졌다.

“그대가 바로 오우거 참살자 잭슨 커터로군.”

“알아봐 주셔서 영광입니다!”

백작의 입에서 자신의 칭호가 나오자 잭슨 커터의 얼굴이 순식간에 밝아졌다.

"오우거 참살자? 처음 듣는 칭호인데."

"아, 들어본 적 있네. 혼자서 오우거를 사냥했다는 젊은 기사가 있다던데. 그게 바로 저 기사인 모양이군."

"그 괴물을 혼자 잡았단 말입니까? 실력이 대단하군요."

귀족들은 잭슨 커터를 놓고 웅성거리기 시작했다.

귀족들의 입에서 자신의 이름이 오르고 내리자 잭슨 커터의 미소가 더더욱 밝아졌다.

"각하, 영애를 위해서 이 물건을 바치겠습니다."

잭슨 커터는 비약을 꺼내서 두 손으로 내밀었다.

"저게 뭐죠? 무슨 물약이죠?"

"저 붉은 형광색…… 설마 활력농축의 비약은 아니겠죠?"

"한 모금만 마셔도 하루 동안 지치지 않는다는 비약이 아닙니까."

"연단학파에서 특정 고객들에게만 판매한다는 물건인데 저걸 어떻게……."

귀족들의 반응은 폭발적이었다.

저 비약이 활력농축의 비약이 맞다면 지금까지 나온 선물들과는 비교할 수 없을 만큼 대단한 물건이었다.

"활력농축의 비약이라니! 이 귀한 것을 어떻게 구한 것인가?"

특히 백작의 반응이 격했다.

이제 노년의 나이였기에 건강에 관심이 많아질 수밖에 없었다.

"올리비아, 보거라! 정말 대단한 선물이라고 생각하지 않느냐?"

"그렇네요."

올리비아가 무감정한 목소리로 말했다. 그녀는 이번에도 선물에 별 관심을 보이지 않았다.

"좋군. 아주 좋아."

백작은 하인을 시켜서 활력농축의 비약을 전달받았다.

비약을 손에 쥔 백작은 흡족한 눈빛으로 그것을 살펴봤다.

엄밀히 말해서 이 비약은 올리비아 코퍼헤드의 생일 선물이었지만 그 사실을 지적하는 사람은 단 한 명도 없었다.

이미 귀족들이 바치는 선물의 대다수가 백작을 위한 것들이었기 때문이다.

"잭슨 커터, 그대의 이름은 기억해 놓겠네."

"예, 각하."

잭슨 커터는 만족스러운 얼굴로 자리에서 일어났다.

몸을 돌려서 제자리로 돌아가려는 순간, 멈칫했다.

데미안 학센이 걸어 나오고 있었던 것이다.

"데미안 학……."

데미안 학센은 그대로 잭슨 커터를 지나쳤다.

완전한 무시에 잭슨 커터는 주먹을 단단하게 움켜쥐었다.

데미안은 코퍼헤드 백작 앞에 섰다.

“그대가 데미안 학센이로군.”

이름을 밝히지 않았음에도 코퍼헤드 백작은 데미안을 알아봤다.

“요즘 자네에 대한 소문으로 떠들썩하던데.”

“보잘것없는 명성일 뿐입니다.”

데미안 학센은 살짝 고개를 숙이며 말했다.

“보잘것없다니! 라이언블룸 후작가의 대공자를 상대로 승리한 것이 어찌 보잘것없단 말인가!”

코퍼헤드 백작이 고개를 저으며 말했다.

“아무리 그래도 칼 한번 뽑지 않고 대공자를 굴복시켰다는 건 너무 과장된 소문이지만 말이야. 으하하핫.”

백작의 말에 다른 귀족들도 웃음을 터트렸다.

그 속에서 데미안 학센만이 말없이 웃었다.

“저 역시 영애께 드릴 선물을 준비했습니다.”

그리 말하며 데미안 학센은 올리비아 코퍼헤드를 바라봤다.

올리비아 코퍼헤드는 고개를 아래로 숙이고 있었다.

자신을 위해서 열린 연회임에도 조금도 관심이 없어 보였다.

'까다로운 여자로군.'

심지어 데미안이 나타났음에도 그러했다.

이런 여자와 아벨을 어떻게 이어 줘야 할지 벌써부터 머리가 아파 왔다.

"여기는 제 동생인 아벨입니다."

데미안은 우선 아벨을 소개했다.

그러나 올리비아 영애는 여전히 고개를 숙이고 있어서 아벨의 얼굴을 보지 못했다.

"아벨, 영애께 활을 드리거라."

아벨은 마른침을 삼키며 올리비아 코퍼헤드를 향해 걸어갔다.

"어머, 저게 뭐래요? 활?"

"올리비아 영애께서 사냥을 좋아한다고 듣긴 했습니다만."

"그런데 정말 이상하게 생긴 활이군요."

연회장에 있는 귀족들이 모두 수군거리기 시작했다.

그만큼 아벨이 들고 있는 활의 생김새가 별로였던 것이다.

"……활?"

활이라는 말에 올리비아 영애가 비로소 고개를 들었다.

아벨이 들고 있는 활을 보자마자 두 눈동자가 확 커졌다.

올리비아 영애는 조심스럽게 활을 넘겨받았다. 그리고

귀신에 홀린 듯한 눈동자로 활대를 어루만졌다.

"……미노타우르스의 뿔로 만든 활이군요?"

그리고 처음으로 선물을 보고 입을 열었다.

"예, 제대로 알아보셨습니다. 미노타우르스, 그중에서도 우두머리였던 놈의 뿔로 만들어진 활입니다."

"대단하네요…… 미노타우르스는 미들클래스도 버거워하는 몬스터라고 들었는데…… 만나기는 더더욱 어렵고요."

데미안은 설명을 덧붙였다.

"영애께서도 아시겠지만 미노타우르스의 뿔은 무기를 제작하기에 무척 훌륭한 성질을 가지고 있습니다."

"예, 알고 있어요. 강철처럼 단단하지만 대나무처럼 탄성이 뛰어나죠."

"정확하십니다."

과연 사냥을 좋아한다는 소문은 가짜가 아니었다.

"활대를 한번 자세히 보시겠습니까? 그 활을 제작한 장인의 이름이 새겨져 있습니다."

데미안의 말에 영애는 활대를 살펴봤다. 데미안의 말대로 이름이 새겨져 있었다.

"……오귀스트? 설마 대장인 오귀스트가 제작한 건가요?"

"맞습니다."

오귀스트.

애플 왕국에서 가장 유명한 장인이었다.

야금술 실력이 얼마나 뛰어나던지 난쟁이에게 야금술을 사사받았다는 소문이 돌 정도였다.

물론 난쟁이가 인간에게 야금술을 알려줄 리는 없으니 어디까지나 뜬소문에 불과했지만 말이다.

올리비아 영애는 좀처럼 활에서 눈을 떼지 못했다. 누가 봐도 마음에 쏙 드는 모양이었다.

"오귀스트가 제작한 장비라니…… 내 생전 이런 귀물을 보게 될 줄이야."

활을 보고 감탄한 것은 코퍼헤드 백작도 마찬가지였다.

다만, 백작은 활이 아니라 활의 가치를 보고 감탄했다.

"예전 오귀스트가 만든 방패가 경매장에 올라왔다가 수십 배로 가격이 뛰어오른 적이 있었지."

백작은 탐욕스러운 눈동자로 활을 바라봤다. 속으로 이 활의 가치를 셈하고 있는 듯했다.

"제 동생인 아벨이 오늘을 위해서 어렵사리 구한 물건입니다."

사실은 데미안 학센이 후작과의 거래를 통해서 구한 물건이지만 진실은 중요한 게 아니었다.

"정말인가요? 절 위해서 구해오셨다고요?"

올리비아 코퍼헤드가 크게 놀라며 고개를 들었다.

드디어 올리비아 코퍼헤드가 아벨의 얼굴을 보게 되었다.

아벨의 얼굴을 본 순간, 올리비아 영애의 입이 살짝 벌어졌다. 양쪽 볼에는 홍조가 올라왔다.

'뭐야…….'

데미안이 잘못 본 것이 아니라면 올리비아 영애가 느끼는 감정은 하나밖에 없었다.

'얘도 얼굴을 밝히는 애였어?'

"이렇게 귀한 선물을 가져온 손님을 세워둘 수는 없지. 여봐라 의자를 더 가져오거라."

백작의 명령에 하인들이 의자를 두 개 더 가져와서 놓았다.

"두 사람 다 어서 앉게."

데미안은 백작의 옆자리에 앉았다. 자연스럽게 올리비아 영애의 옆자리는 아벨의 차이가 되었다.

"데미안 경, 안 그래도 그대와 이야기를 나누고 싶었다네."

코퍼헤드 백작은 직접 술을 따르며 물었다.

"실례가 되지 않는다면 라이언블룸 후작가와의 결투 때 있었던 일을 직접 듣고 싶네만."

"아마 들으셔도 재미없으실 겁니다."

"그래도 궁금하니 한번 들어보고 싶네."

데미안은 속으로 혀를 찼다.

원래 데미안은 이런 일을 떠들고 다니는 성격이 아니었다.

하지만 지금은 아벨을 위해서 감내할 때였다.

아벨과 올리비아 영애가 친해질 기회가 왔는데. 그걸 놓칠 수는 없었다.

“굳이 듣고 싶으시다면야…….”

데미안은 결투 때 겪었던 일들을 천천히 풀어내기 시작했다.

코퍼헤드 백작은 데미안의 이야기를 굉장히 흥미롭다는 얼굴로 들었다.

이야기를 하는 동안 데미안은 아벨과 올리비아 영애를 곁눈질했다.

“학센 자작가의 옆에 숲이 있다고요? 어머, 정말 아름답겠어요.”

“그, 그렇게 대단한 곳은 아닙니다. 조, 좁고 짐승도 얼마 없고…….”

“위험한 짐승이 없는 모양이군요. 정말 평화롭겠어요.”

상황은 상당히 순조롭게 흘러가고 있었다.

올리비아 코퍼헤드가 대화를 주도하고 있었다. 아벨에게 아주 큰 관심을 가지고 있는 듯했다.

‘둘이 전생에 어떻게 연인이 됐나 했더니…….’

데미안은 그 비밀의 해답을 얻었다.

‘사실 활이 필요 없었던 거 아닌가?’

라이언블룸 후작에게 활을 받아온 게 헛수고가 아니었

을까.

데미안은 잠시 진지하게 고민할 정도였다.

"정말 재미있는 이야기였네."

데미안의 이야기가 끝나자 코퍼헤드 백작은 무척 흡족한 얼굴로 말했다.

"미안하네만 잠깐 측간에 좀 갔다 오겠네."

백작이 쑥스럽다는 얼굴로 말했다. 어쩐지 술을 많이 마시더니 신호가 온 모양이었다.

백작은 빠른 걸음으로 천막을 나갔다. 덕분에 데미안은 잠시 숨을 돌릴 수 있었다.

'피곤하군.'

데미안은 이런 식으로 남을 접대하는 일에 익숙하지 않았다.

아벨만 아니었더라면 상대가 백작이 아니라 왕이었더라도 이 자리를 박차고 나갔을 것이다.

'근데 이놈은 잘하고 있나?'

데미안은 쓱 아벨이 있는 쪽을 쳐다봤다.

"학센 자작가의 밀밭을 꼭 구경해 보고 싶네요."

"그, 그러십니까. 그럼 가을에 제가 초, 초초, 초대를 해,

해도 될지…….”

“당연히 환영이죠.”

데미안의 노력이 헛되지 않았는지. 관계가 제법 진척이 된 모양이었다.

‘그래, 잘한다.’

아벨과 올리비아 영애의 사이도 금방 가까워졌고, 가장 큰 걸림돌인 코퍼헤드 백작의 호감도 샀다.

아직까지는 모든 일이 순조롭게 풀리고 있었다.

“학센 자작가에 방문하면 학센 자작님과 부인께 인사를 드려야겠네요. 두 분께서는 어떤 선물을 좋아하시나요?”

“그, 그렇게 신경 쓰실 것 없습니다. 방문해 주시는 것만으로도 기쁜 일인 걸요.”

데미안은 흐뭇한 얼굴로 두 사람을 지켜봤다.

소피아 러셀은 코퍼헤드 백작의 옆에 앉은 데미안 학센에게서 시선을 뗄 수 없었다.

‘오귀스트가 만든 활이라고? 나한테는 아무것도 준 게 없으면서 그렇게 귀한 걸 홀랑 가져다 바친단 말이야?’

코퍼헤드 백작이 망설임 없이 옆에 앉힐 정도로 오귀스트가 제작한 활은 엄청난 물건이었다.

하지만 소피아 러셀이 짜증을 내는 진짜 이유는 그것 때문만이 아니었다.

'나한테 미련이 남아 있는 게 아니었어?'

소피아 러셀은 데미안 학센이 자신에게 아직 마음이 남아 있다고 확신했다.

그 확신이 지금 흔들리고 있었다.

'이래서야 꼭…… 올리비아한테 구애하러 온 것 같잖아.'

소피아 러셀은 질투심 가득한 눈빛으로 올리비아 코퍼헤드를 노려봤다.

'저딴 여자가 뭐가 예쁘…… 예쁘긴 하지…….'

질투심에 눈이 멀었음에도 인정하지 않을 수 없을 정도로 올리비아 코퍼헤드는 아름다웠다.

심지어 얼굴만 아름다운 게 아니었다. 코퍼헤드 백작가라는 강력한 배경까지 가지고 있었다.

'그래도 몸은 내가 더 좋은데.'

소피아 러셀은 자신의 몸을 내려다봤다.

육감적인 존재감을 드러내는 자신과 달리 올리비아 코퍼헤드는 나무토막처럼 밋밋했다.

소피아 러셀은 질투에 몸을 떨고 있을 때였다.

"미안하네만 잠깐 측간에 좀 갔다 오겠네."

코퍼헤드 백작이 자리에서 일어나더니 연회장 밖으로 나갔다.

홀로 남겨진 데미안 학센은 아벨 학센과 올리비아 코퍼헤드를 가만히 바라봤다.

'왜 올리비아 코퍼헤드한테 말을 걸지 않는 거지?'

올리비아 영애에게 청혼을 하러 왔다고 보기에는 거리감이 있었다.

"학센 자작가에 방문하면 학센 자작님과 부인께 인사를 드려야겠네요. 두 분께서는 어떤 선물을 좋아하시나요?"

"그, 그렇게 신경 쓰실 것 없습니다. 방문해 주시는 것만으로도 기쁜 일인 걸요."

데미안 학센이 가만히 있는 동안 아벨 학센은 올리비아 영애와 가까워지고 있었다.

'설마…… 본인이 아니라 동생을 올리비아 영애와 이어주려는 거야?'

아무리 살펴봐도 그 추측이 맞는 듯했다.

"휴우…… 그런 거였어? 난 또 괜히 걱정했네."

소피아 러셀은 안도의 한숨을 내쉬었다. 그러다 문득 떠올렸다.

'……아니야, 이런 쓸데없는 생각하지 마. 나한테는 잭슨이 있잖아.'

소피아 러셀은 고개를 붕붕 흔들었다. 그러다 순간, 데미안 학센과 시선이 마주쳤다.

데미안 학센은 정확히 소피아 러셀을 응시하고 있었다.

그 눈빛에 소피아 러셀은 자신도 모르게 심장이 뛰는 것을 느꼈다.

'이 많은 사람 중에서 날 찾아냈어…….?'

데미안 학센은 자신에게 미련이 남아 있는 게 분명했다.

그 사실을 확인하자 얼굴이 순식간에 달아올랐다.

소피아 러셀은 데미안 학센의 시선을 애써 외면하며 손부채질을 했다.

데미안이 아벨과 올리비아의 대화를 지켜보고 있을 때였다.

관중들 사이에서 불쾌한 시선 하나가 자신을 쏘아보고 있는 것이 느껴졌다.

만약 데미안이 평범한 로우클래스 기사였다면 느끼지 못했으리라.

하지만 데미안의 감각은 로우클래스를 한참 초월한 지 오래였다.

'대체 누구야.'

데미안은 시선의 주인을 찾기 위해서 고개를 돌렸다.

그러자 귀족들 사이에서 자신을 노려보고 있는 소피아 러셀을 발견할 수 있었다.

'쟤는 또 뭐 하는 거지?'

소피아 러셀의 얼굴을 보고 있자니 서서히 기분이 불쾌해졌다.

데미안은 이제 소피아 러셀에게 어떤 감정도 남아 있지 않았다.

과거에는 자신이 매달렸을지 몰라도 이제는 애정도, 증오도 남아 있지 않았다.

하지만 가족들이 당한 모독을 생각하면 분노가 치밀어 올랐다.

'나중에 두고 보자.'

지금은 아벨의 연애 사업이 우선이었다.

데미안은 나중을 기약하기로 했다.

잭슨 커터는 데미안 학센이 코퍼헤드 백작의 옆에 앉는 모습을 멍한 표정으로 지켜봤다.

자신이 내밀었던 선물은 이미 잊혀진 지 오래였다.

백작도, 연회의 참가자들도 모두 데미안 학센만을 칭송하고 있었다.

'데미안…… 데미안 학센……!'

데미안 학센만 아니었더라면 저 자리는 자신의 것이었

을 것이다.

백작과 사람들의 관심을 빼앗길 일도 없었을 것이다.

'망나니였던 주제에…… 감히 날 이렇게 물 먹여? 이 치욕은 반드시…… 반드시 갚아 주마……!'

이 순간, 잭슨 커터는 다짐했다.

데미안 학센에게 자신이 느꼈던 것보다 더 큰 절망을 안겨주겠다고 말이다.

제자와 마찬가지로 자크 누아레 역시 데미안 학센을 지켜보고 있었다.

'……오귀스트가 제작한 활을 가지고 올 줄이야.'

자크 누아레는 원래 활력농축의 비약을 내놓을 생각이 없었다.

그의 비원을 위해서는 최대한 많은 비약이 필요했기 때문이다.

그럼에도 백작에게 비약을 바친 이유는 잭슨 커터로 하여금 백작의 호감을 사게 만들기 위해서였다.

하지만 데미안이 내놓은 물건이 너무 대단했던 탓에 백작의 관심을 모조리 빼앗겨 버렸다.

'곤란하군. 아주 곤란해.'

자크 누아레가 마상시합에 참가한 이유는 자신의 비원을 성공시키기 위한 디딤돌을 마련하기 위함이었다.

자크 누아레의 비원이란 바로 마스터의 경지에 오르는 것.

마스터.

진정한 초인이라 불리는 경지.

오르기만 하면 역사책에 이름을 남길 수 있다.

그 경지에 오르기 위해서는 마스터 클래스가 남긴 지식과 많은 비약이 필요했다.

그리고 저것들을 얻기 위해서는 많은 돈이 필요했다.

자크 누아레는 이 비용을 마련하기 위해서 온갖 불법을 저질렀다.

그러다 큰 사건을 저지르는 바람에 만다린 왕국에서 쫓겨나다시피 도망쳤다.

자크 누아레가 만다린 왕국에서 한참 떨어진 애플 왕국에 온 건 이런 사건들과 전혀 상관없는 곳에 가기 위함이었다.

애플 왕국에 정착한 자크 누아레는 만다란 왕국 때와 달리 최대한 온건한 방법으로 비용을 마련하고자 했다.

그렇다고 다른 가문에 소속되어 일할 생각은 전혀 없었다.

그렇게 얻는 쥐꼬리만 한 봉급으로는 자신이 원하는 것들을 단 하나도 구할 수 없었다.

그래서 자크 누아레가 선택한 것이 바로 혼사를 미끼로

부유한 가문을 집어삼키는 일이었다.

잭슨 커터를 제자로 들인 것도 바로 그 때문이었다.

반반한 외모와 적당한 재능.

귀족 가문에서 군침을 질질 흘릴 법한 사윗감이었다.

잭슨 커터가 소피아 러셀과 사귀게 된 것도 사실은 자크 누아레가 의도한 일이었다.

덕분에 자크 누아레는 러셀 가문의 전폭적인 지원을 받을 수 있었다.

하지만 러셀 가문이 부유해 봤자 작은 가문에 불과해 성에 차지 않았다.

자크 누아레의 비원을 위해서는 더 큰 가문을 먹어 치울 필요가 있었다.

그래서 코퍼헤드 백작가를 선택했다.

잭슨 커터를 마상시합에서 우승시키려는 것도 바로 혼사를 맺기 위해서였다.

'하지만 데미안 학센이 있어서야 힘들겠군.'

자크 누아레가 봐도 데미안 학센은 잭슨 커터보다 모든 면에서 우월했다.

실력은 말할 것도 없고, 명성, 외모까지 뛰어났다. 심지어 재력까지 갖추고 있었다.

'그렇다고 코퍼헤드 백작가를 그냥 넘겨줄 수는 없지.'

자크 누아레의 입장에서 코퍼헤드 백작가는 굉장히 매

력적인 먹잇감이었다.

먹어 치울 수만 있다면 비원에 한 걸음 더 가까워질 수 있었다.

'내가 조금 더 적극적으로 나서야겠어.'

몹시 귀찮은 일이었으나 백작가를 빼앗기는 것보다 훨씬 나았다.

'그래도 마냥 손해 보는 것은 아니겠군.'

계획대로 코퍼헤드 백작가를 먹어 치우고, 데미안 학센이 가지고 있는 기연까지 가질 수 있다면…….

손해는커녕 오히려 남는 장사였다.

'데미안 학센, 각오하는 게 좋을 거다.'

자크 누아레의 눈빛이 섬뜩하게 빛났다.

연회는 늦은 시간이 되어서야 끝났다.

"오늘은 이쯤에서 자리를 파하도록 하지. 다들 돌아가서 내일 있을 마상시합을 준비하도록 하게나."

귀족들은 연회장을 벗어나 자신의 숙소로 향했다.

데미안과 아벨도 똑같이 숙소로 이동했다. 천막에 도착하자마자 아벨은 침대에 몸을 던졌다.

"후아아……."

아벨은 깊은 한숨을 내쉬었다. 이제야 안심이 된다는 말이다.

"그렇게 긴장했냐?"

"당연하죠. 올리비아 영애의 앞이잖습니까."

아벨은 고개를 들며 말했다.

"그래서 만나 보니까 어땠냐?"

"정말 아름답고…… 활발하고…… 유쾌한 분이었습니다."

아벨이 얼굴을 붉히며 말했다. 대화를 나누는 동안 올리비아 영애에게 더욱 푹 빠진 모양이었다.

"내일은 어떤 이야기를 할지 미리 생각해 놔라."

"예? 그게 무슨 말씀이십니까?"

"내일은 올리비아 영애랑 안 만나려고?"

"만나고는 싶지만…… 내일은 마상시합 날이고…… 영애께 사람들이 많이 몰려들 거 아닙니까…… 말을 붙일 시간이 있을지……."

"야, 이 재미없는 놈아. 기회가 없으면 만들어 내야지."

데미안이 한심하다는 듯이 말했다.

"걱정 마라. 이 형님이 어떻게 해서든 만들어 줄 테니까."

데미안이 자신감 넘치는 목소리로 말했다. 아벨은 어리둥절한 표정을 지었다.

"내일 지켜보면 알게 될 거다."

그 말에 아벨은 가만히 앉아서 데미안을 바라봤다. 데미안은 짧게 혀를 찼다.

"말 안 해 준다고 이러는 거냐? 그걸 또 굳이 캐물어야……."

"형님, 감사합니다."

느닷없는 말에 데미안은 멈칫했다.

"절 위해서 선물을 구해다 주시고…… 이런 기회도 마련해 주시고…… 어떻게 보답을 드려야 할지 모르겠습니다."

"낯부끄럽게 갑자기 왜 이러는 거야?"

"그게…… 죄송해서 그렇습니다. 저는 형님께…… 나쁜 말을 많이 했잖습니까."

가족 중에서 데미안을 가장 싫어했던 사람이 아벨 학센이었다.

그래서 회귀 이후에 변화된 모습을 봐도 무슨 일만 생기면 데미안 학센을 비난하고는 했다.

사실 그건 아벨의 잘못이 아니었다. 전부 데미안 학센 때문이었다.

그가 못났기에, 한심했기에 매번 동생을 실망시켰다. 동생은 쌓이고 쌓여서 견디다 못해 불만을 표출했을 뿐이었다.

"……신경 쓰지 마라."

무엇보다 나쁜 짓의 경중을 따지자면 데미안이 저지른 일이 훨씬 무거웠다.

전생에 데미안은 자신의 손으로 직접 아벨을 죽였다.

아직도 아벨의 목을 벨 때의 감촉이 생생하게 남아 있었다.

"형이 동생을 생각하는 건 당연한 거지. 그러니까 넌 그냥 올리비아 영애한테 청혼하는 것만 신경 써라."

"예, 그렇게 하겠습니다!"

아벨이 큰 소리로 말했다. 데미안은 옅은 미소를 지었다.

행복해하는 아벨의 얼굴을 보고 있으면 과거의 잘못을 조금이나마 용서 받는 듯한 기분이 들었다.

마상시합

이튿날, 마상시합이 열리는 날이 되었다.

데미안은 이른 아침부터 마상시합장의 뒤편에 마련된 대기소로 향했다.

대기소에는 미리 도착한 기사들이 시합을 준비하고 있었다.

"도련님, 정말 이런 갑옷으로 되겠습니까요?"

시종 빅터가 데미안에게 가죽 갑옷을 내밀며 물었다.

데미안이 가져온 가죽 갑옷은 몸통만 가릴 정도로 면적이 작았다.

어깨와 팔뚝은 보호해 주지 않아서 칼이라도 스쳤다가는 곧바로 상처가 날 것 같았다.

"이거면 충분하지."

데미안은 아무렇지도 않게 말하며 갑옷을 입었다.

마상시합의 참가자들은 모두 준기사나 로우클래스였다.

그 정도 실력으로는 데미안의 털끝 하나 건드릴 수 없었다.

그렇다면 굳이 무거운 철제 갑옷을 입는 것보다 가벼운 가죽 갑옷이 나았다.

"그래도 사슬 갑옷이라도 구해 오시지……."

빅터가 영 걱정스러운 얼굴로 말할 때였다.

둥- 둥-

웃옷을 벗은 병사가 시합장 한쪽에 마련된 커다란 북을 두드렸다.

그 소리에 기사들의 시선이 시합장에 집중되었다.

코퍼헤드 백작이 시합장 중앙으로 걸어 나오고 있었다.

"크흠, 다들 이렇게 모여 줘서 정말 고맙소. 본인은 체스터 코퍼헤드라고 하오."

코퍼헤드 백작은 자신의 소개와 함께 개최식을 시작했다.

"오늘 이곳에는 서부의 용맹한 기사들이 모두 모여 있소. 우승자는 서부는 물론이고 다른 지방까지 이름이 널리 알려질 것이오."

이만한 규모의 마상시합은 자주 열리지 않았다.

분명히 서부뿐만 아니라 인근지역에서도 관심을 기울이고 있을 터.

우승자는 백작의 말대로 대단한 명성을 손에 넣을 수 있었다.

"물론 명성만 얻을 수 있는 것은 아니오. 우승자에게 걸맞은 상품도 준비해 놓았소."

코퍼헤드 백작이 손짓했다. 하인 몇 명이 천에 뒤덮인 물건을 들고 왔다.

백작이 천을 걷었다. 그러자 어린애 주먹만 한 크기의 수정이 나타났다.

특이하게도 수정의 내부에는 촛불처럼 작은 불이 끊임없이 타오르고 있었다.

"저게 뭐죠? 마도구인가요?"

"그건 아닌 것 같습니다. 마도구라면 표면에 마법진이 그려져 있어야 하거든요."

귀족들은 의아함과 호기심이 뒤섞인 얼굴로 수정을 바라봤다.

백작이 손짓을 하자, 또 다른 하인 한 명이 커다란 은쟁반을 들고 왔다.

은쟁반의 위에는 새빨간 불길이 타오르고 있었다.

백작은 수정을 움켜쥔 채 그 손을 불길 속으로 집어넣었다.

"꺄아악!"

"으아악! 저게 뭐야!"

귀족들은 경악하며 소리쳤다. 대기소에 있는 기사들도 똑같았다.

하지만 정작 백작은 조금도 고통스러워하지 않았다.

"이건 내 조부께서 수집한 보물이오. 보다시피 소유주를 불길에서 보호해 주는 힘을 가지고 있소. 그뿐만 아니라 체온을 유지해 주는 효과도 있지."

백작의 말에 귀족들이 웅성거리기 시작했다.

원래 저 수정처럼 무언가로부터 신체를 보호해 주는 마도구는 가치가 매우 높았다.

5위계 이상의 중위 마법사들이나 만들 수 있었던 것이 보통이었고 그마저도 횟수에 제한이 있었다.

하지만 저 수정은 횟수의 제약 따위는 없어 보였다.

여기에 체온을 유지시켜 주는 부가효과까지 가지고 있었다.

그야말로 예사 물건이 아니었다.

"연원에 대해서는 나도 모르오. 마법사들에게 물어봐도 모르더군."

정체가 불분명한 것이 조금 아쉬웠으나 큰 문제는 아니었다.

수정이 지니고 있는 효능이 워낙에 뛰어났다.

"우승자에게는 상품으로 이 물건이 지급될 것이오."

백작이 수정을 번쩍 들어 올리며 말했다. 귀족들은 환호성을 질렀다.

대기소의 기사들 역시 수정을 바라보며 의욕을 다졌다.

'뭐야.'

그 속에서 유일하게 데미안만이 경악하고 있었다.

'정령의 심장이 왜 여기에 있어?'

정령.

자연의 힘을 품고 태어난다는 신비로운 생명체를 가리키는 용어였다.

지능은 어린아이 정도에 불과하지만 지니고 있는 힘은 부시무시했다.

가장 약한 정령이 가진 힘이 로우클래스급이라고 평가받을 정도였으니 말이다.

'굉장히 희귀한 걸 보상으로 내걸었군.'

백작과 달리 데미안은 저 물건의 정체를 정확히 알고 있었다.

정령의 심장.

상급 정령이 소멸할 때, 극히 낮은 확률로 생겨나는 힘의 덩어리였다.

상급 정령은 굉장히 뛰어난 지능을 가지고 있으며 하이클래스에 준하는 힘을 발휘한다고 한다.

'전생에 들었던 소문이 진짜였군.'

의문이 풀리는 순간이었다.

데미안이 아는 바에 의하면 마상시합의 우승자가 상품을 이용해서 하이클래스의 경지에 올랐다.

상급 정령이 남긴 심장이라면 충분히 가능한 일이었다.

저 심장을 녹여서 흡수할 수 있다면 막대한 마력과 정령의 힘을 얻을 수 있을 테니 말이다.

'정령의 힘이라…….'

데미안은 전생에 싸웠던 엘프들을 떠올렸다.

도르고의 명령으로 제국을 멸망시킬 당시, 엘프라는 종족이 데미안을 막으러 왔다.

전원이 정령과 계약을 했으며 그중에는 정령왕과 계약한 엘프도 있었다.

'무시무시한 놈들이었지. 자연 그 자체랑 싸우는 줄 알았어.'

데미안은 수십 명이 넘는 정령술사들과 세 달이 넘게 사투를 벌였다.

그리고 정령왕을 찢어발기는 것으로 승리를 거두었다.

'저런 보물을 보상으로 내걸다니…… 정체를 모른다더니 진짜였나보군.'

인간들은 정령에 대해서 제대로 알지 못했다.

그렇기에 저것이 정령의 심장이라는 걸 알아본 마법사도 없었을 것이다.

데미안은 도르고에게 얻은 지식과 엘프와 벌인 사투 덕

분에 알아볼 수 있었다.

'상품에 대해서는 큰 기대를 하지 않았는데…… 저건 좀 탐이 나는 걸.'

정령의 심장을 흡수할 수 있다면 전생의 경지를 되찾는 시간을 앞당길 수 있었다.

'근데 아벨 이 녀석은 어디에 있는 거야.'

데미안은 관중석을 살펴봤다. 그러자 귀족들 사이에 꼽사리 껴 앉아 있는 아벨의 모습이 보였다.

아벨은 부럽다는 얼굴로 어딘가를 바라보고 있었다.

'뭘 보고 있는…… 아하.'

귀빈석에 올리비아 코퍼헤드가 앉아 있었다. 코퍼헤드 영애의 주변에는 다른 귀족들이 몰려들어 있었다.

말을 걸고 싶지만 저 귀족들 사이를 뚫고 갈 자신이 없어서 포기 중인 듯했다.

'이런 어리숙한 녀석 같으니.'

데미안은 속으로 혀를 찼다.

못마땅했지만 반쯤 예상한 일이기도 했다. 아벨은 저런 쪽으로는 쑥맥이나 다름없었으니 말이다.

"빅터, 따라와라."

"예! ……예?"

데미안은 기사들 사이를 헤치고 마상시합장으로 나갔다.

"도, 도련님? 아직 시합은 시작 안 했습니다만요."

"나도 알고 있다."

데미안은 빅터의 불만을 일축한 뒤, 귀빈석에 앉아 있는 백작의 앞에 섰다.

"백작 각하, 좋은 아침입니다."

"오, 데미안 경. 좋은 아침일세."

"각하께서 좋은 숙소를 내어 주신 덕분에 편하게 쉬었습니다."

데미안의 대답이 마음에 들었는지 백작은 흡족한 표정을 지었다.

"그런데 무슨 일로 나온 것인가? 하고 싶은 말이라도 있는가?"

"시합을 시작하기에 앞서서 한 가지 우려되는 점이 있어서 말씀을 드리려고 합니다."

"우려되는 점이라니?"

백작이 눈동자를 동그랗게 뜬 채 물었다.

"마상시합은 굉장히 거칠고 때때로 잔인한 장면도 나옵니다."

데미안은 백작의 옆에 앉아 있는 올리비아 영애를 바라보며 말했다.

"올리비아 영애처럼 여린 분께서 마상시합을 제대로 즐기실 수 있을까 우려됩니다."

데미안은 최대한 걱정스럽다는 표정을 지으며 말을 이

어 나갔다.

“그러니 영애께서 마상시합을 즐기실 수 있도록 해설해 줄 사람을 옆에 두는 게 어떨까 싶습니다. 마침 제 동생인 아벨이 종자로서 제게 훈련을 받은 덕분에 검술과 마상술에 조예가 깊습니다.”

데미안이 관중석에 있는 아벨을 가리키며 말했다. 아벨은 놀란 얼굴로 데미안을 바라보고 있었다.

“걱정해 줘서 고맙네만 올리비아는 마상시합에 겁먹을 만큼 여린 아이가 아니네. 평소에도 사냥을 취미로 즐기는…….”

“좋은 의견이네요! 데미안 경의 말씀대로 할게요.”

올리비아 코퍼헤드가 냉큼 말했다. 코퍼헤드 백작은 당황한 얼굴로 올리비아를 돌아봤다.

“올리비아?”

“저 혼자 지켜보는 것보다 옆에서 설명해 주시는 분이 있으면 좋죠.”

데미안은 의외라는 눈빛으로 올리비아 영애를 바라봤다.

‘눈치가 굉장히 빠른 여자로군.’

데미안이 아벨을 거론하자마자 옹호를 할 줄이야.

더 기쁜 것은 올리비아 영애의 적극적인 자세였다. 아벨에게 마음이 있는 게 확실해 보였다.

“흠…… 올리비아가 이렇게 말하니 어쩔 수 없지. 아벨

공은 이곳으로 나오도록 하게.”

백작이 명령을 내렸을 때였다. 대기소에서 고함소리가 터져 나왔다.

“백작 각하! 너무 성급한 결정이십니다!”

덩치가 큰 기사가 시합장 위로 걸어 나왔다.

“제 종자 역시 제 밑에서 오랫동안 수행을 쌓았습니다. 아벨 공과 비교해도 부족함이 없을 것입니다!”

자신의 의견을 주장한 뒤, 기사는 도발적인 눈빛으로 데미안을 노려봤다.

“각하! 제 종자도 굉장히 뛰어난 재능과 실력을 겸비하고 있습니다!”

“각하 제 종자는…….”

다른 기사들도 대기소에서 뛰쳐나오며 소리쳤다.

‘다들 애가 타는 모양이군.’

마상시합에 참가하는 기사들은 대부분 올리비아 영애에게 구혼하기 위해서 왔다.

올리비아 코퍼헤드의 옆에 자신의 종자를 둘 수 있다면 마상시합 동안 스승인 자신을 칭찬시킴으로써 좋은 인상을 남길 수 있었다.

그러니 이 기회를 데미안에게 홀랑 넘기기 아까웠던 것이다.

“으음, 이를 어떻게 해야 할까.”

백작은 곤란하다는 얼굴로 턱을 매만졌다.

아무리 백작이라 해도 기사들이 이렇게 나오면 마음대로 결정을 내릴 수 없었다.

"각하, 고민하실 필요 없습니다."

데미안이 다시 입을 열었다. 백작이 시선이 데미안에게 향했다.

"가장 뛰어난 이를 뽑아서 영애의 옆에 앉히면 되지 않겠습니까."

"허, 가장 뛰어난 이라고? 어떻게 뽑을 생각이지?"

"맞다. 종자들끼리 전투라도 벌일 생각이냐?"

몇몇 기사들이 데미안을 향해 소리쳤다.

데미안은 어깨를 으쓱하며 말했다.

"가장 뛰어난 기사의 종자야말로 제일 뛰어나다고 볼 수 있지 않겠나?"

"그럼 지금 우리들끼리 결투라도 벌이자는 거냐?"

"마상시합을 앞두고 그럴 수는 없지. 결투가 아니라 다른 기예로 실력을 겨루자."

데미안이 백작을 향해 말했다.

"각하, 마침 영애께서 사냥을 좋아한다고 하시니 가장 활을 잘 쏘는 기사의 종자를 옆자리에 앉히는 게 어떻겠습니까?"

데미안의 제안에 몇몇 기사들이 크게 반발했다.

"그게 무슨 소리야! 그딴 걸로 어떻게 기사의 우열을 가를 수 있단 말이야!"

"나도 동감하오. 좀 더 공정한 방법이 있을 것이오!"

모든 기사가 반발하는 것은 아니었다.

"활 시합 좋군. 난 마음에 드는 걸."

"옥타비아 숲의 명사수라 불렸던 내 실력을 보여 줄 수 있겠군."

무엇보다 쐐기를 박은 건 올리비아 영애의 한마디였다.

"전 마음에 들어요. 안 그래도 다른 분들은 활을 어떻게 쏘시는지 궁금했거든요."

"올리비아까지 동의했으니 궁술 시합으로 결정해야겠군."

올리비아까지 지지하자 반대파는 더 이상 힘을 쓰지 못했다.

"그럼 누가 먼저 하겠나?"

"제가 먼저 하겠습니다."

데미안이 앞으로 나서며 말했다. 데미안은 빅터를 향해 말했다.

"뭐 하냐. 가서 활을 얻어와라."

"예, 옙!"

빅터는 냉큼 달려가서 병사 한 명에게 활과 화살을 얻어서 왔다.

"여기 있습니다요!"

"수고했다."

"그, 그런데 도련님, 활도 쏘실 줄 아셨습니까?"

"아니."

데미안의 대답에 빅터의 표정이 잠시 멍해졌다.

"……아니, 그럼 대체 왜 이런 제안을 하신 겁니까요."

"자신 있으니까."

데미안은 화살을 시위에 걸었다.

방금 말했다시피 데미안은 활을 쏠 줄 몰랐다. 하지만 지식적으로는 이미 다 알고 있었다.

'어디 보지…… 그 녀석은 어떻게 했더라.'

데미안이 과거에 싸웠던 마스터 중에서 궁귀라는 인물이 있었다.

놀랍게도 궁귀는 인간이 아니라 하프엘프였다.

궁귀는 데미안이 상대해 본 마스터 중에서도 손에 꼽을 수 있을 정도로 위험한 상대였다.

까마득한 거리에서 난사하는 화살은 하나하나가 고위계의 마법과 맞먹었다.

데미안은 일주일을 꼬박 싸운 끝에 궁귀의 목을 베었다.

물론 전투 도중에 궁귀가 가진 모든 기술과 경지를 흡수했다.

"병사들은 들으라. 가서 훈련에 쓰이는 과녁을 가져오도록 해라."

"그러실 필요 없습니다. 과녁이라면 저기 있지 않습니까."

데미안이 화살 끝으로 하늘을 가리켰다.

새 한 마리가 푸드득 소리와 함께 하늘을 가로지르고 있었다.

"데미안 경, 설마 날아가는 새를 맞추겠다는……."

데미안이 새를 향해서 화살을 날렸다. 그러나 데미안이 날린 화살은 새를 한참 지나쳤다.

"으하핫. 잘난 듯이 말하더니. 근처에도 가지 못하는군."

"데미안 경, 활은 잘 못 쓰시나 봅니다."

기사 몇 명이 큰소리로 비웃었다. 데미안은 전혀 개의치 않았다.

'대충 어떻게 날아가는지 알겠군.'

첫 번째 화살은 궤적을 보기 위함이었다.

단 한 번 날렸을 뿐이지만 데미안은 이 활에 대해서 완전히 파악했다.

"각하, 저는 저 새의 왼쪽 눈을 맞추겠습니다."

데미안이 두 번째 화살을 시위에 걸었다. 그리고 겨누지도 않은 채 곧바로 시위를 놓았다.

눈 깜짝할 사이에 날아간 화살이 새의 얼굴을 꿰뚫었다.

새가 힘없이 땅으로 떨어졌다. 대기하고 있던 병사가 부리나케 달려와서 새를 들어 올렸다.

"외, 왼쪽 눈을 맞췄습니다!"

병사의 외침에 시합장 전체가 침묵에 휩싸였다.

데미안이 기사들에게 활을 건네며 물었다.

"다음?"

기사들은 떨떠름한 얼굴로 데미안을 쳐다볼 뿐, 활을 받지 않았다.

그렇게 올리비아 영애의 옆자리는 누구도 반대하는 이 없이 아벨의 차지가 되었다.

아벨 학센은 올리비아의 옆으로 자리를 옮겼다.

"이렇게 또 만나게 되네요."

옆에 앉자마자 올리비아가 웃으며 말했다. 아벨은 가슴이 벅차오르는 것을 느꼈다.

'형님, 감사합니다.'

데미안이 아니었다면 이런 기회를 또 잡지 못했을 것이다.

아벨은 가슴 속 깊은 곳에서 데미안에 대한 감사 인사가 우러나왔다.

"영애께서 시합을 즐기실 수 있도록 열심히 노력하겠습니다."

긴장감에 그렇게 말하기는 했지만 아벨은 걱정이 많았다.

그는 형과 달리 검술에 소양이 없었다. 올리비아를 즐겁게 해 줄 수 있다는 확신이 없었다.

"괜찮아요."

"예? 하지만……."

"그런 건 됐고, 학센 자작령에 대해서 좀 더 이야기해 주세요."

올리비아가 아벨을 보챘다.

아벨은 이게 아닌데? 싶으면서도 학센 자작가에 대해 말하기 시작했다.

데미안은 대기소로 돌아왔다.

대기소 안으로 들어오자 기사들이 거리를 벌리는 것이 느껴졌다.

다들 경계심 가득한 눈빛으로 데미안을 쳐다보고 있었다.

데미안이 보여 줬던 궁술이 그만큼 강한 인상을 남겼다는 증거였다.

경계심을 산다는 것은 그만큼 견제도 늘어난다는 뜻이었다.

하지만 데미안은 신경 쓰지 않았다.

여기 있는 기사들과 모두 싸워야 한다 해도 무섭지 않았다. 중요한 것은 아벨의 행복이었다.

"참가자들은 들으시오."

대기소에 판금 갑옷을 입은 기사가 들어왔다. 기사의 망토에는 코퍼헤드 백작가의 인장이 그려져 있었다.

백작가에 충성을 바치는 기사였다.

"앞으로 3일 동안 각기 다른 종목으로 마상시합이 진행될 예정이오."

기사는 참가자들에게 자세한 일정을 설명하기 시작했다.

"경기가 끝날 때마다 참가자들에게 점수가 부여될 것이오. 마지막 날에 점수들을 종합하여 가장 많은 점수를 얻은 참가자가 우승자가 되오."

참가자들은 고개를 끄덕였다.

"종목은 모두 세 가지가 준비되어 있소. 그럼 귀공들의 분투를 기대하겠소."

이어지는 말에 참가자들이 웅성거리기 시작했다.

시합장이 굉장히 넓어서 단체전이 열릴 것까지는 예상했다.

하지만 몬스터 사냥은 예상치 못했던 것이다.

"부상은 걱정하지 않아도 괜찮소. 만일을 대비하여 치유 마법을 익힌 마법사가 대기 중이오. 그럼 30분 뒤에 시합이 시작되니 준비를 마저 끝내시오."

그 말을 남기고 기사는 대기소를 나갔다.

"도, 도련님! 큰일났습니다요!"

기사가 나가자마자 빅터가 소리를 쳤다.

"무슨 일인데?"

"마, 마상시합이라면 말을 타야 하지 않습니까요!"

"그렇지."

"그, 그런데 저희는 말이 없잖습니까요! 이, 이를 어쩌면 좋을지…… 지금이라도 제가 후딱 달려가서 한 마리를 사 올깝쇼?"

"우리가 말이 없기는 왜 없어."

데미안의 말에 빅터가 안도의 한숨을 내쉬었다.

"역시 도련님이십니다요. 이미 준비가 완벽하게 끝난……."

"마차를 이끌던 말 있잖아."

빅터는 순간 혼절할 뻔했다.

"도련님, 그 녀석들은 짐말이라서 몸도 무겁고, 빨리 달릴 수도 없습니다요……."

마상시합에서 가장 중요한 것은 말이었다.

빨리 달릴 수 있고, 잘 지치지 않으며, 쉽게 겁먹지 않는 말.

그런 우수한 품종의 말이 아니면 전투에 참여시킬 수가 없었다.

"이 자식 좀 봐라. 감히 번데기 앞에서 주름잡네. 그렇게 잘 알면 네가 기사하던가."

"예, 에에?"

"쓸데없는 소리하지 말고 가서 말이나 데려와라."

"옙……."

빅터는 걱정되는 마음을 안은 채 마구간으로 향했다.

"도련님, 데려왔습니다요."

빅터가 데미안에게 말의 고삐를 건넸다. 데미안은 말을 갈기를 쓰다듬었다.

학센 자작가에서 키우는 말은 덩치가 너무 커서 다리도 무척 굵고, 굉장히 둔해 보였다.

빅터가 걱정한 대로 전투용으로는 알맞지 않은 말이었다.

"데미안 경, 설마 그 말을 타고 시합에 참가할 생각이오?"

지나가던 기사가 데미안의 옆에 있는 말을 보며 비웃었다.

"데미안 경이 잘 모르시는 모양인데. 그 말은 짐말이라 전투에는 알맞지 않소."

"발터 경, 그만하시오. 사정이 여의치 않는 모양이지."

기사들은 껄껄 웃음을 터트렸다.

데미안은 기사들의 말을 무시했다. 비웃는 놈들은 시합장에서 밟아버려도 늦지 않았다.

지금은 따로 해야 할 일이 있었다.

데미안이 과거에 싸웠던 마스터 중에 징나이칸이란 인물이 있었다.

초원에서 살아가는 유목민 출신으로 특이하게도 검이나 창 같은 무기가 아니라 승마술로 마스터가 된 인물이었다.

그가 이룬 경지는 인마일체.

말과 소통해서 온갖 복잡한 기교를 부릴 수 있었다.

심지어 말의 신체를 마력으로 강화시키는 것은 물론이고 오러블레이드까지 형상시킬 수 있었다.

이 괴상망측한 경지 덕분에 징나이칸이 탑승한 말은 전신에 오러블레이드를 두른 채 음속을 돌파하여 돌진하고는 했다.

데미안은 그와 반나절 동안 겨룬 끝에 승리를 거두었다.

"날 봐라."

데미안은 말의 머리를 잡고 자신과 눈을 마주치게 했다.

"오늘 하루 동안 네 힘을 빌려야겠다. 힘들겠지만 버텨다오."

데미안은 말의 몸에 마력을 주입했다.

말의 눈동자가 커졌다. 처음 느껴보는 감각에 적잖이 놀란 모양이었다.

다행히 말은 날뛰지 않았다. 데미안이 주입하는 마력을 얌전히 받아들였다.

데미안의 마력이 말의 전신으로 뻗어 나갔다.

"이제 곧 마상시합이 시작됩니다!"

병사들이 외침에 기사들이 말에 탑승했다. 데미안도 말 위에 올랐다.

"오늘 하루 동안 잘 부탁한다."

알겠다는 듯 말이 푸르릉 소리를 냈다.

몬스터 사냥.

종목의 이름을 들었을 때, 잭슨 커터는 속으로 환호했다.

'드디어 내 진짜 실력을 보여 줄 수 있겠어!'

몬스터를 사냥하는 것과 인간을 상대하는 것은 전혀 다른 일이다.

사람을 죽이는데 이골이 난 기사들도 몬스터와 싸우다가 허무하게 죽는 게 바로 그 때문이었다.

그렇기에 몬스터를 사냥하기 위해서는 특별한 기술과 경험이 필요했다.

'이번 경기로 내 이름을 알린다!'

몬스터 참살자라는 칭호를 사람들에의 뇌리에 확실하게 각인시키기로 했다.

"그럼…… 개문하겠습니다!"

병사의 외침과 함께 대기소의 문이 열렸다. 기사들은 문을 통과하여 시합장에 모습을 드러냈다.

"앤드류 그라단! 앤드류 그라단!"

"게르다 본! 게르다 본!"

귀족들은 저마다 응원하는 기사의 이름을 외쳤다. 기사들은 관중석을 향해 손을 흔들었다.

"잭슨! 잭슨 커터!"

그 속에서 익숙한 목소리가 들려왔다.

잭슨 커터가 고개를 돌리자 소피아 러셀이 양팔을 흔들고 있는 게 보였다.

잭슨 커터는 미소를 지으며 소피아 러셀을 향해 손을 흔들었다.

둥- 둥-

그때, 병사가 북을 울렸다. 이제 곧 몬스터들을 풀어놓겠다는 뜻이었다.

기사들은 반대쪽의 벽에 있는 철제문을 바라봤다.

대체 무슨 몬스터를 준비해 놓은 것인지 몰라도 벌써부터 둔탁하고 거친 소리가 들려오고 있었다.

기사들은 긴장한 얼굴로 철문을 바라봤다.

집단으로 상대시키는 만큼 보통 위험한 몬스터가 아닐 게 분명했다.

그리고 기사들의 예상이 정확히 들어맞았다.

"우워어어어!"

철창이 열리는 것과 동시에 집채만 한 몬스터가 밖으로 튀어나왔다.

그 몬스터를 본 순간, 기사들이 경악해서 소리쳤다.

"……트롤이잖아!"

칼이 제대로 들어가지 않을 만큼 질긴 피부와 사람을 가볍게 찢어발기는 괴력.

아무리 베어도 죽지 않는 질긴 생명력으로 유명한 몬스터였다.

로우클래스조차 버거워하는 몬스터가 한 마리도 아니고 세 마리나 나타났다.

"워어어!"

트롤들은 짜기라도 한 것처럼 일제히 기사들을 향해 달려들었다.

"산개해라! 정면에서 싸우지 마!"

누군가의 외침에 기사들이 흩어지기 시작했다. 트롤들은 기사들을 뒤쫓았다.

'미쳤군. 트롤을 풀어놓다니.'

말을 몰면서 잭슨 커터는 혀를 내둘렀다.

오러를 사용하면 트롤의 가죽 정도는 가볍게 벨 수 있다.

하지만 그건 트롤도 마찬가지였다. 트롤 정도의 괴력이라면 기사를 가볍게 죽일 수 있었다.

로우클래스라면 한 번 정도는 버틸 수 있을지도 몰랐다. 하지만 준기사는 어림도 없었다.

'그래, 이 정도는 위험은 감수해야 한다 이거지?'

기사들이 트롤을 피해서 도망치기 급급할 때, 잭슨 커터는 오히려 공격을 시도했다.

잭슨 커터는 트롤의 주위를 빙글빙글 돌았다. 트롤의 눈동자가 팽팽 돌았다.

-우워어어!

트롤이 잭슨 커터를 잡기 위해서 손바닥을 휘둘렀다. 하지만 허무하게 허공을 갈랐다.

"하압!"

잭슨 커터는 칼을 뽑아서 트롤의 허벅지를 베었다. 트롤의 입에서 신음소리가 흘러나왔다.

하지만 재생력이 강하기로 유명한 몬스터답게 검상은 순식간에 없어졌다.

"역시 이 정도로는 부족하구나!"

잭슨 커터는 다시 말을 몰아서 트롤의 주변을 돌았다.

그러다 트롤이 빈틈을 보일 때마다 칼로 다리를 베었다.

"저 기사는 대체 누구입니까?"

"용맹할 뿐만 아니라 실력까지 뛰어나군요."

관중석에 앉아 있던 귀족들이 잭슨 커터를 바라보며 감탄했다.

귀족들의 웅성거림이 커질수록 잭슨 커터는 진한 만족감을 느꼈다.

'봤냐? 이게 나다! 잭슨 커터다! 몬스터 참살자 잭슨 커터!'

잭슨 커터가 다시 칼을 휘둘렀다. 허벅지에 길쭉한 자상이 생겨났다.

그때였다.

뒤에서 말발굽 소리가 들려왔다. 잭슨 커터는 자신도 모르게 고개를 돌렸다.

데미안 학센이 자신이 있는 쪽으로 달려오고 있었다.

"우워어!"

트롤이 데미안 학센을 발견했다. 데미안 학센은 말을 채찍질했다. 말이 더욱 빠르게 달렸다.

'멍청한 놈!'

잭슨 커터는 데미안의 행동을 비웃었다.

트롤은 아둔해 보이지만 실제로는 굉장히 빠르고 위험한 몬스터다.

방심했다가는 저 손바닥에 몸이 터질 수 있었다. 그걸 잘 알고 있기 때문에 잭슨 커터는 트롤의 주변을 계속 돌면서 빈틈을 살핀 것이다.

'정면에서 달려드는 것은 자살행위나 다름없다는 걸 모르는 거냐!'

역시 자신의 생각대로였다. 데미안 학센은 그리 뛰어난

기사가 아니었다.

'나한테는 기회로군.'

잭슨 커터는 트롤이 데미안 학센을 공격하는 찰나, 복부를 노릴 생각이었다.

배를 갈라 내장이 모두 쏟아져 내리면 트롤조차 타격을 입을 테니 말이다.

"우워어어!"

트롤이 손을 내리쳤다. 잭슨 커터가 복부를 노리고 돌진하려던 찰나였다.

데미안 학센이 타고 있던 말이 높이 도약했다.

트롤의 손바닥이 땅바닥을 찍었다. 데미안을 태운 말은 트롤의 팔뚝을 발판 삼아서 달렸다.

데미안과 트롤의 눈높이가 똑같아졌다. 데미안이 칼을 휘둘러서 트롤의 목을 쳤다.

뜨거운 피가 땅에 흩뿌려졌다.

동시에 트롤의 머리가 땅에 떨어졌다.

'말을 통제하기가 쉽지 않군.'

무기와 달리 말은 자아와 감정이 존재하기에 다루기 까다로웠다.

하지만 데미안의 재능은 경험 부족 따위는 간단히 메꿀 정도였다.

데미안은 곧바로 감을 잡고 말에게 명령을 내렸다.

'가자!'

따로 고삐를 휘두르지도, 발꿈치로 말의 옆구리를 때리지 않았음에도 말이 움직였다.

말이 지면을 박찰 때마다 느낄 수 있었다.

말의 근육이 얼마나 힘이 넘치는지, 어떤 방식으로 움직이는지 말이다.

'이렇게 움직이는 거지?'

데미안은 말의 움직임에 맞춰서 마력을 운용했다. 주입된 마력이 말의 움직임을 강화시켰다.

땅을 박찰 때마다 말의 속도가 눈에 띄게 빨라졌다.

처음에는 둔중했던 움직임이 서서히 가볍게 변했다. 급기야 바람처럼 질주했다.

-우워어어!

트롤이 데미안을 보고 팔을 번쩍 들어 올렸다. 그 광경에 말의 공포심이 그대로 전해졌다.

'겁먹지 마라!'

데미안은 말을 다독였다.

'내가 있지 않느냐!'

데미안의 강한 의지가 말에게도 영향을 끼쳤다. 말은 공포를 잊은 채 트롤에게 달려들었다.

'뛰어라!'

말이 도약했다. 트롤의 손바닥이 그 밑을 강타했다.

트롤의 팔뚝 위를 말이 질주했다. 폭 그리 넓지 않음에도 말은 조금도 흔들리지 않았다.

말이 어깨에 도달했다. 딱 트롤의 목을 베기 좋은 위치였다.

데미안은 칼을 휘둘러 트롤을 참수했다.

말이 한 번 더 도약했다. 땅 위에 사뿐하게 착지했다. 말의 뒤로 머리를 잃은 트롤이 쓰러졌다.

"……와아아!"

"내, 내가 대체 뭘 본 거지?"

귀족들이 일제히 환호성을 터트렸다.

데미안이 보여 준 승마술은 지금까지 살면서 한 번도 본 적이 없는 것이었다.

아니, 앞으로도 볼 수 있다고 장담할 수 없다고 할 수 있을 정도로 굉장했다.

"수고했다."

데미안이 말의 목을 두드렸다. 기분이 좋은지 말이 푸르릉 소리를 냈다.

데미안은 옆을 돌아봤다. 잭슨 커터가 귀신에 홀린 듯한 얼굴을 하고 있었다.

"시선을 끄느라 수고했다."

데미안의 한 마디에 잭슨 커터의 표정이 와락 구겨졌다.

"이 자식……!"

데미안은 뒷말을 듣지도 않은 채 다시 말을 움직였다.

아직 트롤이 두 마리나 더 남아 있었다.

데미안이 트롤의 목을 베어 낸 순간, 아벨은 자신도 모르게 주먹을 움켜쥐었다.

언제나 차분하던 아벨조차 흥분할 정도로 호쾌한 장면이었다.

트롤은 로우클래스라 해도 상대하기 쉬운 몬스터가 아니었다.

몬스터 특유의 야성, 끝없는 재생력, 여기에 괴력까지.

자칫 잘못하면 로우클래스라 해도 역으로 당할 정도였다.

그런 몬스터를 단칼에 처단할 줄이야.

"아벨, 당신의 형님은…… 정말 대단한 분이네요."

올리비아 영애조차 경악에 찬 얼굴로 경기장을 바라보고 있었다.

형님이 인정을 받는 모습을 보자 아벨은 자신도 모르게 미소가 떠올랐다.

"세상에! 내 평생 저런 기술은 처음일세!"

코퍼헤드 백작이 의자에서 벌떡 일어나며 소리쳤다.

"아벨 공! 대체 저 말의 품종은 무엇이지? 대체 무슨 말이기에 저렇게 가볍게 움직이는 겐가?"

코퍼헤드 백작이 아벨을 돌아보며 물었다. 아벨은 말문이 턱 막히는 것을 느꼈다.

'……그러고 보니 저거 짐말 아닌가?'

아벨의 기억이 맞다면 학센 자작가에서 키우는 짐말이 분명했다.

원래는 밭을 갈거나, 무거운 짐을 옮길 때나 쓰던 말이었다.

'근데 어떻게 저렇게 움직일 수 있는 거지?'

아벨은 혼란함에 말을 잇질 못했다. 그때, 코퍼헤드 백작이 아벨의 손을 잡으며 말했다.

"대답하기 곤란한 모양이군! 그래도 부디 데미안 경에게 이 말을 꼭 전해 주게! 저 말을 내게 팔아 달라고 말이야! 억만금을 줘서라도 구입하겠네!"

"아니…… 그게……."

"아니면 종마로 빌려줄 수는 없는가? 이렇게 부탁하겠네!"

코퍼헤드 백작의 부탁에 아벨의 눈동자가 빙글빙글 돌았다.

그사이, 데미안은 남은 두 마리의 트롤을 사냥하는 데

성공했다.

그렇게 데미안은 압도적인 점수를 따내며 첫 번째 마상 시합을 끝마쳤다.

"형님! 오늘 정말 대단했습니다!"

처소로 돌아오자마자 아벨이 데미안에게 외쳤다.

항상 차분하던 아벨답지 않은 모습이었다.

"검술 실력이 뛰어나신 것은 알았지만 말까지 잘 다루실 줄은 몰랐습니다!"

"어이쿠, 잘 다루시는 수준이 아니던데요. 트롤의 팔을 타고 달려가서 단칼에 쓱! 제가 장담컨데 반인반마인 켄타우로스라는 아종족들도 그렇게는 못 할 겁니다요."

아벨뿐만 아니라 빅터까지 신이 나서 말했다.

데미안은 그런 둘을 보며 실소를 흘렸다.

"그보다 올리비아 영애랑은 좀 친해졌냐?"

아벨은 멋쩍은 표정을 지었다.

데미안의 활약에 시선을 다 뺏겨서 올리비아 영애와 많은 대화를 나누지 못했던 것이다.

화제를 돌리기 위해 아벨은 낮에 있었던 일을 말했다.

"그보다 형님, 백작 각하께서 형님이 타고 있던 말을 구매

하고 싶다던데요. 안 되면 종마로 빌려달라고 하셨습니다."

"뭐? 그런 짐말을 왜 사겠다는 거야?"

"예? 혹시나 했는데 진짜 짐말이었습니까?"

아벨이 놀랐다는 얼굴로 말했다.

"근데 어떻게 그렇게 날렵하게 움직인 겁니까? 그거 때문에 다들 엄청나게 좋은 품종의 말이라고 생각하고 있던데요."

"그거야 이 형님의 실력이 그만큼 뛰어나기 때문이지."

데미안이 자신을 가리키며 말했다.

아벨은 어이없다는 표정으로 데미안을 쳐다봤다.

경기장에서 보여 줬던 말의 움직임은 기수의 실력으로 가능한 수준이 아니었다.

이 세상 어느 짐말이 몬스터의 팔뚝을 타고 달릴 수 있단 말인가.

"……예, 알겠습니다."

하지만 아벨은 굳이 캐묻지 않았다.

데미안이라면 가능할지도 모른다는 생각이 들었던 것이다.

"그럼 백작 각하께도 그렇게 설명을 할까요?"

"아니, 그건 곤란하지."

데미안의 말을 들어보면 백작은 말 때문에 애가 타는 중인 듯했다.

한창 백작과 사이가 좋은데. 이런 간절한 부탁을 거절해서 좋을 건 없었다.

"말을 팔 수는 없지만 종마로 빌려줄 의향은 있다고 전해라."

말이 그렇게 움직일 수 있었던 것은 순전히 데미안 덕분이었다.

말을 함부로 팔았다가는 바로 들통이 날 게 분명했다. 하지만 종마로 빌려주는 건 문제가 없었다.

평범한 말이 태어나도 데미안의 잘못이 아니라 말을 제대로 키우지 못한 코퍼헤드 백작가의 잘못이었으니 말이다.

"대신 적당한 금액을 지불해야 한다고 꼭 전하고."

겸사겸사 가문 재정도 채우고 말이다.

이튿날 두 번째 마상시합이 진행되었다.

-크르르륵!

-크르르르.

오늘 준비된 몬스터는 오크였다.

수십 마리가 넘는 오크들이 철창에 갇힌 채 이를 갈고 있었다.

기사들은 긴장한 얼굴로 오크들을 쳐다봤다.

트롤에 비하면 오크는 그리 대단한 몬스터가 아니었다.
하지만 오크의 두려운 점은 집단전에서 드러났다.
전장의 열기, 동족의 죽음, 적들의 살기.
그런 것들이 모였을 때, 오크는 야성을 드러내고 폭주했다.
폭주한 오크는 팔다리가 떨어져 나가도 아랑곳하지 않고 적들을 죽였다.
오죽하면 광전사라는 별명이 붙을 정도였다.
"그럼 시작하라!"
백작의 외침과 함께 철창이 열렸다. 오크들이 기사들을 향해 일제히 달려들었다.
기사들도 오크를 향해 돌진하려 했다. 그때, 누군가 기사들보다 먼저 달려 나갔다.
"데미안 경이다!"
"데미안! 데미안!"
데미안 학센을 알아본 귀족들이 환호성을 질렀다.
데미안은 기사들을 내버려 둔 채 오크 무리로 뛰어들었다.
오크 사이를 지나갈 때, 섬광이 번쩍였다. 서너 마리의 오크가 눈 깜짝할 사이에 목이 베였다.
-크르륵!
오크들이 데미안을 붙잡기 향해 몽둥이를 휘둘렀다.
데미안이 예상했다는 듯 고삐를 잡아당겼다.
그러자 놀랍게도 말이 옆으로 달리며 오크의 공격을 피

했다.

"저, 저저……."

"말이 저렇게 움직일 수 있다고?"

보통 말은 앞으로 달리는 동작밖에 할 수 없었다.

네 다리를 교차해서 움직이며 옆으로 걷는 것은 자질이 뛰어난 말밖에 할 수 없는 동작이었다. 이는 훈련으로도 습득시킬 수 없었다.

말은 데미안의 명령에 따라서 이리저리 움직이며 몽둥이를 피했다.

데미안은 말의 움직임에 맞춰서 칼을 휘둘렀다. 한 번 휘두를 때마다 오크 한 마리가 목숨을 잃었다.

-크르르륵!

데미안의 뒤에서 오크가 뛰어들었다. 목숨을 내버려서라도 데미안을 죽이겠다는 결의가 느껴졌다.

데미안은 뒤도 돌아보지 않고 말에게 명령을 내렸다.

말이 몸을 꺾으며 뒷발을 뻗었다. 말발굽이 오크의 턱을 강타했다.

턱뼈가 으스러지며 오크의 몸이 멀리 날아갔다.

-크르륵!

-크르르…….

눈 깜짝할 사이에 스무 마리 가까운 동족들이 살해당하자 오크들은 더 이상 데미안에게 달려들지 못했다.

경계심 가득한 얼굴로 뒷걸음질 칠 뿐이었다.

"가자! 오크 놈들을 섬멸하자!"

그때, 뒤늦게 도착한 기사들이 오크들을 공격했다.

이미 전의를 상실한 오크들은 너무나도 쉽게 목숨을 잃었다.

데미안은 칼을 다시 검집에 집어넣었다. 이미 충분할 정도로 많은 오크를 죽였다.

그렇게 두 번째 시합도 데미안 학센의 압도적인 우위로 끝났다.

"데미안! 데미안!"

두 번째 시합이 끝났을 때, 귀족들은 모두 데미안의 이름만을 연호했다.

남은 기사들은 분통한 얼굴로 시합장에서 물러났다.

'젠장.'

그 속에는 잭슨 커터도 있었다.

'나한테 얻어맞고 질질 짜던 망나니 주제에…….'

잭슨 커터는 명성을 얻기 위해서 이곳에 왔다.

하지만 목적을 이루기는커녕 이렇게 모두에게 외면받고 있었다.

분했다. 화가 나서 견딜 수가 없었다.

하지만 그 이상으로 잭슨 커터를 자극한 것은 자신의 마음속에서 피어나고 있는 패배감이었다.

어제와 오늘, 데미안 학센이 보여 줬던 기술들은 굉장했다.

잭슨 커터조차 감탄하지 않을 수 없었다.

데미한 학센을 따라할 엄두조차 못 낼 것 같다는 게 잭슨 커터의 솔직한 심정이었다.

'말도 안 돼. 그 버러지가 나보다 강하다고?'

인정하기 싫었다.

하지만 이미 마음속 깊은 곳에서는 그 사실을 인정하고 있었다.

그렇기에 더욱더 분노가 치밀어 올랐다.

"소피아는 어디 간 거야."

잭슨 커터는 괜히 소피아를 언급하며 화를 냈다.

어제는 마상시합이 끝나자마자 자신을 마중 나왔는데. 오늘은 모습이 보이지 않았다.

잭슨 커터는 소피아 러셀을 찾기 위해서 관중석으로 향했다.

"와아아! 데미안! 데미안 학센!"

그러자 곧바로 볼 수 있었다. 데미안 학센의 이름을 부르며 환호하고 있는 소피아 러셀을 말이다.

"……."

그 순간, 잭슨 커터의 머릿속에서 무언가가 끊어졌다.

소피아 러셀은 데미안 학센에게서 좀처럼 눈을 뗄 수 없었다.

첫날에도 트롤을 단칼에 벨 때도 멋있었지만 오늘은 더 대단했다.

수십 마리가 넘는 오크 무리를 혼자서 학살하는 것은 아무도 할 수 없는 일이었다.

"데미안 경! 이쪽을 좀 봐 주세요!"

"데미안 경! 데미안 경!"

주변에 앉아 있는 다른 귀족들도 데미안 학센의 이름을 부르며 열광했다.

그런 관중들을 보고 있자니 소피아 러셀은 우쭐한 기분이 들었다.

저 사람들은 과연 짐작이나 할까?

데미안 학센이 자신에게 그렇게 매달렸다는 사실을 말이다.

"하아…… 데미안 경…… 어디서 저런 분이 나타나셨을까요."

"결심했어요. 아버지께 부탁드려서 학센 자작가에 중매

를 넣을 거예요.”

이내 들려오는 목소리에 기분이 확 나빠졌다.

‘중매를 넣겠다고? 어이가 없네. 너 같이 못생긴 년이 누구를 넘보는 거야.’

어제부터 데미안 학센에게 관심을 가지는 여자들이 점차 늘어나기 시작했다.

다행히 이곳에 있는 여자들 중에서 소피아 러셀만큼 아름다운 여자는 찾아볼 수 없었다.

하지만 마냥 안심할 수 있는 상황은 아니었다.

객관적으로 봤을 때, 현재 소피아 러셀과 데미안 학센은 아무 관계도 아니었다.

데미안 학센이 자신을 포기하고 다른 여자를 선택할 가능성은 얼마든지 있었다.

소피아 러셀은 데미안 학센의 옆에 다른 여자가 있는 모습을 떠올렸다.

상상하는 것만으로도 화가 나고, 몸이 떨려왔다.

‘……안 돼. 용납할 수 없어.’

옛날의 데미안 학센이라면 모를까 지금의 데미안 학센은 남에게 넘겨주기에 너무 아까운 남자였다.

그나마 다행인 것은 데미안 학센이 아직 자신에게 마음이 남아 있다는 사실이었다.

‘하지만 내게는 잭슨이 있는데…….’

소피아 러셀이 두 사람을 놓고 갈등할 때였다.

문득 시선이 느껴져서 시선을 돌렸다. 관중석에 서 있는 잭슨 커터가 보였다.

그제야 소피아 러셀은 자신이 데미안 학센에게 정신이 팔려서 잭슨 커터를 마중 나가지 않았다는 사실을 떠올렸다.

"재, 잭슨!"

소피아 러셀은 황급히 자리에서 일어났다.

잭슨 커터는 몸을 돌려서 관중석 아래로 내려갔다. 소피아는 황급히 그를 뒤쫓았다.

"잭슨, 잠깐만 기다려 봐요. 잭슨!"

소피아 러셀이 잭슨의 손을 붙잡았다. 잭슨 커터는 그녀의 손을 뿌리쳤다.

"……소피아, 지금 이게 무슨 짓이야."

"뭐, 뭐가요."

"내가 있는데 데미안 학센을 응원해? 지금 제정신이야?"

잭슨 커터의 비난에 소피아의 얼굴이 확 달아올랐다. 부끄러움과 수치심 때문에 얼굴이 따가웠다.

"……제가 뭘 잘못했다고 그래요? 시합에서 큰 활약을 한 기사를 응원하는 건 당연하지 않나요?"

하지만 소피아 러셀은 자신의 잘못을 인정하려 들지 않았다.

"지금 뭐라고 했어?"

"잭슨, 속 좁게 굴지 마세요. 지금 데미안 학생이 주목을 받는다고 해서 질투하는 거잖아요."

그 말에 잭슨 커터의 얼굴에 힘줄이 돋아났다.

"소피아……!"

"그리고 당신이 지금 데미안을 질투할 상황이에요? 마상시합에서 한 번도 활약하지 못했잖아요."

소피아 러셀은 이쯤에서 말을 멈춰야겠다고 생각했다.

하지만 한번 터진 말문은 닫히지 않았다. 소피아 러셀도 지금까지 쌓인 게 많았기 때문이다.

"잭슨, 당신이 평소에 저한테 뭐라고 말했어요? 자기가 최고라면서요. 비슷한 나이대에서는 자기를 이길 사람이 없다면서요. 그런데 이게 뭐예요?"

잭슨 커터가 마상시합에 참가하자고 했을 때, 소피아 러셀은 기대했었다.

마상시합에서 크게 활약하는 잭슨 커터를.

그리고 그의 옆에서 사람들의 관심과 환호를 같이 받고 있는 자신의 모습을 말이다.

"저한테 화를 낼 시간에 내일 시합에서는 어떻게 할지를 먼저 고민하세요."

소피아는 잭슨 커터를 지나쳐서 사라졌다.

잭슨 커터는 멍한 얼굴로 소피아 러셀의 등을 쫓았다.

"이…… 이이……."

곧이어 분노가 들끓어 순식간에 임계점까지 차올랐다.

분노가 이성을 날려 버리려던 찰나, 뒤에서 목소리가 들려왔다.

"시합이 끝났군."

놀랍게도 자크 누아레의 목소리를 듣자마자 순식간에 분노가 가라앉았다.

잭슨 커터는 뒤를 향해 고개를 숙였다.

"……스승님."

잭슨 커터는 고개를 들 수 없었다.

자크 누아레는 마상시합에서 우승하라는 명령을 내렸다.

자신은 명령을 완수하기는커녕 마상시합에서 아무 활약도 못 하고 있었다.

"형편없는 경기였다. 어제도, 오늘도."

자크 누아레는 위로의 말 따위는 하지 않았다.

"역시 내 안목은 정확했군. 네 실력으로는 데미안 학센을 이길 수 없다."

스승의 말에 잭슨 커터는 입술을 깨물었다. 하지만 사실이었기에 뭐라고 반박할 수가 없었다.

"이럴 줄 알고 미리 준비했기에 망정이지. 아니었으면 대계를 망칠 뻔했다."

자크 누아레가 몸을 돌리며 말했다.

"따라와라."

"예? 어디를 가시려는 겁니까?"

잭슨 커터의 물음에 자크 누아레가 아무렇지도 않게 말했다.

"너와 올리비아 코퍼헤드의 혼담을 마무리 짓기 위해서다."

(멸망급 데스나이트가 회귀함 3권에서 계속)